Perchtensprung

W0380967

Georg Gracher, geboren 1949 in Bad Gastein, war dreieinhalb Jahrzehnte Deutsch- und Geschichtslehrer an der HS Bad Hofgastein und widmet sich nun im Ruhestand vermehrt seinem liebsten Hobby, dem Verfassen von Kriminalromanen, die er vorwiegend in seiner engeren Heimat, der bekannten Kur- und Tourismusdestination Gasteiner Tal, spielen lässt.

Dieses Buch ist ein Roman. Handlungen und Personen sind frei erfunden. Ähnlichkeiten mit lebenden oder toten Personen sind nicht gewollt und rein zufällig.

X

GEORG GRACHER

Perchtensprung

ALPEN KRIMI

emons:

Bibliografische Information der Deutschen Nationalbibliothek
Die Deutsche Nationalbibliothek verzeichnet diese Publikation in der Deutschen Nationalbibliografie; detaillierte bibliografische Daten sind im Internet über http://dnb.d-nb.de abrufbar.

MIX
Papier aus verantwortungsvollen Quellen
FSC
www.fsc.org
FSC® C083411

STADT BAD TÖLZ
Kurbücherei

© Emons Verlag GmbH
Alle Rechte vorbehalten
Umschlagmotiv: Percht der Brandstatt-Pass, Bad Hofgastein, Fotoatelier Wolkersdorfer (www.traumbild.at)
Umschlaggestaltung: Tobias Doetsch
Gestaltung Innenteil: César Satz & Grafik GmbH, Köln
Lektorat: Susanne Bartel
Druck und Bindung: CPI – Clausen & Bosse, Leck
Printed in Germany 2014
ISBN 978-3-95451-440-3
Alpen Krimi
Originalausgabe

Unser Newsletter informiert Sie regelmäßig über Neues von emons:
Kostenlos bestellen unter
www.emons-verlag.de

1 TROTZ DER ALLJÄHRLICH WIEDERKEHRENDEN Unkenrufe der Klimaforscher hatte sich der Winter auch dieses Jahr rechtzeitig in den Hohen Tauern eingestellt. Die Gasteiner Hotels und Pensionen waren von Weihnachten bis zum 6. Jänner ausgebucht gewesen, und es hatte mittlerweile so viel geschneit, dass die Schneekanonen nur mehr im Hinblick auf künftige Föhneinbrüche zum Einsatz kommen würden, im Übrigen aber sah man den Semesterferien im Februar eher gelassen entgegen.

Das Skizentrum Angertal im größten Seitental Gasteins war an diesem strahlend schönen Jännernachmittag von Wintersportlern überlaufen, die zu den drei Bergbahn-Talstationen drängten oder die Wintersonne an den Schneebars genossen. Sie boten ein Bild, das die Herzen aller, die am Tourismus verdienten, gewöhnlich höherschlagen ließ – doch nicht so jenes von Harald Sertorius, der zwar sowohl ein einflussreicher Touristikmanager als auch erfolgreicher Hotelkaufmann war, den aber im Moment andere, persönliche Angelegenheiten beschäftigten.

Der groß gewachsene Enddreißiger, dessen Ähnlichkeit mit Yves Montand cinephilen Damen nur selten entging, bemerkte nicht einmal die interessierten Blicke einiger Skihaserl, die eben von der schwarzen Abfahrt am Stubnerkogel heruntercarvten, während er im Langlaufdress auf der Loipe taleinwärts unterwegs war. Solche Unempfindlichkeit für erotische Signale war für den einstigen Bezirksdisponenten der Universal Assecurance und oft gebuchten Dressman für Großversandhäuser mehr als ungewöhnlich, denn der dunkelblonde Beau galt weithin als Womanizer, wie er im Buche steht. Nicht zuletzt wegen diesbezüglicher Vorzüge war es ihm – zumindest in seiner Vorstellung – vor mehr als zehn Jahren gelungen, die wohlhabende Hotelerbin Barca Sertorius zu ehelichen, deren Familiennamen er der Einfachheit halber gleich angenommen hatte. Harald Sertorius klang einfach besser als Harry Kernbeißer und machte auf Visitenkarten auch mehr her.

Natürlich hatte ihn Barca nicht nur wegen seines Aussehens geheiratet, sondern auch wegen seiner Anstelligkeit und seines kaufmännischen Talents, mit dem er sich bei der Universal Assecurance eine unangefochtene Stellung im Bezirk erworben hatte. Sie beide waren von Anfang an ein effizientes Team gewesen und hatten die drei Hotels von Barca, darunter das renommierte »Sophienpark«, entgegen der allgemeinen Stagnation in Bad Gastein, durch geschicktes Marketing und eine ebensolche Personalpolitik so vorteilhaft positioniert, dass ihre Familie, die mittlerweile auch noch aus ihren reizenden Sprösslingen, der neunjährigen Alice und dem siebenjährigen Peter, bestand, auf Jahre hinaus keine finanzielle Sorgen fürchten musste. Die Häuser, eines davon in der Talmitte in Bad Hofgastein, liefen sozusagen von allein.

Und genau aus ebendiesem Grund beschlich den saturierten Macho, der es mit der ehelichen Treue nicht sehr genau nahm, in letzter Zeit manchmal das unangenehme Gefühl, als würde er für seine schöne Frau zusehends entbehrlich werden. Natürlich hatte die Unsicherheit auch ein wenig mit dem Ehevertrag zu tun, den ihm die toughe Barca trotz aller vorehelichen Leidenschaft einst abgenötigt hatte und der ihm bei einer Scheidung um die Ohren fliegen würde. Oder war ihre kühle, distanzierte Haltung in den letzten Wochen doch nur die schon bekannte Reaktion auf seine Seitensprünge, die sie vor Jahren doch selbst in sehr brachialer Art und Weise provoziert hatte?

Die Überlegung, wer zuerst da gewesen war, Henne oder Ei, war allerdings längst müßig, und dass sich Barca nach wie vor anderweitig schadlos hielt, beunruhigte ihn auch nicht, solange der Status quo dabei nicht ins Wanken geriet. Immerhin waren die Verehrer von Barca im Laufe der Jahre nicht gerade weniger geworden. Unter ihnen befanden sich Männer, die in ihm, dem Parvenu, nur einen jugendlichen Fehlgriff ihrer Angebeteten sahen und ihr mehr zu bieten hatten als den flüchtigen One-Night-Stand, den sich eine so attraktive Touristikmanagerin, Immobilienverwalterin und begeisterte Jägerin im Zuge ihrer vielfältigen Aktivitäten ohnehin jederzeit gönnen konnte, wenn sie es darauf anlegte.

Und das war nicht zuletzt der Grund, weshalb Harald Sertorius an diesem Dienstagnachmittag auf Langlaufskiern in Richtung hinterem Angergrund unterwegs war, zum Jagdbungalow der Familie Sertorius. Normalerweise wäre es ihm nicht im Traum eingefallen, seiner Frau hinterherzuspionieren, aber in letzter Zeit verschwand sie – wie schon in früheren Jahren auch – trotz Hochsaison-Stress gelegentlich für Stunden im Revier, obwohl weder für Schalen- noch für Federwild Schusszeit war und die Fütterung doch von einem pensionierten Förster übernommen wurde.

Ein weiterer Grund für seine innere Unruhe waren die Konflikte, die sich im Verein zur Pflege des Gasteiner Perchtenlaufs, kurz: Gasteiner Perchtenverein, abzeichneten und die es ratsam erscheinen ließen, auf dem Laufenden zu bleiben.

Dermaßen in düstere Gedanken versunken, hatte Harald Sertorius freilich keine Augen für neckisch winkende Skihaserl oder die Mystik des verschneiten Angertals, stattdessen erhöhte er mit Doppelstock-Einsatz sein Tempo.

2 EINE VIERTELSTUNDE SPÄTER war er vor Ort – oder besser gesagt: am Waldrand jener Lichtung, auf dem ihr Bungalow stand. Allein schon dieser Jagdhütte wegen, die alle Stückeln spielte, und natürlich auch wegen des Burgerwalds, des besten Jagdreviers von ganz Gastein, hätte er sich niemals von Barca scheiden lassen, von der übrigen in diesem Fall folgenden Katabasis ganz abgesehen.

Den Rauch, der aus dem hoch aufragenden gemauerten Kamin quoll, hatte er schon gerochen, lange bevor das Jagdhaus in seinem Blickfeld erschienen war, wogegen ihn das vom Schnee befreite Dach doch etwas überraschte. Auf seiner Südseite war eine Photovoltaik-Anlage montiert, die den Bungalow in mehr als ausreichendem Maß mit Elektrizität versorgte und auch das Dach selbst von Schnee frei hielt. Um allfälligen Vandalenakten betrunkener Touristen vorzubeugen, machte Harald Sertorius die Hütte schon seit einigen Jahren vor der Weihnachtssaison winterfest, wobei auch die Solarzellen-Paneele mit einer Persenning abgedeckt wurden, sodass er jetzt eigentlich ein verschneites Dach hätte vorfinden müssen. Und doch waren die schwarz glänzenden Sonnenlicht-Kollektoren schneefrei, und die Plane lag fein säuberlich zusammengefaltet auf dem Brennholzstapel an der Bungalow-Außenwand, wie er bei einem weiteren Blick durch seinen Feldstecher feststellte.

Da, wie der Kaminrauch bewies, bereits eingeheizt war und trotzdem noch zusätzliche elektrische Energie benötigt wurde, konnte das außerhalb der Jagdzeit nur eines bedeuten: Barca brauchte den Strom nicht nur in der Küche, sondern auch für den Warmwasserboiler. Und den damit verbundenen Aufwand hätte sie sich kaum angetan, hätte sie allein in ihrem geliebten Holzzuber baden wollen.

Sertorius blickte auf die sogenannte Saustange. Das erinnerungsbehaftete Rundeisen war einige Meter neben dem Bungalow in Scheitelhöhe waagerecht zwischen zwei hohen Pfosten in den passgenauen Kerben eingehängt und diente gewöhnlich dazu, erlegtes Wild an den Hinterläufen aufzuhängen, um es bequem ausweiden zu können. Doch die Stange hatte auch schon ganz andere Funktionen erfüllt – etwa vor zwölf Jahren, als er Enzo Knapp dessen junge Verlobte Barca ausgespannt hatte.

Noch während Sertorius mit gemischten Gefühlen an jene Tage zurückdachte, forderte die Realität seine Anwesenheit im Hier und Jetzt: An der Frontseite des Bungalows flog die mit kunstvollen Schnitzereien versehene Tür auf, und eine nackte Frau mit den ansprechenden Formen eines Dessous-Models rannte laut kreischend in den Schnee hinaus, während ihre birnenförmigen Brüste keck auf und ab wippten und ihre feuchte Haut ob des Temperaturgefälles augenblicklich zu dampfen begann. Unverkennbar Barca, auch wenn ihre braune Haarflut von einem Handtuch-Turban verhüllt wurde.

Unmittelbar hinter ihr tauchte ein etwa vierzigjähriger Mann in der Tür auf, ebenfalls nackt und mit mächtiger bemützter Erektion. Auch ihn erkannte Sertorius durch die gestochen scharfe Zeiss-Optik sofort. Die buschigen Brauen über den eng beieinanderstehenden grünen Augen, den dicht behaarten untersetzten Körper mit den muskulösen O-Beinen gab es in Gastein nur einmal: Der brünstige Faun, der Barca hinterherjagte, war Matthäus Bibernell, Aufsichtsjäger im Nassfeld und Wirt einer kleinen Schänke am Rauchberg.

Barca lief nicht weit, nur bis zur Saustange, ehe sie sich grinsend umwandte. Ihre Hände umfassten das in Kopfhöhe fixierte Rundeisen so fest, dass ihre Knöchel weiß hervortraten, und im nächsten Moment packte Bibernell auch schon die heftig Atmende an den Oberschenkeln und zog sie zu sich heran.

Selbst in fünfzig Metern hörte Sertorius ihren erstickten Schrei und sah, wie ihre Beine Bibernells Hüften in einem kaum für möglich zu haltenden Winkel umklammerten. Dann begann sie im Takt seiner Bewegungen zu keuchen – erst noch verhalten, dann immer lauter und ungestümer.

Spätestens jetzt wäre so manch anderer gehörnte Ehemann losgerannt, um – seinen Frust hinausbrüllend – auf die Verursacher seiner bitteren Kränkung einzuschlagen, aber Sertorius rührte sich nicht vom Fleck und starrte weiterhin wie vom Donner gerührt auf das kopulierende Paar.

Er hatte Barca schon einmal mit Bibernell erwischt – während des letzten Perchtenlaufs vor zwei Jahren, bei dem Matthi bezeichnenderweise bereits zum fünften Mal das Zapfenmandl, eine Art Klettermax, gegeben hatte. Die beiden hatten sich im dritten Stock des Hotels »Normannischer Hof« verabredet, an dessen Fassade Bibernell im Baumwercher-Kostüm zur Gaudi der Zuschauer flink wie ein Affe hinaufgeklettert war. Er, Sertorius, hatte den Braten aber gerochen und die beiden schließlich in einem Personalzimmer des Hotels überrascht, noch ehe es zum Quickie hatte kommen können. Damals hatte er seine Frau geohrfeigt, was er im Nachhinein besser unterlassen hätte.

»Wenn du mich noch einmal schlägst«, hatte sie gesagt, während sie seltsam abwesend in ihren Schlüpfer stieg, »noch dazu vor Dritten, dann kannst du wieder Klinken putzen und deinen einfach strukturierten Kunden windige Policen andrehen. Vergiss das nicht – in deinem und unserer Kinder Interesse.«

Matthi, der angesprochene Dritte, hatte, da nicht in die Auseinandersetzung mit einbezogen, belämmert neben ihnen gestanden, seinen Schniedel wieder eingepackt und dann den Rückweg, seiner Rolle als Zapfenmandl entsprechend, über den Balkon angetreten. Die Angelegenheit war nie mehr zur Sprache gekommen.

Mittlerweile hatte sich Barcas Keuchen in abgehackte kleine Schreie verwandelt, während Bibernell immer heftiger in sie hineinstieß und dabei schnaufte wie ein deckender Stier.

Trotz der für ihn gewöhnungsbedürftigen Situation sah Sertorius in dem grobschlächtigen Underdog keinen ernsthaften Nebenbuhler, der ihm Frau und Status streitig machen konnte. Im Gegenteil: Matthi hatte sich schon vor eineinhalb Jahrzehnten um Barca bemüht und sich stets einen Korb abgeholt – was aber nicht bedeutete, dass sie sich nicht schon damals hin und wieder gern einmal von seiner animalischen Potenz überzeugt hatte. Mit diesem Gusto war sie freilich zu keiner Zeit allein gewesen. Etliche arrivierte Damen – nicht nur ansässige – holten sich beim Jäger vom Nassfeld seit Jahren, was ihnen zu Hause in nicht ausreichendem Maß zuteil wurde.

Fredegunde Batjany, die Frau von Matthis Jagdherrn, dem Architekten Stefan Batjany, Chef der Baufirma gleichen Namens, saß diesbezüglich sozusagen an der Quelle. Die anderen Bedürftigen kamen erst nach ihr zum Zug, von denen die Erotomanin Valerie Neuhauser, Gattin des Generaldirektors der Austria-Lotto GesmbH mit dem schönen Namen 8x6, neben Barca noch die attraktivste Anwärterin war. Auf dem Heimweg vom Revier im Nassfeld machte Matthi gelegentlich einen Abstecher in ihr Wochenendhaus an der Gadaunerer Straße am Faschingberg, dem Hörensagen nach freilich nur dann, wenn Enzo Knapp, ihr zweiter Geliebter, dort nicht zugange war. Knapp, der Leiter des Bau- und Wohnungsreferats, zog aus dem unstillbaren Liebeshunger Valeries sicher größeren Nutzen als der hemdsärmelige Berufsjäger.

Agathe, Matthis Ehefrau, kam in diesem Reigen am schlechtesten von allen weg. Sie war schlichtweg ein armes Luder und musste nicht nur das kleine Wirtshaus am Rauchberg allein schmeißen, sondern daneben auch noch den Haushalt, wobei ihr nur die halbwüchsigen Kinder, ein fünfzehnjähriger Sohn und eine dreizehnjährige Tochter, zur Hand gingen, schließlich war der Herr Aufsichtsjäger ja stets anderweitig beschäftigt.

Zum Dank bezog Agathe gelegentlich auch noch Prügel, wenn Matthi betrunken nach Hause kam, was nicht gerade selten vorkam. Denn obwohl ihm im edlen Waidwerk niemand etwas vormachte und er in mehrfacher Hinsicht ein Baum von einem Mann war, würde ihn eines Tages letztlich der Alkohol besiegen – falls er vorher nicht wegen einer irreversiblen Gewalttat weggesperrt wurde.

Das alles war auch Barca bekannt, und auch Sertorius verharrte wohl hauptsächlich wegen dieser Fakten tatenlos in seiner Deckung – sogar jetzt noch, als die beiden Nackedeis voneinander abließen und vor Erschöpfung keuchend in den Schnee fielen.

Zudem würden sich am Freitagvormittag die grauen Eminenzen des Perchtenvereins wie jedes Jahr zur traditionellen zweitägigen Sitzung auf der Rastötzenalm auf der anderen Talseite treffen, und die übrigen Vorstände hätten es garantiert für eine unerträgliche Heuchelei gehalten, würde ausgerechnet er, der »coole Harry«, wegen Barcas Entspannungsfick ein Riesenfass aufmachen und das Treffen sabotieren, das Matthi, das Faktotum des Vereins, auf der Grußberg-Hütte vom Rogner Hias, vulgo Gruaßberg-Bauern, vorzubereiten hatte.

Angeblich wollte man diesmal nicht nur einige heikle touristische Themen aufgreifen, sondern auch die Weichen für die Wahl des neuen Perchtenhauptmanns stellen, wobei die Gründe für den überraschenden Rücktritt des amtierenden Perchtenhauptmanns, Magister Till Freudenschuss, zwangsläufig zur Sprache kommen würden.

Eben deshalb war Sertorius paradoxerweise fast erleichtert gewesen, als er Matthi erkannt hatte, obwohl es für einen Mann doch durchaus prickelndere Erlebnisse geben sollte, als dabei zuzusehen, wie sich die Ehefrau von einem Faun besteigen ließ und dabei in ekstatischer Lust schrie. Doch Sertorius hatte jemand anderen bei Barca erwartet – eine wesentlich gefährlichere Person als Matthi, die mit ihr möglicherweise ein diskretes Vier-Augen-Gespräch hätte führen wollen.

Fast geräuschlos glitt Sertorius in dem leicht abschüssigen

Gelände in der eigenen Spur zurück, ohne noch einen weiteren Blick an seine Frau und Matthi zu verschwenden. Auch um die Jagdhütte sorgte er sich nicht: Sie würde so hinterlassen werden, dass von dem burlesken Gasteiner Badenachmittag nicht der Hauch einer Spur zurückblieb, da war er sich sicher. An einer geeigneten Stelle wendete er und verschwand nun rasch zwischen den Bäumen.

3 DER DONNERSTAG-GRÜNMARKT in der Fußgängerzone der Salzburger Altstadt lockte auch an diesem Wintermorgen viele Menschen auf den Universitätsplatz. Die meisten von ihnen kauften Lebensmittel oder umlagerten bereits die Würstelstände, viele ließen sich auch aus reiner Schaulust im Gedränge durch die Standreihen schieben. Dabei blieb so mancher Blick zwangsläufig an der seit Jahren eingerüsteten Kollegienkirche hängen, einem Architekturjuwel, das auf Johann Fischer von Erlach zurückging, als ewige Baustelle aber leider ein ästhetisches Dauerärgernis darstellte.

Zu jenen, die das so empfanden, gehörte auch ein Mann in grauer Lederjacke, dessen schwermütige Albert-Einstein-Physiognomie den einen oder anderen überraschten Déjà-vu-Blick auf sich zog. Polizeioberst Oskar Jacobi hatte sich eben in Begleitung seiner attraktiven Lebensgefährtin, Oberleutnant Melanie Kotek, am »Balkangrill«, einer Salzburger Institution, ebenso ungesunde wie köstliche Bosna extrascharf geholt, die an anderen Tagen nur nachmittags ab sechzehn Uhr angeboten wurde.

Bei dem Gedanken daran, dass er sich diesen Imbiss schon als zwölfjähriger Gymnasiast geleistet hatte – einmal pro Woche um fünf Schilling – und zu diesem Zweck bis zu einer halben Stunde im Durchhaus zur Getreidegasse angestanden hatte, wurde ihm fast wehmütig ums Herz.

Auch als er vor fast vierzig Jahren zum ersten Mal scharfe Bosna gegessen hatte, war es ein kalter Tag im Jänner gewesen, nur hatte ihn damals noch kein Handy mit dem heroischen Klingelton

»Brave Scotland« aus seinen romantischen Kindheitserinnerungen gerissen.

Melanie Koteks Schmolllippen verzogen sich missbilligend. »Kannst du nicht einmal, nur ein einziges Mal, wenn wir uns einen Tag Zeitausgleich nehmen, dieses blöde Ding ausmachen?«, quengelte sie. »Nicht nur, dass ich mir dir zuliebe das da antue«, sie wies mit dem Kinn auf die kalorienreichen Bosna-Brötchen, »in schöner Regelmäßigkeit wird mir auch noch nahegebracht, dass ich mich vor Jahren in einem Anfall von Sinnesverwirrung in einen Kiberer verliebt habe, dem sein Pflichtverständnis«, sie spuckte das Wort regelrecht aus, »wichtiger ist als die schönen Dinge im Leben.«

»Lenz ist dran, nicht der Journaldienst«, warf Jacobi ein, wohl wissend, wie er ihrer hedonistischen Attitüde begegnen konnte.

»Und?« Es dauerte, bis sie sich wieder beruhigt hatte, aber immerhin war Major Lorenz Redl nicht nur Jacobis rechte Hand im Referat 112 für Verbrechen gegen Leib und Leben, sondern auch jemand, der seinen Freund und Vorgesetzten nicht wegen jeder Lappalie anrief. »Na, dann frag halt, was er will«, räumte sie halb unwillig, halb neugierig ein.

Da »Brave Scotland« inzwischen verstummt war, rief Jacobi zurück. »Lenz, was gibt's?«

»Hallo, Oskar. Ein gewisser Magister Freudenschuss aus Bad Hofgastein will eine Aussage zu einem Unfall mit Todesfolge machen. Allerdings liegt der Unfall schon drei Jahre zurück –«

»Freudenschuss? Kommt mir irgendwie bekannt vor. Worum geht es konkret?«

»Das hat Max ihn auch gefragt und angeboten, alles für dich aufzunehmen, aber der Herr Magister will partout nur mit dir reden. Tja, ich hatte also keine andere Möglichkeit, als –«

»Schon gut, Lenz, stell durch.«

»Oberst Jacobi?«, fragte eine ihm unbekannte Stimme.

»Am Apparat. Wie war gleich Ihr Name?«

»Freudenschuss, Magister Till Freudenschuss, Bad Hofgastein. Ich bin Lehrer für Mathematik und Biologie am hiesigen BORG und gebe in meiner Freizeit unter anderem den Perchtenhauptmann. Klingelt da was bei Ihnen?«

Und das tat es tatsächlich. »Spielen Sie etwa auf den spektakulären Unfall einer Percht an, der sich vor ein paar Jahren in Ihrem Wohnort ereignet hat?«

»Wenn Sie den sogenannten tragischen Unfall in der Gadaunerer Schlucht meinen, dann ja«, bestätigte Freudenschuss sofort.

»Ihrer eigenartigen Betonung entnehme ich, dass Sie mit der Bezeichnung Unfall nicht einverstanden sind. Das haben Sie damals dann aber geschickt vor uns zu verbergen gewusst.«

»Damals war mein Informationsstand auch ein anderer als heute.«

»So? Aber bevor wir weiterreden, sollten Sie meinem Gedächtnis vielleicht doch noch mal mit einigen Namen und Daten auf die Sprünge helfen, Herr Magister. Unsere Abteilung bearbeitet jedes Jahr eine ganze Reihe von Todesfällen, da haben wir ad hoc nicht alle Details parat.«

»Entschuldigen Sie, Herr Oberst, meinem Versäumnis soll sofort abgeholfen werden. Es ist einfach die Aufregung –«

»Aufregung? Aber warum, der Unfall liegt doch schon Jahre zurück?«

»Schon, aber meine Frau hat erst vor wenigen Tagen behauptet, der tödliche Perchtensprung unseres Freundes Lazarus Grankenbruch sei eben kein Unfall gewesen.«

»Lazarus Grankenbruch, natürlich!« Der seltsame Name brachte Jacobis Elefantengedächtnis augenblicklich auf Touren. Der kaum dreißigjährige HS-Lehrer war bei einem geheimen Training für ein Perchtenevent auf halber Höhe zwischen Bad Hofgastein und Bad Gastein tragisch verunglückt, und zwar in vollständiger Montur. Nach offizieller Lesart war er von einem altrömischen Löffelkatapult, das er selbst hatte anfertigen lassen, an jenem Tag jedoch falsch bedient hatte, statt ins Auffangnetz auf der Bergwaldlichtung mehrere hundert Meter weit in die Gadaunerer Schlucht hinuntergeschleudert worden. Erst drei Tage nach der Vermisstenmeldung hatte ein Bergrettungshund die zerschmetterte Leiche im Schiachperchtenkostüm gefunden. Sogar an den Kommentar, den ein Mann vom Bergungskommando zu Protokoll gegeben hatte, konnte sich Jacobi jetzt erinnern: »Er hieß zwar Lazarus, aber der steht ganz gewiss nicht mehr auf.«

Chefinspektor Leo Feuersang, einer der besten Ermittler des Referats, hatte damals den Fall bearbeitet. Zeugen für den Vorfall hatte es nicht gegeben, auch keinen Hinweis, weshalb Grankenbruch den drehbaren Schlitten des Katapults tödlich falsch adjustiert hatte – es sei denn, man hätte seinen Alkoholkonsum in jenen Tagen und die Kippe eines Joints, die unter dem Katapult gefunden worden war, dafür verantwortlich machen wollen.

Den schwenkbaren Schlitten – auch daran erinnerte sich Jacobi noch – hatte es bei dem antiken Originalkatapult mit der Bezeichnung Ballistarius noch nicht gegeben, doch die Perchtenfans hatten ihre Schleuder mit dem beweglichen Aufsatz anfertigen lassen, um die Wurfrichtung jederzeit ändern zu können.

Der Schwarze Afghane mit Grankenbruchs DNA hatte gut ins Bild vom bunten, lockeren Vogel gepasst, das sich die Talbewohner gemeinhin von dem kauzigen Deutsch- und Geschichtslehrer, Sachbuch-Autor und fanatischen Perchtenfan gemacht hatten. Sein früher Tod und die Art und Weise, wie er umgekommen war, hatten deshalb die Gasteiner bei aller Betroffenheit ebenso wenig verwundert wie der Umstand, dass Grankenbruch in seiner Perchtenmontur gesprungen war, was er nach übereinstimmenden Zeugenaussagen schon wiederholt getan hatte, um die Risiken beim Sprung mit der sperrigen Vollmaske auszutesten. Da keinerlei Anzeichen für Fremdverschulden, geschweige denn Motive für eine Gewalttat erkennbar gewesen waren und die Vereinsvorstände – denn nur sie hatten von Grankenbruchs Katapult-Experimenten gewusst – samt und sonders Alibis hatten vorweisen können, war der Akt Perchtensprung mit dem Vermerk »letaler Unfall durch Eigenverschulden« geschlossen worden. Und jetzt hatte die Frau des Perchtenhauptmanns also neue Informationen erhalten, durch die der Fall wieder aktuell werden sollte?

»Ich verstehe Ihre Skepsis, Oberst«, sagte Freudenschuss, der Jacobis Schweigen durchaus richtig gedeutet hatte. »Aber meine Frau ist wild entschlossen, morgen mit den wichtigsten Kapazundern vom Perchtenverein zu einem Jour fixe auf der Rastötzenalm aufzubrechen, und genau das macht mich so nervös. Ich erfahre unangenehme Dinge ja immer als Letzter, also dürften mindestens die anderen fünf Vorstände über den von ihr gehegten Verdacht

Bescheid wissen. Wahrscheinlich hat Iris auch schon ihre Freundin Gunde Batjany eingeweiht, und die kann unter Umständen überaus mitteilsam werden.«

»Wenn Sie Zoff für Ihre Frau befürchten, warum fahren Sie dann nicht mit auf die Alm? Wo liegt sie überhaupt?«

»Östlich vom Markt Hofgastein zwischen Frauenkogel und Rauchkogel, auf halbem Weg zum Gamskarkogel.«

»Also? Warum fahren Sie nicht einfach mit?«

Freudenschuss druckste herum. »Weil das nicht so leicht ist. Nur eine Handvoll Leute kann bei dieser Schneelage Skidoos in die Rastötze pilotieren. Forststraßen, die wie auf der Westseite des Tales bis zu den Almen hinauf geräumt sind, gibt es hier nämlich nicht. Die meisten Vorstandsmitglieder touren ohnehin auf Skiern hinauf, was ich zur Not allerdings auch schaffen würde.«

»Und? Warum tun Sie's dann nicht?«

»Weil Iris es nicht will, deshalb. Bei dem Powwow geht es unter anderem ja auch um mich, genauer gesagt: Es geht um das Ehrenamt des Perchtenhauptmanns, das ich in der vierjährigen Amtsperiode zurücklegen will.«

»Etwa wegen dieses virulenten Verdachts?«

»Unter anderem, ja.«

»Den Sie aber bisher noch nicht offiziell geäußert haben?« Freudenschuss antwortete nicht, und Jacobi verlor allmählich die Geduld. »Lassen Sie uns mal Klartext reden: Neben Ihnen und Ihrer Frau Iris gibt es also noch fünf weitere Vorstandsmitglieder, richtig?«

»Richtig.«

»Und Ihre Frau verdächtigt nun eine von diesen fünf Personen, den Tod von Lazarus Grankenbruch herbeigeführt zu haben. Damit diese aber in der Rastötzenalm nicht etwa auf dumme Gedanken kommt, soll einer von Ihnen außer Reichweite bleiben, sozusagen im Talon. Wieder richtig?«

»Goldrichtig sogar. Woher Iris die Information hat, will sie mir zwar nicht sagen, sie hat sich nicht den geringsten Hinweis entlocken lassen und auch niemanden konkret beschuldigt, aber trotzdem fühle ich, dass sie sich auf einer heißen Spur und deshalb in großer Gefahr befindet.«

»Dann sollte sie das Detektivspielen besser uns überlassen. Aber Sie sagten eben: Sie fühlen es –«

»Genau, das sagte ich. Und um Ihre Frage zu beantworten, erkläre ich Ihnen auch, warum: Mein Großvater aus der Südsteiermark war – lachen Sie jetzt bitte nicht! – ein Druide, und zwar ein echter, nicht irgendein Scharlatan oder eine Comicfigur. Er verfügte über die Gabe, Vorfälle, die mit starken Emotionen einhergingen, mit seinem geistigen Auge zu sehen – und zwar über Raum und Zeit hinweg. Manchmal im Voraus, manchmal erst, wenn sie schon passiert waren, manchmal ganz klar, manchmal auch flüchtig und verzerrt, wenn Sie verstehen, was ich meine.«

»Ich denke, ich verstehe es«, antwortete Jacobi zurückhaltend, wodurch sich der Druidenenkel veranlasst sah nachzulegen.

»Großvater war der Polizei mehrmals behilflich, vermisste Personen oder versteckte Leichen aufzuspüren, einmal hat er sogar einen Serienmörder überführt.«

»Bonifazius Freudenschuss aus Großklein – das war Ihr Großvater? Ich habe die Berichte über ihn gelesen«, sagte Jacobi beeindruckt. Großklein war in der Hallstattzeit Zentrum eines bedeutenden keltischen Fürstentums gewesen. »Und Sie besitzen diese … äh … Gabe des Sehens auch?«

»Leider nicht so stark wie er, sonst würde ich Konkreteres wissen, aber immerhin in einer Qualität und Ausprägung, dass ich meinen Ahnungen vertraue.«

»Ihren Ahnungen, aha.«

Freudenschuss hatte mit derartigen Zweifeln naturgemäß gerechnet und schien wegen der Bemerkung nicht im Mindesten beleidigt zu sein. »Herr Oberst«, begann er nachsichtig, als müsste er einem Schüler schwer verdauliche Kost vermitteln, »parapsychologische Phänomene heißen nicht zufällig so. Auch nach heutigem Wissensstand lassen sie sich noch nicht erklären, bestenfalls kann man sie interpretieren, wobei die Gefahr einer Fehlinterpretation natürlich nie auszuschließen ist. Immerhin lässt mich diese mediale Veranlagung die Gefahr, in der sich meine Frau befindet, nicht nur ahnen, sondern deutlich spüren.«

Die moderate Ausdrucksweise des steirischen Sehers nahm Jacobi bei aller Skepsis doch für sein Anliegen ein. Aus den Augenwinkeln sah er, wie Melanie Kotek lustlos an ihren Bosnas kaute und ihn misstrauisch von der Seite her beäugte.

Auch Freudenschuss war das Interesse vom Oberst nicht entgangen. »Sie wollen doch sicherlich Namen hören?«, hielt er es mit einem Themenwechsel geschickt am Köcheln. »Also, abgesehen von meiner Frau fahren beziehungsweise touren morgen noch folgende fünf Personen in die Rastötze: Dr. Fredegunde Batjany, Pharmakologin und Gattin von Bau-Tycoon Kommerzialrat Stefan Batjany, weiters Batjanys Aufsichtsjäger Matthäus Bibernell, das Hotelier-Ehepaar Barca und Harald Sertorius und schließlich Ingenieur Enzo Knapp, Leiter des Baureferats von Bad Hofgastein, inoffiziell aber nach wie vor Prokurist von Stefan Batjany.«

»Warum inoffiziell?«, fragte Jacobi und gönnte sich schnell einen Bissen Bosna, ehe die Schweinsbratwürstel vollends kalt wurden.

»Weil Enzo offiziell nur einen Beratervertrag mit der Batjany Bau AG hat. Er ist ein Schnittlauch auf allen Suppen, sitzt mit seinem Hintern immer auf fünf Kirchtagen gleichzeitig. Aber es würde wohl zu weit führen, ihn am Telefon erschöpfend beschreiben zu wollen, und schließlich sind da auch noch die anderen vier Vereinsvorstände.«

»Zum Beispiel Ihre Frau?«, scherzte Jacobi mit vollem Mund und schaltete das Handy nach einer unmissverständlichen Geste Melanie Koteks auf Mithören.

»Ja, auch sie«, antwortete Freudenschuss unerwartet ernst. »Ihre Gefährdung muss ernst genommen werden. Ich sorge mich wirklich um sie! Abgesehen von den anderen fünf Teilnehmern des Treffens könnten nämlich noch weitere Personen von ihrem Verdacht wissen.«

»Als da wären?«

»Zunächst einmal Stefan Batjany, der angeblich keine Zeit für das Treffen in der Rastötze hat, obwohl der Termin schon lange feststeht. Dann natürlich sein Mann fürs Grobe, Adrian Manescu, über den allein man schon stundenlang erzählen könnte. Und schließlich auch noch Valerie Neuhauser, die Gattin des Lotto-Generaldirektors, die gern ohne ihren Gatten in ihrem Wochenend-Domizil in Bad Hofgastein Entspannung sucht.«

»Letztere Dame aufgrund welcher Vermutung?«

»Nun, Valerie Neuhauser ist ganz dick mit Gunde Batjany, einer Freundin meiner Frau, und sie hatte kurz auch was mit Lazi Grankenbruch – Enzo ist übrigens einer seiner Nachfolger bei ihr geworden.«

»Sie müssen sich nicht mehr bemühen, Herr Freudenschuss«, unterbrach ihn der Oberst, »ich hab doch schon längst angebissen.«

Als sie diese Worte hörte, schnitt Oberleutnant Kotek ihrem langjährigen Herzbuben eine Grimasse, die man jemandem mit einem so ebenmäßigen Gesicht wie dem ihren niemals zugetraut hätte.

»Auch wenn unser Referat gewöhnlich erst aktiv wird, wenn die Verbrechen schon passiert sind«, fuhr Jacobi fort, wobei er Kotek zwischenzeitlich rasch die Zunge rausstreckte, »werde ich mit Blick auf eine Wiederaufnahme des ad acta gelegten Falls Grankenbruch noch heute Vorermittlungen einleiten. Und da Sie mit Ihrem mitschwingenden Einwand, wir könnten uns am Telefon nicht ausführlich genug austauschen, sicher recht haben, halte ich es durchaus für angebracht, dass wir uns bei Ihnen in Hofgastein treffen.«

»Was? Jetzt gleich? Aber ich bin eigentlich noch im Dienst. Ich habe nur eine Freistunde.« Freudenschuss war von der Bereitwilligkeit des Polizeioffiziers völlig überrumpelt. Er konnte es kaum glauben, dass dieser auf seine Ängste so prompt reagierte.

»Ich dachte, es ginge um Leben und Tod?«, sagte Jacobi kühl.

»Das tut es auch, das tut es auch! Und ich bin natürlich unendlich froh, wenn Sie herkommen«, beeilte sich der Lehrer zu versichern. »Ich werde mir sofort freinehmen.«

Jacobi schaute zur Kirchturmuhr hinauf. »Es ist gleich zehn Uhr. Ich könnte in zwei oder besser zweieinhalb Stunden bei Ihnen sein. Wo wollen wir uns treffen?«

»Lieber nicht hier in Hofgastein. Ihr Gesicht kennt man aus den Medien, Herr Oberst, und ein Perchtenhauptmann wie ich ist hier im Tal auch nicht gerade das unbekannteste Wesen.«

»Wie wär's im ›Gasthof Posauner‹ außerhalb der Gasteiner Klamm?«

»Ich werde da sein und auf Sie warten«, versicherte Freudenschuss eilig, ehe es sich Terrier Jacobi möglicherweise noch anders überlegte.

Kaum hatte dieser das Gespräch beendet, folgte der erwartete Proteststurm Koteks. »Das ist jetzt nicht dein Ernst, Oskar!«, platzte es aus ihr heraus. »In ganz Österreich gibt es keinen Polizeioberst, der allein auf einen reichlich diffusen Verdacht hin, besser gesagt auf die *Projektion* eines Verdachts hin sofort Ermittlungen aufnimmt. Nach drei Jahrzehnten Polizeidienst hast du anscheinend noch immer nicht akzeptiert, dass unser Job erst dann beginnt, wenn die Gewalttaten bereits geschehen sind, und nicht schon vorher. Aber du fährst ja sofort ein paar hundert Kilometer, wenn irgendwo auch nur ein Floh hustet!«

»Achtzig«, präzisierte Jacobi mit gewohnter Leichenbittermiene. »Es sind achtzig Kilometer bis zur Gasteiner Klamm, außerdem fahre ich für Infos überallhin, wenn es denn sein muss.«

»Deine Neugier in allen Ehren, aber solche Schnüffeleien aufs Geratewohl haben doch nichts mehr mit den Pflichten eines österreichischen Polizeibeamten zu tun«, zankte sie weiter.

»Ich werte das jetzt mal als Kompliment. Du solltest dir übrigens noch Luft für weitere Schimpftiraden aufsparen, es kommt nämlich noch dicker.«

»Jetzt mal ehrlich, Oskar: Warum tust du das? Seit wann rennst du sofort los, wenn ein hysterischer Ehemann Angst um seine vorlaute Alte hat?«

»Das allein ist nicht der Grund, aber wenn mich seine Angst auf einen möglicherweise unaufgeklärten Mord hinweist, dann sind seine Befürchtungen sehr wohl ernst zu nehmen«, machte er ihr klar. »Ich hatte damals schon kein gutes Gefühl, als wir Grankenbruchs Tod als von ihm selbst verschuldet abgehakt und zu den Akten gelegt haben. Aber wie hätten wir denn auch beweisen sollen, dass nicht er den Katapult-Schlitten in der verkehrten Richtung fixiert hatte? Die Obduktion des steif gefrorenen Leichnams hatte ergeben, dass der Mann zum Zeitpunkt seines Todes ziemlich alkoholisiert war. Dass er so unglücklich an dem Katapult herumhantiert hatte, war also durchaus eine

Möglichkeit, während ein Indiz für Fremdverschulden oder gar ein Mordmotiv weit und breit nicht in Sicht war.«

»Was aber jetzt, Jahre danach, plötzlich der Fall sein soll?«, konnte Melanie Kotek sich nicht verkneifen zu spotten.

Jacobi blieb ihr zwar die Antwort schuldig, doch sie kannte ihn gut genug, um zu ahnen, dass er sich schon bei der ersten Erwähnung Grankenbruchs entschieden hatte, die Umstände um dessen rätselhaften Tod ein für alle Mal zu klären.

»Du erwartest jetzt aber nicht, dass ich dich ins Innergebirg begleite, oder?« Sie warf die Serviette in einen Papierkorb und hakte sich widerstrebend bei ihm ein, während Jacobi das nächste Durchhaus zur Getreidegasse ansteuerte, um auf kürzestem Weg zum Rotkreuz-Parkplatz am Salzachkai zu gelangen.

»Nein, ich nehme an, du willst den Rest des Tages nach eigenem Gutdünken gestalten, und hoffe, dass du bis heute Abend genug geschmollt hast.«

»Damit würde ich an deiner Stelle nicht rechnen.«

4

EINE STUNDE SPÄTER fuhr Jacobi in seinem Dienstwagen, dem mittlerweile schon etwas betagten anthrazitfarbenen Audi RS4, auf der Alpenstraße in Richtung A 10, Auffahrt Salzburg-Süd.

In der Zentrale am Franz-Hinterholzer-Kai Nr. 4 hatte er sich die Unterlagen zum Unfall von Grankenbruch raussuchen lassen und sich beim Lesen wieder an das eine oder andere Detail erinnert. Auch hatte er sich den Artikel über diverse Perchtenmythen durchgelesen, die bei diesem *cold case* eine Rolle gespielt haben konnten.

Dass in den damit befassten Wissenschaften Uneinigkeit über den Ursprung der Perchten herrschte, stellte für Jacobi keine Überraschung dar, schließlich existierte keinerlei Primärliteratur. Immerhin fand er die Ansicht bemerkenswert, das einstige Siedlungsgebiet von Boiern, Norikern und anderen Keltenstämmen decke sich weitgehend mit jenen Regionen, in denen dieses Brauchtum heute noch gepflegt wurde. Dazu passte auch das Faible mancher Voralpen- und Alpenbewohner für geweihbewehrte oder gehörnte Kopfbedeckungen und diverse Vogeldarstellungen, die an rituelle Helmaufsätze der Kelten mit ebensolchen Motiven erinnerten. Dass sich im Kulturgut von Völkern, die rund sechshundert Jahre unter dem Einfluss des multikulturellen Imperium Romanum gestanden hatten, auch Elemente der römischen Saturnalien und Kalendenfeiern zum Jahreswechsel wiederfanden, war für den Oberst dagegen keine besonders frappierende Erkenntnis. Ähnliches galt schließlich auch für den bekannten Karneval von Venedig, der wohl ebenfalls bei mancher Perchtenkreation Pate gestanden hatte.

Trotz unzähliger regionaler Spielarten der skurrilen Maskenträger war über die Jahrhunderte hinweg immer das besondere, janusköpfige Wesen der Perchten erhalten geblieben. Sie präsentierten sich einerseits als prächtige Schönperchten mit meterhohem, schwerem Kopfschmuck, andrerseits als zottige Schiachperchten mit fratzenhafter, oft gehörnter Vollmaske. Gerade die Schiachperchten, aus denen sich irgendwann die Krampusse entwickelt hatten, waren es, die bei den alljährlich stattfindenden Umzügen die ungeteilte Aufmerksamkeit der Zuschauer auf sich zogen. Ihre Aufgabe war es, Unglück fernzuhalten und Unbotmäßige zur Ordnung zu rufen, während die Schönperchten jenen, die sie besuchten, im neuen Jahr Glück bringen sollten. Die ursprünglicheren, oft weniger beachteten Figuren waren von vornherein dualistisch angelegt: Sie brachten Glück, griffen aber auch schicksalhaft in das Leben der Menschen ein. Unter ihnen stach die der Tradition den Namen gebende Frau Perchta heraus, eine von einer Flurgottheit abgeleitete Gestalt, deren Wurzeln vermutlich bis in urgeschichtliche Zeit zurückreichten. Ähnliches galt für die giraffenähnliche Hobergoaß, deren Ziegenkopf nicht von ungefähr an Teufelsvorstellungen erinnerte, oder das Körblweibl und eine Reihe anderer Hexen. Bei traditionellen Figurenpaaren wie Wilderer und Jäger oder Bärentreiber und Bär war der Dualismus ohnehin klar ersichtlich.

Nachdem im Fürsterzbistum Salzburg jahrhundertelang versucht worden war, den so bezeichneten vermaledeiten heidnischen Kult zu unterdrücken, hatte der Perchtenlauf paradoxerweise durch die Säkularisierung eine nachdrückliche Renaissance erlebt. Seither waren seine Wintervertreibungs- und Fruchtbarkeitsrituale in den sogenannten Raunächten zwischen Weihnachten und Epiphanie aus dem Brauchtumskalender des Innergebirgs kaum noch wegzudenken.

Auf die Raunächte, in denen sich Menschen- und Geisterwelt begegneten, wurde im Artikel nicht näher eingegangen, aber der Themenkreis war Jacobi als Salzburger sowieso einigermaßen geläufig, außerdem war er anlässlich eines lang zurückliegenden Mordfalls schon einmal gezwungen gewesen, sich mit Perchten und Krampussen auseinanderzusetzen. Damals war ihm auch eindringlich vor Augen geführt worden, dass der harte Kern dieses ruralen Brauchtums aus den vier Pongauer Gemeinden Bischofshofen, Altenmarkt, St. Johann und Gastein bestand, die jedes Jahr abwechselnd den Perchtenlauf ausrichteten.

Über die Sage vom Perchtensprung hatte Jacobi in den Unterlagen erwartungsgemäß wenig gefunden, aber er wusste, dass dieser Mythos in den Hohen Tauern noch immer existierte und besonders auf junge Leute eine rätselhafte Anziehungskraft ausübte. Auch dessen Entstehung war möglicherweise auf das Bestreben der Salzburger Fürsterzbischöfe zurückzuführen, den Gasteiner Bauern und Bergknappen die heidnischen Bräuche auszutreiben. In derartigen Spannungsfeldern waren Mythen schon immer besonders gut gediehen, sodass sich der Aberglaube mancher Perchtenläufer, sie könnten sich durch einen faustischen Pakt mit dem Teufel die Fähigkeit, aus eigener Kraft zu fliegen, erkaufen, im Innergebirg trotz Kommunikationszeitalter, Agnostizismus und motorisierter Hängegleiter bis heute gehalten hatte – oder vielleicht auch gerade deshalb.

Während er an der Anifer Kreuzung hielt, rief sich Jacobi die Ereignisse jener verhängnisvollen Tage, wie sie von seinen Mitarbeitern protokolliert worden waren und wie er sie eben im Büro nachgelesen hatte, Satz für Satz noch einmal ins Gedächtnis:

Der Weinhändler Johannes Schwarzmichel, genannt Essig-Hannes, war am Abend des 8. Dezember zu Mariä Empfängnis vor drei Jahren auf dem Höhenweg vom Cafe-Restaurant

»Sonnberg« zu einem weiteren Landgasthof in Richtung Bad Gastein unterwegs gewesen, um nach eigenen Angaben auf dem einstündigen Fußmarsch wieder einigermaßen nüchtern zu werden. Kurz vor der von ihm angepeilten Schänke »Zur schönen Aussicht« durchmaß der gut gesicherte Höhenweg in einem weitläufigen Bogen die Gadaunerer Schlucht, ein bekanntes Naturdenkmal, und just, als sich Essig-Hannes dort am stabilen Geländer entlanggehangelt hatte und hinter dem WC-Hüttchen am Schluchteingang kurz verschnaufte, war er Augenzeuge eines Ereignisses geworden, das er trotz seiner nicht unerheblichen Alkoholisierung niemals wieder vergessen würde.

Urplötzlich ertönte am Faschingberg ein markerschütternder Schrei, während von der gegenüberliegenden Seite der Schlucht von einem Punkt weit über dem Niveau des Höhenwegs ein schwarzes Etwas in hohem Bogen durch die Luft flog – quer über die Schlucht, wobei es sich für den Bruchteil einer Sekunde sogar zwischen Essig-Hannes und den fast vollen Mond schob.

»Vor dem hellen Nachthimmel konnte ich ganz deutlich die Bockshörner und die glühenden Augen sehen«, hatte Schwarzmichel zu Protokoll gegeben. »Entweder war's der Teufel selber oder eine verwünschte Schiachpercht beim Perchtensprung. Und schauen Sie mich nicht so an, ich weiß, was ich gesehen habe, auch wenn ich schon ein paar Achterl intus hatte.«

Bei dem Gedanken an Schwarzmichels krasse Untertreibung seinen Alkoholkonsum betreffend musste Jacobi grinsen, während er die Zweihundertsiebzig-Grad-Kurve auf der Zufahrt zur A 10 an der Haftungsgrenze seiner Reifen hinunterradierte.

Leider hatte zunächst niemand auf den Essig-Hannes gehört, der im Suff ständig irgendwelche Räuberpistolen erfand. Deshalb war die Abgängigkeit von Grankenbruch auch erst nach zwei Tagen offiziell angezeigt worden, nachdem sich der anhanglose Lehrer bis dahin weder an der HS Bad Hofgastein gemeldet hatte noch sonst irgendwo zu erreichen gewesen war. Am Morgen des dritten Tages begann die Suche nach ihm, da man sich überlegt hatte, die Angaben von Schwarzmichel nun doch zu überprüfen.

Tatsächlich stieß man am Faschingberg auf einer kleinen Lichtung abseits des Forstwegs auf den Subaru des Vermissten und ein Stück weiter auf das Katapult, dessen Ausrichtung die Suchmannschaft wiederum veranlasste, die Nachforschungen auf die Schlucht auszudehnen, in der man schließlich die Leiche des Lehrers im Perchtenkostüm fand. Da es seit Schwarzmichels Erscheinung zweimal geschneit hatte, war die Arbeit der Spusi kein Zuckerschlecken gewesen. Jacobi hatte sich zwar kurz Gedanken über den sichergestellten Joint gemacht, der unter dem Katapult gelegen hatte, sodass ihn fast kein Schnee bedeckt hatte, aber ein seltsamer Zufall allein rechtfertigte noch keine weiteren Ermittlungen und stützte auch nicht die hanebüchene Hypothese, Lazarus Grankenbruch, der Autor des ironisch gefärbten Sachbuches »Irrweg Arminius« über die römisch-germanischen Beziehungen einst und jetzt, könnte gegebenenfalls in ultrarechten Kreisen angeeckt haben.

Trotzdem fragte sich Jacobi allen Ernstes, ob er seinem Spitznamen »Terrier« damals eher gerecht geworden wäre, hätte die Art und Weise, wie Grankenbruch umgekommen war, nicht wie die Faust aufs Auge zu ihm gepasst.

5 DER »POSAUNERWIRT« AN DER B 311, kurz vor der Abzweigung ins Gasteiner Tal, war weit über die Bezirksgrenzen des Pongaus hinaus für seine gute Küche bekannt, aber im Jänner merkte man doch, dass das Restaurant über keine direkte Anbindung an die Wintersport-Zentren verfügte: Die zweiteilige rustikale Gaststube war zu Mittag nicht gerade überlaufen.

Jacobi ging in den hinteren Teil des Raums, wo er einen hageren Mann mittleren Alters allein an einem Ecktisch in einer Art Separee sitzen sah. Sein schütteres blondes Haar war ultrakurz, von der abstrusen Mode, sich drei Schnittlauchlocken quer über die Glatze zu legen, schien er nichts zu halten. »Herr Freudenschuss?«

Der andere erhob sich. »Der bin ich. Bitte, setzen Sie sich doch, Herr Oberst. Und danke, dass Sie so schnell gekommen sind.« Um seinen tiefen knarrenden Bass hätte sich jeder Männerchor gerissen.

Jacobi hatte kaum Platz genommen, als eine Rotte Verkehrspolizisten den Nebentisch entern wollte, um ihr Abo einzunehmen. Ein Revierinspektor erkannte Jacobi und lotste seine Begleiter gleich zu einem weiter entfernten Tisch. Für die richtige Einschätzung der Situation dankte ihm Jacobi mit einem kurzen Nicken.

Eine dralle Kellnerin nahm die Getränkebestellungen entgegen. »Ein kleines Weizen für den Herrn Oberst und ein Wasser für den anderen Herrn, kommt sofort!«, repetierte sie gemütlich, bevor sie hinter den Tresen verschwand.

»Abgesehen von meinen Ahnungen, Herr Oberst«, verlor Freudenschuss keine Zeit, »sollten bezüglich der Causa Grankenbruch auch ein paar Details Erwähnung finden, die der Polizei bisher noch nicht bekannt waren.«

»So etwas in der Art hab ich mir schon fast gedacht. Und diese Details wären?«

»Fangen wir am besten mit dem Perchtensprung an: Es war nicht die einzige Idee unseres Kreativteams, den Sprung vor oder nach diversen Perchtenevents zu etablieren. Vor etlichen Jahren hatte ich in einer alten Schrift die Anleitung zu einem Perchtenreigen, besser gesagt, zu einer Art Dämonentanz entdeckt, den ich mit einigen anderen Perchtenläufern, so muss ich gestehen, heimlich und gelegentlich auch bekifft trainierte.«

»Ihnen ist schon klar, dass Sie einem Exekutivbeamten gerade eine Straftat gestanden haben?«

»Und wenn schon: Die wär ohnehin längst verjährt. Wir waren jung, hielten uns für cool und fühlten uns so den urzeitlichen Dämonentänzern, die ihren Met mit allerlei Pflanzensamen zu mischen pflegten, besonders nahe.«

»Ach?«

»Ja. Unter dem Einfluss der Barbiturate hatten wir übrigens schon früher hie und da kleinere Unfälle, zum Glück aber nie etwas Gravierendes. Als Lazi dann als junger Lehrer nach Gastein kam und zu unserer Gruppe stieß, griff er die Grundidee vom Dämonentanz begeistert auf und entwickelte sie in Richtung Perchtensprung-Sage weiter. Wäre er noch am Leben, würde die Perchtenavantgarde sehr wahrscheinlich noch heute versuchen, solche Akzente im Verein durchzusetzen, um sie dann bei den alle vier Jahre stattfindenden Umzügen einzubauen.«

»Und wer gehörte vor drei Jahren zu diesem Kreativteam, das Sie angesprochen haben?«

»Nun, fast der gesamte heutige Vereinsvorstand: Gunde, Barca, Iris, Lazi, Harry, Steff und ich. Matthi nicht. Der ist zwar ein hervorragender Aufsichtsjäger und überhaupt ein sehr anstelliger Zeitgenosse, aber besonders kreativ ist er nicht, und Enzo ist als Zuag'roaster aus Niederösterreich und Protegé von Steff ohnehin erst später zu uns gestoßen.«

»Als Protegé von Stefan Batjany, dem Architekten?«, vergewisserte sich Jacobi.

»Ja. Aber damit hier keine Missverständnisse entstehen: Nicht nur wir sechs vom Kreativteam wussten über die Trainingssprünge Bescheid, die Lazi am Faschingberg machte, sondern auch Matthi, Enzo, Adrian und Valerie.«

»Noch eine Dame! Ich dachte, an den Perchtenumzügen dürfen nur Männer teilnehmen? Warum ist dann hier gleich von vier Frauen die Rede?«

»Bei den Umzügen sind Frauen tatsächlich nicht dabei, und abgesehen von Iris gehören sie auch nicht offiziell dem Vorstand an. Inoffiziell sieht das jedoch schon wieder ganz anders aus, denn die Begüterten unter ihnen wie Fredegunde, Barca und besonders Valerie sind großzügige Sponsoren. Deren Geld ist neben den kargen Beihilfen der öffentlichen Hand für uns sehr wichtig, ohne ihre Unterstützung wäre zum Beispiel die Errichtung des neuen Vereinslokals beim Friedhof in Bad Bruck in dieser Form nicht möglich gewesen. Übrigens hat Lazi mit seinem Charme damals nicht nur diese drei, sondern auch viele andere, hauptsächlich weibliche Vereinsmitglieder, zum Spenden angeregt.«

»Heißt das, Grankenbruch war der Stimmungsmacher für das Projekt Perchtensprung?«

»Das war er, und mit seiner Begeisterung hat er die Mehrheit der Eingeweihten angesteckt. Auf seine Initiative hin ist das Katapult gebaut und samt ausrangiertem Sicherungsnetz für Zirkusartisten am Faschingberg aufgestellt worden – zwecks Geheimhaltung ein gutes Stück abseits von Forst- und Wanderwegen auf einer umzäunten Lichtung in unmittelbarer Nähe der Gadaunerer Schlucht.«

»Sie sagten: die Mehrheit der Eingeweihten. Also war nicht der gesamte Vereinsvorstand von dem abenteuerlichen Projekt begeistert?«

»Nein, und auch ich hielt es für zu gefährlich – allein schon wegen der haarigen Vereinshaftung bei Unfällen. Aber mit dieser Meinung waren Harry und ich in der Minderheit. Wir hatten zeitgleich ein ähnliches, allerdings wesentlich ungefährlicheres Projekt beworben, eine holografische Show, bei der drei Projektoren das virtuelle Bild einer laufenden Percht in die Luft fokussieren sollten.«

Jacobi nickte beifällig. »Das hört sich durchaus vernünftiger an. Und es wäre auch kein Beinbruch gewesen, hätte es nicht geklappt.«

»Das habe ich damals auch gesagt, aber die Frauen und Enzo haben zu Lazi gehalten, der für das Echte und Authentische plädierte, also wurden wir klar überstimmt. Steff und Matthi bildeten dabei eine eigene reaktionäre Minderheit im Vorstand, die – wie viele Mitglieder auch – am Perchtenlauf, wie er bestand, eigentlich rein gar nichts ändern wollte.«

Die Bedienung kam, brachte die Getränke und erkundigte sich nach dem Essen, aber mit weiteren Bestellungen wollten die Herren noch warten.

»Hat das gute Verhältnis, das Grankenbruch zu den Frauen pflegte, nicht für Verstimmungen bei den Ehemännern gesorgt?«, fragte Jacobi, nachdem sich die Kellnerin entfernt hatte.

»Vielleicht«, antwortete Freudenschuss zurückhaltend, da die Frage auch ihn betraf. »Trotzdem wäre die Schwärmerei meiner Frau nie und nimmer ein Grund für mich gewesen, Lazi in die Schlucht zu stürzen, falls Sie darauf hinauswollen. Er war mein Freund, da konnte Iris hundertmal in ihn vernarrt sein und aufgrund ihrer gemeinsamen Interessen viel Zeit mit ihm verbringen.« Das Offensichtliche, dass er sich nach so langer Zeit wohl kaum an die Behörden gewandt hätte, wenn er selbst der Mörder gewesen wäre, ließ er unausgesprochen.

»Aber Sie sind überzeugt, dass in der Nacht des Unglücks eine zweite Person am Katapult herumhantiert hat, obwohl keine diesbezüglichen Spuren gefunden wurden?«, packte Jacobi den Stier bei den Hörnern.

»Ja, das bin ich. Aber welche Spuren hätten nach zwei Tagen Schneefall auch noch da sein sollen? Eine, den Joint, hat es ja gegeben, aber die wurde leider nicht entsprechend gewürdigt. Das Katapult war im Normalfall immer gleich eingestellt, es wurde nur bei heiklen Windverhältnissen nachjustiert, woraufhin man den Schlitten aber sofort wieder arretierte und die Sicherung einrasten ließ, sodass er sich auf dem Scheibensockel keinen Millimeter mehr bewegen konnte. Lazi hätte am fraglichen Abend bestimmt nicht mehr an der Mechanik rumgedoktert und den Schlitten um neunzig Grad gedreht, und ganz sicher nicht, nachdem wir – wie an Tischtennis-Nachmittagen üblich – bereits einen Dämmerschoppen beim ›Winklhofer‹ genommen hatten. Außerdem waren Lazi, Enzo, Matthi und ich an den Tagen zuvor als Krampusse unterwegs gewesen. Um zu wissen, was das heißt, muss man es selbst mal mitgemacht haben, aber ich sag Ihnen: Wir waren fertig. Warum Lazi in dieser Verfassung überhaupt noch da raufgefahren ist – egal ob allein oder in Begleitung –, wird wohl für immer ein Rätsel bleiben.«

»Das alles haben Sie doch damals schon gewusst, warum haben Sie es dennoch nicht zu Protokoll gegeben?«

»Weil es nichts anderes bedeutet hätte, als jemanden vom Vorstand konkret des Mordes zu verdächtigen.«

»Und dazu hatten Sie nicht den Mut?«

»Nennen Sie es, wie Sie wollen. Außerdem hatten alle, die in Frage kamen, ein Alibi.«

»Ja, entweder durch einen Ehepartner bestätigt oder wie bei Adrian Manescu und den Batjanys noch zusätzlich durch das Hausmädchen und die Gouvernante.«

»Hätte ich mich etwa hinstellen und mehrere Aussagen öffentlich anzweifeln sollen, wo doch Iris und ich selbst ein zwar plausibles, aber dennoch nicht hieb- und stichfestes Alibi vorweisen konnten?«

»Könnte denn jemand den möglicherweise fahruntüchtigen Lazi dazu überredet haben, sich noch so spät am Abend auf den

Faschingberg kutschieren zu lassen?«, lenkte Jacobi das Gespräch wieder auf das Motiv für die unterstellte Gewalttat.

»Sie meinen: eine Frau? Auf solche Spekulationen lasse ich mich erst gar nicht ein.«

»Dann sagen Sie mir verdammt noch mal endlich, welche Andeutungen *Ihre* Frau gemacht hat, deshalb sitzen wir doch hier.«

»Sie will ihren Informanten nicht preisgeben – aus Gewissensgründen, wie sie sagt, aber die betreffende Person habe ohnehin keinen Namen genannt. Trotzdem behauptet ebendiese Person, aufgrund bestimmter Insiderkenntnisse zu wissen, wer der Mörder von Lazi ist: jemand aus dem erweiterten Vorstand des Perchtenvereins.«

»Aha, und Sie befürchten nun, Ihre Frau könnte es während des Jour fixe auf der Rastötze darauf anlegen, diese Person aufzuscheuchen?«

»Und ob ich das befürchte! Bei diesen Besprechungen wird oft furchtbar gestritten und auch ganz schön gesoffen, da –«

»Da könnte sich manch einer bemüßigt fühlen, den anderen seine ganz persönlichen Wahrheiten aufs Auge zu drücken«, fiel Jacobi Freudenschuss ins Wort, wobei er die Binsenweisheit ignorierte, redende Zeugen niemals zu unterbrechen.

»Sie sagen es. Es stehen oft auch brisante Themen auf der Tagesordnung, die nicht immer ausschließlich mit den Perchten zu tun haben. Schließlich sitzen unsere Vorstände auch im Gemeinderat, im Vorstand vom Tourismusverband, dem Wintersportverein, dem Golfclub und so weiter. Ohnehin bleiben solche Diskussionen generell nie auf die Tagesordnung beschränkt. In einer so aufgeheizten Stimmung werden alte Rechnungen präsentiert und neue aufgemacht, wobei es besonders emotional wird, wenn's um Geld oder die persönliche Reputation geht.«

»Oder wenn der Womanizer Lazarus Grankenbruch ins Spiel kommt, nicht wahr?«, spitzte Jacobi die Aussage erneut zu.

Freudenschuss seufzte. »Wenn Lazi bloß der einzige Womanizer gewesen wäre. Aber leider tummeln sich im Vorstand noch drei weitere Platzhirsche, von denen Matthi Bibernell der potenteste, aber auch unromantischste ist, wie die Fama zu erzählen weiß.«

»Welche Fama?«

»Nun, es gibt einige, sogar namentlich bekannte Damen in Gastein, die um seine gewissen Qualitäten sehr konkret Bescheid wissen. Aber auch Harry Sertorius kann diesbezüglich schon mehr als nur ein Register ziehen«, fuhr der Lehrer fort, ohne auf die Zwischenfrage näher einzugehen. »Er ist unbestrittener Hahn im Korb bei allen Skihaserln, von denen das eine oder andere sogar im beschaulichen Gasteiner Sommer antanzt – nur seinetwegen.«

»Und wer ist der Dritte im Bunde? Stefan Batjany?«

»Gott, nein! Der Steff könnte zwar trotz seiner fünfundsechzig Lenze an jedem Finger zehn Weiber haben, schließlich ist er Herr eines Immobilien-Imperiums, millionenschwer und besitzt eine der größten Jagden in Gastein, aber er ist kein Aufreißer. Außerdem passt die fünfundzwanzig Jahre jüngere Gunde schon auf, dass keine Nebenbuhlerin andockt, obwohl sie sich selbst alle Freiheiten rausnimmt. Nein, der Dritte ist Enzo Knapp, der nicht nur gleich alt ist wie Matthi, sondern auch ebenso willig und nicht wählerisch bei den Damen, vorausgesetzt, sie sind großzügig und finanziell gut aufgestellt.«

»Ist er verheiratet?«

»Ja, seine hübsche junge Frau Lavinia arbeitet als Lohnbuchhalterin in einem Hotel und verdient dort ganz leidlich. Aber Enzo lebt eindeutig auf zu großem Fuß, hat teure Hobbys und muss einer vorehelichen, ziemlich abgerutschten Tochter immer noch Geld nachschießen.«

»Ist sie auf Drogen?«

Freudenschuss nickte. »Ja. Das alles ist für ihn schwer unter einen Hut zu bringen. Jagd, Safaris und entsprechende Urlaubsreisen kosten nun mal, und dann ist da auch noch die Fünfunddreißig-Fuß-Dehler-Yacht in der Marina von Piran.«

»Na ja, immerhin ein preiswerteres Modell als zum Beispiel eine Sunbeam- oder Baltic-Yacht«, bewies Jacobi Insiderwissen, was Freudenschuss allerdings nicht sehr zu beeindrucken schien.

»Mag sein, besonders wenn man nur die äußere Hülle kauft! Die Summe für den Innenausbau schuldet Enzo einheimischen Tischlern und Schreinern bis heute. Aber so ein Lebensstil will finanziert werden, und das gelingt selbst der grauen Eminenz der Kommunalpolitik nicht immer. Da hilft es auch nicht, Baubewilligungen an gewisse Gefälligkeiten zu knüpfen, und auch der Kontakt zu Steff, der ihm noch vor Jahren das Haus zu konkurrenzlosen Bedingungen hingestellt hat, macht heute das Kraut nicht mehr fett. Trotz seines Dreifachverdiensts scheint es für Enzo hinten und vorn nicht zu reichen.«

»Wieso Dreifachverdienst? Wie Sie schon mehrfach erwähnten, ist Knapp Ressortleiter am Bau- und Wohnungsamt und inoffiziell auch noch für die Batjany Bau AG tätig, welche ist die dritte Verdienstmöglichkeit?«

»Enzo war vor langer Zeit mit Barca Sertorius verlobt, hat diese Chance aber durch einen besoffenen One-Night-Stand mit Gunde Batjany in den Sand gesetzt. Immerhin behielt er den Verwalterjob bei der Wohnbau-GesmbH Tauernland, den ihm Barca in gemeinsamen glücklicheren Tagen vermittelt hatte. Sie selbst hatte gleich nach der Matura als kleine Volontärin bei der Firma angefangen und sich – mit welchen Methoden auch immer – in kürzester Zeit bis in die Direktionsetage hinaufgearbeitet, ehe sie wegen des überraschenden Suizids ihres Vaters zu Hause übernehmen musste. Und trotzdem hat sie es später noch in den Vorstand der Tauernland geschafft.«

»Was war mit der Mutter? Warum hat sie nicht die Leitung der Hotels übernommen?«

»Sie ist bald nach dem Tod ihres Mannes nach München verzogen, dürfte aber nach wie vor an den drei Häusern beteiligt sein. Näheres darüber weiß ich leider auch nicht, wohl aber, dass Enzo Unregelmäßigkeiten im Rahmen seiner Verwaltertätigkeit nachgesagt werden.«

»Nachgesagt? Oder können sie auch bewiesen werden?«

»Bislang kursieren nur Gerüchte, aber in letzter Zeit gehen Barca und Enzo nach Jahren des Friedens wieder ganz und gar nicht entspannt miteinander um, also dürfte an den Gerüchten schon was dran sein.«

»Und damit sind wir schon mitten in der Beschreibung der Perchtenvereins-Vorstandsmitglieder und ihrer Beziehungen zueinander. Vor allem der Herr Kommerzialrat würde mich in diesem Zusammenhang noch interessieren.«

»Steff? Aber wieso? Der wird beim Jour fixe auf der Rastötze doch gar nicht dabei sein.«

»Ist nicht ständig von sieben Vorstandsmitgliedern die Rede? Da gehört Batjany doch auch dazu, oder nicht?«

»Schon, aber Steff? Nein, das kann ich mir wirklich nicht vorstellen!«

»Was Sie sich wirklich nicht vorstellen können, Herr Freudenschuss, interessiert mich nicht so sehr wie die Leute, die Sie mir vorstellen sollen.«

»Natürlich, entschuldigen Sie bitte.«

Jacobi richtete den Blick an die verrauchte Gastzimmerdecke. »Also: der Architekt Kommerzialrat Stefan Batjany?«

»Steff ist ein Cousin der bekannten Gewürz-Dynastie Batjany. Angeblich hält er auch ein ansehnliches Stammaktien-Paket des Familienkonzerns, ist aber nur in seiner eigenen Branche tätig.«

»Was heißt?«

»Er baut, kauft und verkauft Immobilien, besitzt einige Mietshäuser und zwei Hotels, dazu betreibt er noch Subunternehmen wie etwa eine Erdbewegungsfirma, Sägewerke in Kärnten und der Steiermark und eine Ziegelfabrik in Tschechien. Zurzeit ist er auf mehreren Großbaustellen zugange, zum Beispiel draußen in Urstein, wo er allerdings große Probleme haben soll. Enzo als sein Quasi-Prokurist hat ihn dem Hörensagen nach in einen dubiosen Deal mit einem internationalen Kartell hineingeritten.«

»Scheint so, als gäbe es mehrere Personen in Ihrer Runde, die zurzeit nicht gut auf Enzo Knapp zu sprechen sind?«

»Nun, das liegt wohl daran, dass Enzo zunächst recht sympathisch rüberkommt, sehr überzeugend wirkt und ein hervorragender Organisator ist, er aber die operativen Teile jeder Unternehmung grundsätzlich anderen überlässt und nicht die Spur von Handschlagqualität besitzt.«

»Tja, solche Leute kennt wohl jeder. Und außerdem …?«

»Außerdem ist er ein penetranter Nassauer, wie es in Gastein keinen Zweiten gibt.«

»Sie meinen, er ist ein Schnorrer?«

»Das trifft es nicht ganz. Er schnorrt nicht, sondern nimmt Zuwendungen entgegen und lässt sich reihum aushalten. Und er versteht es bestens, vom Straßenfeger bis zum Millionär jeden für seine Zwecke einzuspannen. Aber jetzt reden wir schon wieder über Enzo.«

»Verzeihung, diesmal war ich schuld«, räumte Jacobi ein. »Eigentlich waren wir ja noch bei Stefan Batjany.«

»Nun, die wesentlichen Daten zu seiner Person sind Ihnen ja sicher aus den Akten geläufig. Steff sitzt übrigens – ebenso wie Enzo, Harry und ich – im Gemeinderat.«

»Barca nicht?«

»Nicht in Hofgastein. Eines ihrer drei Häuser steht zwar unübersehbar im Ortszentrum, aber es wird von Harry geführt, deshalb ist auch nur er hier gemeldet. Barca gehört dem Gemeinderat von Bad Gastein an.«

»Geschickt, so kann das Ehepaar Sertorius in beiden Orten auf Entscheidungen Einfluss nehmen.«

»Sie sagen es.«

»Gibt es noch andere Gemeinsamkeiten der bisher erwähnten Personen? Sie erwähnten vorhin den Golfclub, den Tourismusverband und den Wintersportverein.«

»Für ambitionierte Gasteiner gehört es zum guten Ton, sowohl Mitglied beim GTV, dem Gasteiner Tourismusverband, als auch beim WSV, dem Wintersportverein, zu sein, weshalb der gesamte Vorstand des Perchtenvereins ihnen angehört.«

»Und wie sieht's mit dem Golfclub aus?«

»Dem auch. Nur Bibernell macht da eine Ausnahme, er hält von Golf nichts. Ansonsten sind alle dabei, wobei die Motive für eine Mitgliedschaft im GC Gastein eher unterschiedlicher Art sein dürften«, blieb Freudenschuss unverbindlich.

»Weil Sie Bibernell gerade erwähnen: Wer von den Vorstandsmitgliedern des Perchtenvereins ist denn kein Jäger?«, hakte Jacobi ein.

»*Touché!* Wieder zielsicher getroffen. Rein zufällig pflegt der gesamte Vorstand das edle Waidwerk, auch die Frauen.«

»Auch Ihre?«

»Ja.«

»Was mich gerade wundert: Haben Sie und Ihre Freunde bei Ihrer verplanten Freizeit überhaupt noch Zeit für Beruf und

Familie?« Jacobi wäre erstickt, hätte er diese Anzüglichkeit nicht an den Mann bringen können, aber Freudenschuss schien die süffisante Bemerkung kaltzulassen.

»Im Innergebirg ist man von der Kindheit bis über den Tod hinaus Mitglied in mehreren Vereinen oder gemeinnützigen Institutionen, das gehört hier einfach zur Lebensart. Bibernell ist beispielsweise zusätzlich noch bei der Feuerwehr, bei der Bergrettung und beim Alpenverein. Ich hoffe trotzdem, dass Sie in uns nicht nur eine Spezies von Vereinsmeiern sehen und auch nicht das weitverbreitete Vorurteil gegenüber Jägern teilen?«

»Keineswegs«, log Jacobi, »aber am Schmiss an Ihrer linken Wange erkenne ich, dass Sie sogar korporiert sind oder zumindest waren. Wer noch?«

Der Lehrer war nicht darauf gefasst gewesen, auf seine Zugehörigkeit zu einer schlagenden Verbindung angesprochen zu werden. Entsprechend zurückhaltend antwortete er: »Stefan Batjany und Harry Sertorius. Wir waren respektive sind noch alle drei Mitglied der Germania.«

»Eine Grazer Verbindung, schau mal einer an! Sie klingen aber nicht besonders steirisch.«

»Ich bin in Radstadt geboren. Erst nach meiner Pflichtschulzeit ist meine Mutter mit mir zurück in ihre Heimatstadt Graz gezogen und hat dort einen pensionierten Hofrat geheiratet, der dann logischerweise mein Stiefvater geworden ist. Harry ist übrigens auch kein Steirer, sondern wie Steff Burgenländer, aber beide haben in Graz studiert, natürlich zu unterschiedlichen Zeiten.«

»Und Sertorius, ehemals Harald Kernbeißer? War der nicht Angestellter einer Versicherung, ehe er in die Gasteiner Hotel-Dynastie Sertorius eingeheiratet hat? Wie kommt einer mit einem solchen beruflichen Hintergrund in eine akademische Studentenverbindung?«

»Er hat sein BWL-Studium an der Karl-Franzens-Uni abgebrochen, sich aber anschließend in der Versicherungsbranche gut geschlagen, um das adäquate Vokabular zu verwenden. Ich seh schon, dass Ihnen Korporierte nicht so zu Gesicht stehen, aber ich kann Sie beruhigen: Meine Kontakte zur Germania beschränken sich seit Jahren auf ein Minimum.«

»Auch ich kann Sie beruhigen: Für mich sind Sie ein Zeuge wie jeder andere auch. Sollten Ihre Aussagen helfen, einen alten Fall zu klären oder sogar neue Straftaten zu verhindern, ist es mir schnurzegal, welche Vorlieben Sie privat pflegen«, log Jacobi abermals treuherzig.

»Sie haben also nicht gleich an Lazis Publikation ›Irrweg Arminius‹ gedacht, als Sie erfuhren, dass er drei korporierte Freunde hatte?«

»Doch«, gab der Ermittler zu, um das Vertrauen seines Gegenübers nicht vorschnell zu verspielen. »Aber diese Spur – wenn man sie denn überhaupt als solche bezeichnen kann – wurde schon vor drei Jahren als ziemlich kalt abgetan.«

»Alles andere wäre auch ziemlich lächerlich. Lazis Veröffentlichung, die, nebenbei gesagt, keinen besonderen Widerhall fand, hat zwischen uns vieren noch nie einen Grund für Zwistigkeiten dargestellt, und für Harry schon gar nicht. Er hat sich nicht aus politischen Gründen korporiert, sondern schlicht und einfach, weil er sich Vorteile davon versprochen hat.«

»Und Batjany? Hat der sich an der Veröffentlichung gestoßen?«

Freudenschuss lachte belustigt auf. »Steff hatte Lazi gegenüber sicher andere Vorbehalte als dieses politische Pamphlet.«

»Nämlich welche?«

Dem Lehrer schien seine ungewollte Indiskretion erst im Nachhinein bewusst geworden zu sein. Er begann zu stottern und wand sich wie der oft zitierte Regenwurm, aber Jacobi wiederholte seine Frage mit Nachdruck: »Welche anderen Vorbehalte, Herr Freudenschuss?«

»Zunächst einmal waren Lazi und meine Frau Iris die Ersten im Gasteiner Tal …« –

»Die Ersten womit?«, drängte Jacobi, als sein Informant schon wieder stockte.

»Na, die ihn öffentlich kritisiert haben, weil er ständig Asylanten auf seinen Baustellen arbeiten lässt, schwarz natürlich.«

»Haben die beiden ihn angezeigt?«

»Nein, aber sie haben bei anderer Gelegenheit gehörig an seiner Reputation gekratzt.«

»Und zwar bei welcher?«

»Sie haben die Wasser-Connection aufgedeckt. Das ist eine kleine Gruppe von Geschäftsleuten, die den ansässigen Bauern im Auftrag des Schweizer Lebensmittelkonzerns Schnäbli peu à peu und möglichst unauffällig ihre Wasserrechte abluchsen soll.«

»Soll heißen, Batjany & Co. bilden hier im Tal eine Speerspitze der Schnäbli AG?«, fragte der Kriminalbeamte nach.

Freudenschuss nickte. »Ja, erstaunlicherweise. Übrigens auch das Ehepaar Sertorius, bei dem es mich allerdings nicht ganz so sehr wundert, denn lukrative Netzwerke sind den beiden sicher geläufiger als grüne Prinzipien. Völlig rätselhaft ist mir dagegen, warum Steff sich für so was hergibt. Er ist eher der konservative, heimatverbundene Typ.«

»Vielleicht strampeln manche Reiche ja nur in einem anders kalibrierten Laufrad als wir, die gewöhnlichen Sterblichen«, gab Jacobi den Soziologen.

»Und deshalb ticken sie auch anders? Meinen Sie das?«, setzte Freudenschuss klassenkampfmäßig noch eins drauf.

Jacobi zuckte mit den Schultern. »Vielleicht befindet sich Batjany ja auch in einer wie immer gearteten Zwangslage, die ihn gegen seine Überzeugungen handeln lässt«, bog er den wenig zielführenden Diskurs ab.

»Nun, abgesehen von Enzo und Matthi, die am finanziellen Tropf der Batjanys hängen, und dem Ehepaar Sertorius sind die meisten Einheimischen ohnehin strikt gegen den Ausverkauf des Wassers durch die Hintertür«, zog Freudenschuss eine klare Trennlinie. »Und dass der kein Hirngespinst ist, beweist schon die häufige Anwesenheit von Adrian Manescu in Gastein, wenn Steff etwas nicht ganz Astreines vorhat.«

»Beispiel?«

»Nun, zum Beispiel hilft Adrian schon mal nach, wenn es bei der Vergabe von Bau-Losen außerhalb des Pongaus nicht so läuft wie gewünscht und ein diskretes, dickes Kuvert allein nicht reicht.«

»Ich verstehe, aber zuvor haben Sie Manescu doch in erster Linie mit Batjanys Wassergeschäften in Zusammenhang gebracht?«

»Er ist ja auch Steffs Kontaktmann zu Schnäbli und europaweit für den Konzern unterwegs, um bei Kommunen und privaten Grundbesitzern die Bereitschaft abzuchecken, Trinkwasser zu verkaufen, und anschließend die Bedingungen auszuloten. Ab 2020 soll der Trinkwassermarkt liberalisiert werden, bis dahin will natürlich jeder große Lebensmittelkonzern seine Claims abgesteckt haben.«

»Ein verabscheuungswürdiger Trend, aber damit ist die Gier nach der kostbarsten aller Ressourcen nur allzu verständlich. Allerdings erklärt das noch lange nicht Ihren offensichtlichen Respekt vor Manescu.«

»Er soll als junger Mann Oberleutnant bei der Securitate, der berüchtigten Geheimpolizei Ceaușescus, gewesen sein und dort den Decknamen Leopard geführt haben. Neunundachtzig, nach dem Zusammenbruch des Ostblocks, hat er sich dann in den Westen abgesetzt.«

»Nun, wenn der Rumäne innerhalb der EU schon einmal mit dem Gesetz in Konflikt gekommen ist, wird er in unserem EKIS sicher auftauchen.«

»Er ist auf jeden Fall gefährlich, glauben Sie mir.« Jacobis Gelassenheit beunruhigte Freudenschuss. »Auch wenn er auf den ersten Blick harmlos wirkt und viele im Golfclub ihn sogar sympathisch finden. Aber im selben Golfclub wird auch kolportiert, dass er Anfang der Neunziger Waisenkinder aus seiner Heimat an adoptionswillige Europäer und US-Amerikaner vermittelt haben soll, später angeblich der Kopf einer Schlepperorganisation war, Zwangsprostituierte an Bordelle in Deutschland, Österreich und der Schweiz vermittelt und in den letzten Jahren illegale Bauarbeiter zu Billigst-Tarifen an Subunternehmen von Baukonzernen verliehen hat.«

»Und über diese Schiene könnte er zum Beispiel Stefan Batjany kennengelernt haben, ist es das, was Sie mir sagen wollen?«

»Wäre doch naheliegend, oder etwa nicht? Aber die Wahrheit kennen nur die beiden. Mich beschäftigt ohnehin viel stärker, dass man Adrian auch Auftragsmorde zutraut. Und das scheint bei seiner Vergangenheit als Securitate-Offizier nicht aus der Luft gegriffen zu sein.«

»Wer traut ihm das zu?«

»Nun, etliche vom Golfclub, vom WSV und eben auch vom Perchtenverein.«

»Ich dachte, die finden ihn alle so sympathisch?«

»Viele, aber nicht alle.«

»Aha. Dann lassen Sie uns erst einmal überprüfen, was Manescu tatsächlich auf dem Kerbholz hat und was nur Gerücht ist. Dass sich ein Agent des Weltkonzerns Schnäbli so ohne Weiteres für einen Auftragsmord anheuern lässt, ist wirklich schwer zu glauben, egal ob er nun bei der Securitate war oder nicht. Außerdem wird er beim Jour fixe auf der Rastötzenalm ohnehin nicht dabei sein.«

»Aber er könnte doch trotzdem hinauftouren und sich auf die Lauer legen«, verteidigte Freudenschuss den wohl schon länger gehegten Verdacht. »Für einen Fünfzigjährigen ist er äußerst sportlich und noch dazu ein ausgezeichneter Schütze.«

»Für wen sollte Manescu so einen Auftragsmord begehen? Der Naheliegendste wäre Batjany, sein Partner bei den Wassergeschäften, aber gerade den halten Sie doch für unverdächtig.«

Darauf konnte oder wollte Freudenschuss nichts entgegnen, was Jacobi augenblicklich dazu veranlasste nachzuhaken. »Sie sagten vorhin, dass Steff gegenüber Lazi sicher andere Vorbehalte hatte, haben aber nur einen Vorbehalt genannt. Also, welche anderen noch?«

Als die Antwort wieder auf sich warten ließ, reichte es Jacobi. »Herr Freudenschuss, erst fühlen Sie sich zu wenig ernst genommen und fürchten, ich würde Gefahren am Horizont nicht erkennen, aber kaum frage ich etwas, das nicht mit Ihrer Sicht der Dinge korreliert, zieren Sie sich wie die Jungfrau beim ersten Date. Ich kann auch wieder heimfahren, wenn Sie sich lieber vor Ihren Freund Stefan, den Bau-Tycoon, stellen wollen, statt Ihre Frau zu schützen.«

Der Gescholtene lief puterrot an. »Ent… entschuldigen Sie, Herr Oberst, es ist nur …«

»Es ist nur so, dass niemand gern dem Kommerzialrat Batjany ans Bein pinkeln will?«, vervollständigte Jacobi den Satz nach seinem Dafürhalten. »Schon klar, Herr Freudenschuss, und trotzdem müssen Sie sich entscheiden.«

»Steff ist schon seit Jahren unglücklich in Barca Sertorius verliebt«, sprudelte es endlich aus dem Lehrer heraus. »Sie wäre die Frau seines Lebens, will aber trotz seines Reichtums, seiner Position und unzähliger Heiratsanträge nichts von ihm wissen – zumindest war das bis vor Kurzem noch der Fall.«

»Und was hat das mit Grankenbruch zu tun?«, setzte Jacobi nach. »Natürlich abgesehen von der Seltsamkeit, dass eine so geschäftstüchtige Frau wie Barca Sertorius irgendwann den Hallodri Harry Kernbeißer dem Grandseigneur Batjany vorgezogen hat?«

»Barca soll schon als junges Mädchen einen besonderen Widerwillen gegen wesentlich ältere Männer gehabt haben – so viel zu ihr und Steff. Aber das ist ja nicht des Pudels Kern.«

»Sondern?«

»Als sie ein paar Jahre verheiratet war, kam Lazi an die Hauptschule Hofgastein, und schon waren andere Männer bei ihr abgemeldet.«

»Auch Ehemann Harald?«

»Anzunehmen, denn Barca war von Lazi regelrecht besessen. Wie gesagt, es waren auch andere Frauen in den Beau verschossen, aber bei ihr war es mehr – viel mehr.«

»Wurden ihre Gefühle erwidert?«

»Lazi war nie jemand, der was anbrennen ließ. Und dennoch sahen die Damen in ihm nicht nur einen Gelegenheitsliebhaber wie zum Beispiel in Matthi Bibernell. Einige, unter ihnen auch Barca, wollten ihn ganz für sich, mit Haut und Haar und den ganz großen Gefühlen, womit wiederum er nicht einverstanden war. Seine Freiheit hatte Priorität. Sobald eine Favoritin – und war sie ihm auch noch so begehrenswert erschienen – versuchte, diese Grundregel außer Kraft zu setzen, war die Beziehung beendet.«

»Ein äußerst gefährlich lebender Mann«, merkte Jacobi nicht ohne Neid an. »Wer von Göttern und Frauen so geliebt wird, hat normalerweise mehr Feinde als Haare auf dem Kopf. Jedenfalls werde ich die Hinterbliebenen dieser *ménage-à-quatre*, Barca und Harald Sertorius, Stefan Batjany und Lazarus Grankenbruch, im Auge behalten.«

Freudenschuss nickte. »Allerdings müssen es nicht seine Weibergeschichten gewesen sein, die Lazi zum Verhängnis geworden sind«, sagte er nun impulsiver als beabsichtigt. »Wegen seiner unnachahmlichen Art, immer offen für Neues zu sein, Heuchler und Spießer aber gnadenlos zu kritisieren, lag er mit halb Gastein im Clinch.«

»Aber die andere Hälfte verehrte ihn dafür?«

»Nicht nur. Lazi kritisierte zum Beispiel öffentlich, dass in einer Region, die vor Liftanlagen und Lawinenverbauungen nur so strotzt, die Errichtung von Windrädern aus ästhetischen Gründen tabuisiert wird, obwohl Gastein neben dem Tiroler Wipptal die Föhn-Einfallschneise überhaupt ist und sich diese Form der Energiegewinnung an der Wetterscheide Alpenhauptkamm anbieten würde – zusätzlich zur Wasserkraft natürlich.«

»Apropos Wasserkraft und Ästhetik«, griff Jacobi den ewigen Zankapfel Landschaftsschutz auf, »euer Gasteiner Wasserfall, der schon einst von Grillparzer besungen wurde, ist von der E-Wirtschaft schon zu einer Zeit zum unansehnlichen Rinnsal kastriert worden, als von Windrädern im Land Salzburg noch längst nicht die Rede war.«

»Sie sagen es, und mit ebendiesem Vergleich hat Lazi sowohl Kommunal- als auch Landespolitiker immer wieder gepiesackt.«

»Stimmt, ich kann mich dunkel daran erinnern, dass die Diskussion vor einigen Jahren geführt wurde, nur der Name des Initiators war mir entfallen. War es nicht auch Grankenbruch, der eine effektivere thermische Nutzung des heißen Gasteiner Heilwassers nach isländischem Vorbild gefordert hat?«

Der Lehrer nickte. »Außerdem hat er an die Kollegen im Gemeinderat appelliert, die Bildung kostengünstiger Solardach-Baugemeinschaften zu unterstützen, wie es ostösterreichische Kommunen schon lange tun. Sogar Almhütten in geeigneter Lage sollten mit eingebunden werden, um die Dieselgeneratoren zu ersetzen. Es verging kaum ein Monat, in dem Lazi nicht mit einer neuen Idee daherkam, und kein Fettnäpfchen war ihm zu klein, um nicht hineinzutreten. So hat er manchen Bauern vorgehalten, im Supermarkt gekaufte Lebensmittel als Ab-Hof-Bioprodukte auf ihren Hütten anzubieten, obwohl sich so ein kleiner Schwindel ohnehin mit der Zeit von selbst wieder relativiert.«

»Denken Sie?«

Freudenschuss hob die Achseln und ließ sie wieder fallen. »Jedenfalls hat er sich dadurch bei etlichen Almbauern unbeliebt gemacht, nicht nur bei jenen, die Trinkwasser an Schnäbli verhökern wollten. Und diese Stimmung bekam dann später auch meine Frau zu spüren.«

»Wieso denn das?«, fragte Jacobi verwundert.

»Hatte ich nicht schon erwähnt, dass Iris Bildhauerin ist? Sie hat früher wie ich am BORG unterrichtet, Englisch und Kunst, widmet sich aber seit einigen Jahren nur mehr ihrer wahren Passion: der Holzbildhauerei und der metallurgischen Plastik, vor allem dem Schnitzen von Perchtenmasken. Nebenher arbeitet sie auch noch als Event-Managerin, weshalb sie im Gasteiner Tourismusverband auch Sitz und Stimme hat.«

»Sie wollten mir gerade erzählen –«

»Ich komm gleich dazu. Im Frühsommer vor seinem tragischen Tod hatte Lazi Iris dazu animiert, ihren Holz- und Bronze-Perchtenzyklus auf verschiedenen Gasteiner Berghängen aufzustellen, und hatte ihr für dieses Projekt auch die PR-Arbeit und etliche Behördengänge abgenommen.«

Jacobi verzichtete auf die Frage, warum nicht er, der Ehegatte, das getan hatte. »Ich erinnere mich an ein Foto, das dem Unfallakt beigelegt war«, sagte er stattdessen. »Es zeigte totemartige Perchtenfiguren mit verfremdeten, aber keineswegs fratzenhaften Gesichtszügen. Ziemlich beeindruckend.«

Der Mittelschullehrer lächelte geschmeichelt, als wäre er selbst der Schöpfer der Werke. »Sie haben ein phänomenales Gedächtnis, Oberst. Iris hat mit ihren Perchtenstelen in der Tat Bemerkenswertes geschaffen, leider fand ihr Œuvre in der öffentlichen Wahrnehmung nicht den entsprechenden Widerhall. Als die Bauern erfuhren, wer ihr bei dem Projekt zur Seite stand, schalteten viele auf stur – aus Solidarität mit jenen, die Lazi verunglimpft hatte. Wenigstens haben sich Gemeinde und Forstverwaltung nicht von vornherein als kunstfeindlich erwiesen, man hat Iris ein paar Plätze im öffentlichen Raum zur Verfügung gestellt, allerdings zeitlich begrenzt auf die Sommermonate.«

»Sie erwähnten, dass Ihre Gattin für Grankenbruch geschwärmt hat«, ging Jacobi nun ans Eingemachte. »Hatte sie ein Verhältnis mit ihm?« Er lauerte mit treuherzigem, braunem Dackelblick auf jede Regung im Gesicht seines Gegenübers und bemerkte, dass Freudenschuss zum zweiten Mal seit Beginn des Gesprächs stark errötete.

»Eine sehr indiskrete Frage, ich weiß«, räumte der Ermittler ein, wobei er konzentriert den Bierdeckel in seinen Händen betrachtete, »aber sie könnte uns durchaus weiterhelfen, wenn Sie sie wahrheitsgemäß beantworten.«

»Ich weiß es nicht, Oberst. Ehrlich! Ganz auszuschließen ist es nicht, mehr will ich dazu nicht sagen.«

»Das ist ehrlich genug«, gab sich Jacobi zufrieden, wobei sich der Macho in ihm doch ein wenig über den allzu zahmen Ehemann wunderte. Korporierte Akademiker hatte er bei Partnerschaftskonflikten schon ganz anders erlebt. »Dann erzählen Sie mir jetzt doch noch etwas über Fredegunde Batjany.«

»Sie war Ärztin, Toxikologin, ehe sie sich den fünfundzwanzig Jahre älteren Steff geangelt hat«, kam Freudenschuss fast überstürzt der Aufforderung nach. Er schien erleichtert über den Themenwechsel zu sein. »Ich hab vergessen, wo sie ihn kennengelernt hat, obwohl Iris es mir einmal erzählt hat – ich glaub, es war auf einem dieser Empfänge oder Events für G'stopfte.«

»Na, am Hungertuch nagen Sie sicher auch nicht.«

»Iris und ich sind zufrieden und würden wohl kaum mit Enzo Knapp oder Matthi Bibernell tauschen wollen. Die Batjanys, Sertorius' und Neuhausers spielen freilich in einer anderen Liga, aber auch sie beneide ich nicht.«

»Gut zu wissen, aber wir waren bei Frau Batjany.«

»Tja, Fredegunde arbeitet noch immer für die Biopharm AG in Orth an der Donau, obwohl sie das längst nicht mehr nötig hätte. Sie hat dort schon während des Studiums als Praktikantin gejobbt, heute betreut sie wohl von zu Hause aus diverse Forschungsprojekte, liebt es aber auch, zwischen Wien und Salzburg hin und her zu jetten – um ab und an der Provinz zu entfliehen, wie sie es ausdrückt.«

»Sie erwähnten am Telefon, dass Ihre Frau mit Fredegunde Batjany befreundet sei?«

»Ja, Gunde hat an Iris einen Narren gefressen. Ich glaube, weil sie Künstlerin und in ihren Augen eine Bohemienne ist. Sie lässt sie kaum spüren, dass wir nicht zum Jetset gehören, zumindest nicht, solange sie einigermaßen nüchtern ist.«

»Sie trinkt?«

Freudenschuss nickte. »Und schmeißt – zum Missvergnügen von Steff – oft Partys, auf denen sie sich dann die Kante gibt. Iris sagt, sie wirft sich auch jede Menge Amphetamine ein und kokst auf Teufel komm raus, aber das ist in diesen Kreisen ja nicht unüblich, oder?«

»Klingt ein wenig nach Sozialkritik«, provozierte Jacobi und nahm dafür eine etwaige Verstimmung von Freudenschuss in Kauf.

»Ich hatte doch schon erwähnt, dass Iris und ich mit unserem Häuschen und unseren beiden Kindern mehr als zufrieden sind«, sagte Freudenschuss dementsprechend reserviert.

»Buben oder Mädel?«, versuchte der Ermittler die mutwillig herbeigeführte Vernehmungspanne zu überspielen. Polizeischüler, die sich einen solchen Patzer leisteten, bekamen normalerweise ordentlich den Kopf gewaschen.

Freudenschuss ließ sich mit der Antwort demonstrativ Zeit. »Zwei Buben. Erich, fünfzehn, und Anton, zwölf.«

»Wie sieht's in den anderen Familien mit Kindern aus?«

»Das Ehepaar Sertorius hat auch zwei: die neunjährige Alice und den zwei Jahre jüngeren Peter.« Der Lehrer taute wieder auf. »Und die Bibernells haben genauso viele: Lukas ist wie unser Erich fünfzehn und schon ein Bild von einem jungen Mann, und die dreizehnjährige Barbara verspricht noch hübscher als ihre Mutter zu werden.«

»Und Enzo Knapp? Hat er, abgesehen von seiner ledigen Tochter, auch eheliche Kinder?«

»Natürlich. Sein zwölfjähriger Sohn Michael geht mit meinem Anton in dieselbe Klasse. Er soll nach der Pflichtschule die HTL besuchen, das jedenfalls wünscht sich sein Vater.«

»Die Batjanys haben keine Kinder?« Bei dieser Frage blickte Jacobi angelegentlich durch ein Fenster auf einen Goldegger Weiler auf dem gegenüberliegenden Höhenrücken des Salzachtals.

»Nein, wenigstens keine gemeinsamen. Steff hat einen Sohn

aus erster Ehe, Julius, der nach der Scheidung aber bei der Mutter geblieben ist. Er kennt seine Stiefmutter recht gut, weil er ebenfalls bei Biopharm in Orth an der Donau arbeitet.«

»Und Fredegunde Batjany?«

»Hat offiziell noch nie geboren und kann angeblich keine Kinder mehr bekommen.«

»Offiziell? Angeblich? Was soll das heißen?«

»Dass ich wieder nur mit Gerüchten aufwarten kann. Es wird gemunkelt, Gunde habe während ihrer Studienzeit ein Neugeborenes in die Babyklappe des Wiener Wilhelminen-Spitals gelegt, und ein Jahr später soll sie sogar abgetrieben haben, als sie knapp über den dritten Monat war.«

»Eine Medizinstudentin? Noch dazu eine, die in einem Pharmakonzern als Praktikantin gejobbt hat? Das ist schwer zu glauben. Klingt für mich eher nach Rufmord.«

»Was Konkretes weiß ohnehin niemand. Matthi kann jedenfalls nicht der Vater sein, ihn kennt sie erst, seit sie in Gastein ist.«

»Sie erwähnten schon, dass Bibernell als Beschäler vom Dienst verschrien ist. Falls Sie mir zu Frau Batjany nichts weiter zu sagen haben, würde ich gern mehr über ihn erfahren.«

»Tja, da bleiben wir am besten gleich bei seiner Beziehung zu Gunde. Matthi ist, wie Sie ja wissen, Aufsichtsjäger in der Nassfelder Jagd, und aufgrund seines … hm … privilegierten Verhältnisses zur Frau seines Chefs glaubt er, sich auch beruflich gewisse Freiheiten herausnehmen zu können.«

»Heißt im Klartext?«

»Er vergibt unter der Hand Abschüsse an Gastjäger und lässt die Erlöse in die eigene Tasche wandern, wobei er sich keine besondere Mühe gibt, das vor Gunde Batjany zu verheimlichen.«

»Und Frau Batjany duldet das?«

»Dulden ist vielleicht etwas zu viel gesagt, aber sie verrät ihn nicht, solange er regelmäßig mit ihr in die Kiste hüpft. Doch Steff ist ja nicht naiv: Ich wette, dass er trotz eines gerammelt vollen Terminkalenders über alles Bescheid weiß, was sich in seinem Einflussbereich abspielt, und irgendwann wird Matthi seine Langmut zu arg strapaziert haben.«

»Quousque tandem abutere, Catilina, patientia nostra?«, zitierte

Jacobi den alten Cicero. »Bibernell ist seinem Jagdherrn gegenüber also weder integer noch loyal. Fällt Ihnen sonst noch was Charakteristisches zu seiner Person ein?«

»Charakteristisch? Nun, wie gesagt ist er keine Mutter Theresa, obwohl er bei Leuten, die ihn nur flüchtig kennen, genau diesen Eindruck erweckt. Für die gemeinnützigen Vereine ist er fast immer verfügbar und erledigt, was man ihm aufträgt. Nichtjäger und Nichtvereinsmitglieder haben freilich auch schon die Erfahrung machen müssen, dass mit ihm nicht gut Kirschen essen ist. Haben Sie früher die Romane von Jack London gelesen?«

»Natürlich.«

»Matthi ist so ein Klondike-Typ wie aus Londons Geschichten: ein uriges Mannsbild, ein Trapper und Abenteurer, der keiner Prügelei aus dem Weg geht und dem eigentlich zur vollkommenen Entsprechung des Bildes nur noch die Schlittenhunde fehlen. Man kennt ihn als ausdauernden Jäger und Tourengeher, vor allem aber als verlässlichen Bergrettungs- und Feuerwehrmann, der in den Augen vieler Einheimischer das Zeug zum Vorzeige-Gasteiner hätte, wäre unter Insidern nicht bekannt, dass er auch die angesprochenen charakterlichen Defizite hat und zum Beispiel seine depressive Frau Agathe schlägt, wenn er betrunken ist.«

»Er verprügelt seine Frau?«, dachte Jacobi laut. »Könnte dann also Agathe Bibernell infolge der miesen Behandlung vielleicht einer Affäre mit dem feschen Lazi nicht abgeneigt gewesen sein?«

»Agathe und Lazi?« Freudenschuss lachte so schallend, dass sich die anderen Restaurantgäste nach ihnen umwandten. »Niemals«, sagte er daraufhin gedämpft. »Agathe hat zwar trotz zweier Geburten eine noch ansehnliche Figur, aber der Anblick ihrer verhärmten Züge hätte einen Feinspitz wie Lazi wohl kaum stimuliert, wenn Sie verstehen, was ich meine. Und ich glaube nicht, dass sie selbst einen Seitensprung in Erwägung gezogen hätte.«

»Aber vorhin haben Sie doch noch gesagt, sie sei hübsch?«

»Hübsch war vielleicht nicht unbedingt das richtige Wort, apart trifft es besser. Die Jahre mit Matthi haben auch an ihr Spuren hinterlassen.«

»Schlägt Bibernell auch seine Kinder?«

»Nicht dass ich wüsste. Die beiden liefern ihm wohlweislich keinen Grund für Gewaltausbrüche. In ihrer Anwesenheit schlägt er auch ihre Mutter nicht, soviel ich weiß.«

»Warum haben Sie einen so guten Einblick in die familiären Verhältnisse?«

»Mein jüngerer Sohn Anton ist seit Jahren mit Babs Bibernell befreundet. Ehe unser Haus fertig gebaut war, haben wir in der Nähe von Bibernells Gasthaus ›Hahnenkar‹ gewohnt. Anton ist oft bei Babs und gibt vor, sich bei den Hausaufgaben helfen zu lassen, obwohl er einer der Besten in seiner Klasse ist und zur Not ja auch noch Lehrereltern hätte. Eine Schwärmerei.«

»Ich verstehe. Jedenfalls ist Anton auf dem Laufenden, was bei den Bibernells so abgeht und was für ein Klima dort herrscht.«

»Exakt. Babs selbst hat einmal zu Anton gesagt, dass sie Angst um ihre Mutter und auch um den älteren Bruder habe, falls der sich eines Tages mit dem Vater anlegen sollte. Sie selbst fürchtet Matthi nicht, im Gegenteil: Sie kommt relativ gut mit ihm aus, er erfüllt ihr manchmal sogar den einen oder anderen Wunsch.«

»Das ist ein klar umrissenes Bild, das Sie von der Familie Bibernell zeichnen«, zeigte sich Jacobi recht zufrieden. »Sind Ihre Kinder vielleicht auch mit den Sprösslingen der übrigen Vorstandsfamilien näher bekannt?«

»Nur flüchtig. Geprügelt wird dort jedenfalls nicht, soviel ich weiß, falls es das ist, was Sie interessiert.«

»Das hat mich tatsächlich interessiert. Dann lassen Sie uns nun zu einer anderen Person kommen, von der bisher noch kaum die Rede war.«

»Sie meinen Harry? Harald Sertorius?«

»Genau.«

»Na ja, immerhin wissen Sie schon, woher er ursprünglich kommt und dass ihn Barca geheiratet hat, weil er im Job sehr tüchtig ist, wenn auch vorsichtshalber mit Ehevertrag –«

»Sehen Sie, das mit dem Ehevertrag wusste ich zum Beispiel nicht.«

»Nun, Harry scheint sich seiner Frau trotzdem einigermaßen

sicher zu sein, zumindest lassen seine unverfrorenen Seitensprünge das vermuten.«

»Er ist aber kein gewalttätiger Macho wie Bibernell?«

»Nein, das sagte ich ja bereits. Barca würde sich Handgreiflichkeiten aber auch niemals gefallen lassen. Sie bräuchte nur zu winken, dann würde Steff seine Gunde in die Wüste schicken.«

»Und das weiß Fredegunde Batjany?«

»Natürlich, aber es scheint das Wissen erstaunlicherweise nicht in Panik zu versetzen. Fast sieht es so aus, als verfügten sowohl Harry als auch sie über je einen Trumpf in der Hand, der ihnen den Status quo sichert.«

Till Freudenschuss konnte förmlich sehen, wie es hinter der Stirn seines Gegenübers arbeitete. Erst nach einer fast peinlich langen Gesprächspause meldete sich Jacobi wieder zu Wort. »Das alles ist in der Tat nicht uninteressant. Wie war eigentlich das Verhältnis zwischen Grankenbruch und dem Ehepaar Sertorius?«

»Ganz und gar nicht friktionsfrei. Barca hatte ja ihr Herz an Lazi verloren. Gegen eine so obsessive Liebe hat die Vernunft meistens keine Chance. Harry musste damals jeden Tag damit rechnen, dass ihn Barca trotz der Kinder verlassen würde. Außerdem kursierte da noch ein anderes seltsames Gerücht zu seinen Lasten.«

»Schon wieder ein Gerücht, und seltsam noch dazu?« Jacobi rollte übertrieben mit den Augen.

»Im Gasteiner Golfclub, dessen Präsident Harry ja ist, brodelt es nur so von Gerüchten, genauso im Perchtenverein. Kennen Sie vielleicht einen Verein oder Club, in dem nicht getratscht wird?«

»Also muss ich nur die Wahrheit von der Dichtung trennen. Gut. Dann mal los, was war das für ein Gerücht?«

»Es ging um das Geheimnis von Lazarus Grankenbruch schlechthin: um seine Schatzkarte.«

»Seine … Schatzkarte?«, wiederholte Jacobi, zwischen ungläubigem Staunen und Erheiterung schwankend.

»Bei ihr handelt es sich um ein ramponiertes Blatt Leinenpapier, datiert um 1630, also zur Zeit des Dreißigjährigen Krieges. Sie soll einem gewissen Joannis Grankenbruch, Hantelwäscher in der Böckh, gehört haben.«

»Aber Lazarus Grankenbruch war doch kein gebürtiger Gasteiner«, warf Jacobi ein.

»Nein, aber immerhin Pongauer, er stammte aus Sankt Veit. Den Plan hatte er im Nachlass seines Großvaters gefunden, bei dem er aufgewachsen war. Der entfernte Ahne Joannis, seines Zeichens Bergknappe in Böckstein, hat darauf angeblich die Lage eines sogenannten Sturzbeckens eingezeichnet, in dem mehrere Zentner Goldseife eingelagert gewesen sein sollen.«

»Sie meinen ein sogenanntes *hole*, eine Eintiefung am Fuß eines Wasserfalls oder ein Loch im Flussbett, in dem sich Waschgold gesammelt hat?«

»In etwa, ja. Aber das Wasser kann nach so langer Zeit auch woanders oder gar nicht mehr fließen.«

»Und wo soll dieses Sturzbecken zu finden sein?«

»Das weiß nur, wer die Karte hat – und sie auch zu lesen versteht.«

»Und?«

»Und was?«

»Was hat Harald Sertorius jetzt mit dieser Schatzkarte zu tun?«

»So genau weiß ich das nicht. Aber kurz vor seinem Tod hat Lazi entdeckt, dass man ihm den Lageplan nebst einem kleinen Notizbuch aus seinem Spind im Turnsaal der Hauptschule Bad Hofgastein geklaut hat, ohne Einbruchsspuren zu hinterlassen. Für Steff, Enzo, Matthi, Harry und mich war die Karte bis dahin nur ein Hirngespinst gewesen, von Lazi erfunden, um uns flunkernde Jäger auch mal ordentlich zu leimen.«

»Ich hab Ihnen gerade eben ja auch nicht geglaubt. Andererseits lassen sich manche Schatzsucher ihre Expeditionen sogar von Banken finanzieren, um beispielsweise nach kartografiertem Karibikgold zu tauchen, warum sollte es dann nicht auch Aufzeichnungen über verschollenes oder vergessenes Tauerngold geben? Grankenbruch jedenfalls hat den Plan anscheinend für echt gehalten, und nicht nur er, wie es aussieht.«

»Ja, das haben wir damals dann auch kapiert. Aber wer hätte sich trotz zweier abgeschlossener Türen Zutritt zum HS-Turnsaal verschaffen und dort einen nicht näher gekennzeichneten Spind knacken können? Schüler, Lehrerkollegen oder externe Benutzer fallen schon mal weg, denn wer immer da am Spind war: Die Person hat sofort den richtigen gefunden und besaß entweder den Schlüssel dazu oder war ein Profi. Es gab nicht die geringste Spur von Gewalt.«

»Gehörte Sertorius eigentlich auch zu Ihrer Tischtennis-Runde in der Turnhalle?«

»Er war nur gelegentlich dabei. Der Job, die Jagd, der Golfclub, andere Vereinsaktivitäten und ehrenamtliche Tätigkeiten für gemeinnützige Institutionen und nicht zuletzt auch sein bewegtes Privatleben ließen ihm wenig Zeit dazu.«

»Und warum wurde letztlich er des Diebstahls verdächtigt?«, versuchte Jacobi, wieder auf die Anschuldigung zurückzukommen.

Freudenschuss zuckte mit seinen knochigen Schultern. »Lazi behauptete, er hätte Harry gegenüber einen Vermerk auf der Karte erwähnt, der einen Montanistik-Freak wie ihn durchaus hätte folgern lassen können, dass an der Mär vom Waschgold etwas dran sei. Außerdem wäre nur jemand, der den Plan für echt hielt, auf die Idee verfallen, ihn zu stehlen.«

»Ein nicht unlogisches Argument«, räumte Jacobi ein. »Ich habe zu der Sache noch zwei Fragen. Erstens: Von welchem Wert reden wir hier eigentlich? Und zweitens: Warum sollte dieses Gold – falls es denn überhaupt jemals vorhanden war – noch an seinem Platz sein?«

»Auf die zweite Frage kann ich nur eine Theorie als Antwort anbieten: Vielleicht ist dem Knappen die Bergung des verheimlichten Fundes nicht möglich gewesen, oder er wollte sie nicht riskieren, da damals auf Erzdiebstahl schwere Strafen standen. Die erste Frage kann ich hingegen mit Sicherheit beantworten: Lazi hat erzählt, sein Urahne Joannis habe an den Rand des Plans die Zahl dreißigtausend und dahinter die Buchstaben G und D hingekritzelt.«

»Dann schätzte der Mann den Wert seines Fundes also auf dreißigtausend Salzburger Golddukaten«, dachte Jacobi laut. »Sollte er damit zum Beispiel Vierfachdukaten aus der Ära des Fürsterzbischofs Paris von Lodron gemeint haben, dann wären das nach derzeitigem Goldpreis etliche Millionen Euro. Ein gewaltiger Schatz. Der Wunsch, ihn zu besitzen, könnte nicht nur bei einem Minenarbeiter des siebzehnten Jahrhunderts kriminelle Energien freigesetzt haben.«

»Sie kennen sich mit historischen Münzen aus?«, fragte der Lehrer verdutzt.

»Nur oberflächlich, die Kollegen vom Referat Eigentumsdelikte sind da bei Weitem kompetenter. Der Wert des potenziellen Schatzes ist im Moment ohnehin zweitrangig, viel wichtiger wäre es zu wissen, ob Grankenbruch seinen Kameraden Sertorius mit dem Verdacht des Diebstahls konfrontiert hat.«

»Ich glaube nicht. Aber es war ja auch nur eine Vermutung ohne das geringste Indiz.«

»Dann ist es sehr unwahrscheinlich, dass der Dieb der Karte – wer auch immer das gewesen sein mag – ihretwegen getötet hat. Wenn er bereits im Besitz des Lageplans war, gab es keinen Grund mehr, den rechtmäßigen Besitzer zu töten, da ja nicht einmal der Einbruchsdiebstahl nachgewiesen werden konnte.«

»Tja, ich habe die Angelegenheit eigentlich auch nur erwähnt, weil sie so kurz vor Lazis Tod passiert ist«, verteidigte sich der Lehrer. »Ich wollte Harry keinesfalls hinhängen, von allen männlichen Vereinsmitgliedern verstehe ich mich mit ihm nämlich am besten.«

»Schon gut, Herr Freudenschuss. Gibt es denn sonst noch etwas, das Ihnen im Zusammenhang mit Grankenbruchs Tod erwähnenswert erscheint?«

»So ad hoc eigentlich nicht, aber wenn mir im Nachhinein noch etwas einfällt, werde ich es Ihnen telefonisch unverzüglich mitteilen.«

Jacobi verstand den Wink mit der Zaunlatte und reichte Freudenschuss seine Visitenkarte, was dem sichtlich angespannten Lehrer für den Moment Erleichterung zu verschaffen schien.

»Wir haben bisher nur davon gesprochen, dass meine Frau versuchen könnte, jemanden auf der Rastötze aufzuscheuchen, indem sie ihre Vermutung äußert, der Meuchler von Lazi sei jemand aus dem Perchtenvereinsvorstand«, kam er nun wieder auf seine anfängliche Befürchtung zurück, »aber nicht von der Reaktion der betreffenden Person darauf.«

»Ich schätze, das hängt wohl davon ab, wie konkret die Beschuldigung formuliert wird. Wenn Q – so nennen wir intern eine nicht identifizierte Person – das Gefühl hat, dass Ihre Frau nur bereits bekannte Gerüchte aufwärmt, die kaum bewiesen werden können, dann wird er oder sie in Deckung bleiben und den Sturm – so es denn nicht nur ein laues Lüftchen ist – vorüberziehen lassen.«

»Was aber, wenn Q befürchten muss, aufgrund bestimmter Umstände identifiziert zu werden?«, fragte Freudenschuss angstvoll.

»Verschweigen Sie mir etwa auch jetzt noch wichtige Indizien, Herr Freudenschuss?« Auf Jacobis Stirn erschien eine steile Unmutsfalte.

»Bei allem, was mir heilig ist: nein!«, ereiferte sich der Lehrer händeringend. »Ich habe Ihnen alles gesagt, was ich weiß, wirklich! Aber andere wissen sicher mehr als ich, und Iris hat angekündigt, sie würde auf der Rastötze noch einmal das damalige Verhältnis zwischen Lazi und einigen von uns zum Thema machen und die Alibis der Unfallnacht abklopfen. Nur deshalb und aus Angst um meine Frau möchte ich von Ihnen als Experten wissen, wie der Mörder reagieren wird, wenn er mit Entlarvung rechnen muss.« Noch während Freudenschuss sprach, wurde er blasser, und seine Augen nahmen den starren Blick eines Komapatienten an.

Den hartgesottenen Kriminalbeamten überlief eine Gänsehaut. »Sie befürchten also, Q würde, wenn er sich entdeckt fühlt, ein Blutbad anrichten, um sämtliche Zeugen auszuschalten?«, sprach er aus, was der andere dachte.

»Ist das denn so unrealistisch?«, stellte Freudenschuss die Gegenfrage nach einer so beängstigend langen Pause, dass Jacobi schon glaubte, er habe sich aus dem Dialog ausgeklinkt. Der Blick des Pädagogen war wieder klar geworden, aber er war noch immer weiß wie eine Wand, und sein Gesicht glänzte feucht.

Jacobi schüttelte den Kopf. »Ich denke schon. Spräche morgen nämlich jemand einen konkreten Verdacht aus, so müsste Q doch damit rechnen, dass einige der Anwesenden bereits vorab von Ihrer Frau informiert wurden und auf das Schlimmste vorbereitet sind.«

»Aber wenn er oder sie Amok läuft?«

»Diese Möglichkeit besteht leider immer«, räumte der Ermittler ein, damit ihm der Zeuge nicht entglitt. »Aber falls es tatsächlich einen Mörder oder eine Mörderin von Grankenbruch gibt, dann beweist uns ja schon die geschickt kaschierte Tat von damals, dass wir es mit einer ebenso kaltblütigen wie umsichtigen Person zu tun haben. Und eine solche würde auf keinen Fall spontan handeln, sondern erst einmal die Lage sondieren und ihre Chancen genau abwägen.«

»Um dann zum günstigsten Zeitpunkt umso effektiver zuzuschlagen?«, ergänzte Freudenschuss.

»Das ist natürlich nicht gänzlich auszuschließen«, sagte Jacobi, ohne mit der Wimper zu zucken. »Auch, weil für morgen – ähnlich wie damals – starker Schneefall angesagt ist, der etwaige Spuren samt und sonders zudecken würde.«

»Und was gedenken Sie zu tun, damit es so weit nicht kommt?«, brach es heftig aus Freudenschuss hervor. In seinen Augen standen Tränen.

»Nicht ich, sondern Sie werden etwas dagegen tun«, konterte Jacobi verärgert. So viel Durchsetzungsvermögen, um eine uneinsichtige Partnerin gegen ihren Willen vor Schaden zu bewahren, durfte einem Ehemann doch auch in Zeiten von Political Correctness und Emanzipation abverlangt werden. »Sie werden Ihrer Frau nahelegen, morgen zu Hause zu bleiben und das Schicksal auf keinen Fall herauszufordern. Lieber soll sie uns, das LKA, arbeiten lassen. Nach den geäußerten Verdachtsmomenten werden wir die Ermittlungen im Fall Grankenbruch wieder aufnehmen, mit Ihrer Frau als wichtiger Zeugin. Uns, Herr Freudenschuss, wird sie im Gegensatz zu Ihnen nämlich sagen müssen, wer ihr Informant ist.«

Freudenschuss verschränkte die Hände. Er war angespannt, die Knöchel traten weiß hervor. »Sie kennen Iris nicht, Herr Oberst. Sie hat einen schrecklichen Dickschädel und kennt so gut wie keine Angst.«

»Bei allem gebotenen Respekt, Herr Magister: Mut ohne Kalkül ist nicht bewundernswert, sondern einfach nur dumm. Richten Sie das Ihrer Gattin aus – mit einem Gruß von der

Exekutive, die von ihr allem Anschein nach nicht sehr geschätzt wird. Sagen Sie ihr auch: Künstlerinnen bluten und sterben genauso wie andere Menschen. Und zu guter Letzt: Vernehmen oder gar verhaften kann die Polizei nur jemanden, gegen den ein Verdacht vorliegt. Ein begründeter Verdacht. Haben wir uns so weit verstanden?«

»Ich verstehe Sie sehr gut, Herr Oberst, aber genau das ist für Iris ja das Problem. Sie meint, sie müsste Indizien gegen eine Person sammeln, die sie bisher nicht einmal kennt, um die Behörden auf Trab zu bringen.«

»Während diese Person wahrscheinlich längst weiß, was Ihre Frau vorhat«, ergänzte Jacobi düster. Er hatte in seinem Beruf schon oft mit dem Phänomen Angst zu tun gehabt – sogar mit Todesangst, die er selbst, manchmal auch um andere, ausgestanden hatte. Auch ohne über die Spiritualität eines Druiden zu verfügen, konnte er sich in Freudenschuss hineinversetzen: Der Lehrer litt unter keiner einfachen Angstneurose, es musste – seinen geweiteten Augen, der nassen Stirn, seinem ganzen Verhalten nach – eine viel ärgere Empfindung sein, die ihm so zusetzte. »Wie wäre es, wenn Sie Ihrer Gattin Ihre Ahnungen noch einmal in aller Deutlichkeit schildern und danach Tacheles mit ihr reden?«, startete er deshalb einen weiteren, halbherzigen Versuch.

»Aber das hab ich bereits getan, Oberst, und nicht nur ein Mal. Ich … ich habe ihr sogar gesagt, dass … dass sie höchstwahrscheinlich sterben wird, wenn sie zum Treffen auf die Grußberg-Hütte geht.«

»Haben Sie etwas Derartiges … gesehen?«, fragte der Ermittler unwillkürlich, nicht ohne wieder ein gelindes Gruseln zu empfinden, und noch während er sprach, konnte er die Bestätigung in den Augen seines Gegenübers sehen. Doch auf eine verbale Antwort wartete er vergeblich. »Und? Wie hat sie darauf reagiert?«, setzte er nach.

Freudenschuss seufzte. »Spöttisch! Sie hat mich gefragt, ob ich in meiner virtuellen Glaskugel denn vielleicht auch schon gesehen hätte, wer ihr Mörder sein wird.«

»Sie hält also nicht viel von Ihren parapsychologischen Fähigkeiten?«

Freudenschuss' resigniertes Schulterzucken sagte Jacobi mehr als Worte. »Wie kommt man überhaupt auf die Schnapsidee, im Winter eine Sitzung auf einer lawinengefährdeten, schwer zugänglichen Alm abzuhalten – von der extrem schlechten Wettervorhersage einmal abgesehen?« Langsam wurde er zornig. Die eigene Hilflosigkeit frustrierte ihn.

»Tradition, Herr Oberst, Tradition. Irgendwer hat vor Jahren mal die Rastötze als extravagante Location für ein derartiges Treffen vorgeschlagen, und schon war der Termin dort ein Fixum. Was glauben Sie, wie viele Leute uns um den Abend auf der Alm beneiden? Gerade deshalb ist die Grußberg-Hütte bis zum heutigen Tag nur den Vorständen des Perchtenvereins vorbehalten.«

»Der Herrgott hat in der Tat einen großen Tiergarten. Dann geben Sie mir jetzt bitte noch die Handynummer Ihrer Frau«, verlangte Jacobi, während er gleichzeitig die Kellnerin an den Tisch winkte.

Wieder wechselte eine Visitenkarte den Inhaber. »Unter der letzten Nummer ist sie fast immer zu erreichen«, sagte Freudenschuss eilfertig. Die Hoffnung, Jacobi könnte seiner Frau das Wagnis doch noch ausreden, schien seine Stimmung zu heben. »Um diese Tageszeit ist sie gewöhnlich in ihrem Atelier in Dorfgastein.«

»Noch ein Seidel Weizen, bitte, und dazu hätt ich gern ein Wiener, wenn möglich mit Reis statt der Petersilienkartoffeln«, gab Jacobi seine Bestellung auf, während er die Nummer von Iris Freudenschuss in sein Handy einspeicherte.

»Natürlich ist das möglich, Herr Oberst«, strahlte ihn die Kellnerin an. »Mit gemischtem Salat?«

Jacobi nickte. »Und als Nachspeise eine Kardinalsschnitte. Mit einem Cappuccino mit viel Milchschaum.« Es war keine Frage, sondern nur eine Feststellung, die Jacobi als keineswegs seltenen Gast im »Posauner« auswies.

Die Bedienung wandte sich auch Freudenschuss zu, aber der Lehrer quittierte ihren fragenden Blick mit einem Kopfschütteln. »Nein danke, ich möchte jetzt nichts essen. Bringen Sie doch bitte die Rechnung – für alles, auch was grad noch bestellt wurde.« Den erwarteten Einspruch Jacobis wehrte er kurzweg ab. »Papperlapapp! Das hat mit Vorteilsnahme nichts zu tun. Sie haben sich extra hierherbemüht, um mir zuzuhören, Herr Oberst. Für Ihr Entgegenkommen muss ich auf dieser kleinen Geste der Anerkennung bestehen.«

6 NACHDEM FREUDENSCHUSS das Lokal verlassen hatte, verfiel der Terrier Jacobi keineswegs in Hektik, sondern gab im Referat zunächst telefonisch Anweisung, sämtliche Zeugenaussagen im Fall Grankenbruch noch einmal durchzugehen und auf Widersprüche abzuklopfen. Er bat Chefinspektor Hans Weider, Adrian Manescu zu überprüfen und sich im Milieu umzuhören, was an Schusswaffen nebst Zubehör und militärischem Nachtsichtgerät in letzter Zeit nachgefragt worden war. Dann nutzte er die Wartezeit auf sein Wiener Schnitzel, um noch einmal zu rekapitulieren, was er bisher an Fakten hatte.

Fest stand, dass Lazarus Grankenbruch vor drei Jahren an Mariä Empfängnis unter höchst seltsamen Begleitumständen ums Leben gekommen war, der Fall aber mangels Beweisen für ein Fremdverschulden ad acta gelegt worden war. Demgegenüber stand nun der von Iris Freudenschuss geäußerte Mordverdacht, der sich einzig und allein auf die Aussage jenes nicht genannten Zeugen stützte, ein Nachhaken aber trotzdem verdiente – und zwar nicht nur wegen Freudenschuss' dramatischen Appells, die Kripo möge seine Frau auch gegen ihren Willen vor Grankenbruchs Mörder schützen.

Die Mordtheorie mochte vom Standpunkt eines Kriminologen aus vielleicht auf schwachen Beinen stehen, aber Jacobis Intuition und Erfahrung glichen die fehlenden Beweise aus. In seinem sozialen Umfeld hatte das Opfer zweifellos ein emotionales Chaos erster Klasse angerichtet, und man brauchte nicht viel Phantasie, um sich vorzustellen, dass einer der Betroffenen darüber die Nerven verloren hatte. Schon die Überprüfung der eben gehörten Aussagen konnte eines der damaligen Alibis in Frage stellen und zu neuen Erkenntnissen führen. Wahrscheinlich baute die Amateurdetektivin Iris Freudenschuss auf den dann folgenden Dominoeffekt. Und sollte es ihr beim Perchten-Jour-fixe auf der Rastötzenalm gelingen, den tatsächlichen Ablauf jenes Abends vor drei Jahren minutiös zu rekonstruieren, dann konnte sie der gesuchten Person tatsächlich nahe auf den Pelz rücken – eine gefährliche Angelegenheit, vor allem für sie selbst.

Jacobi hatte kaum einen Schluck vom frischen Seidel genommen, als Hans Weider ihn auch schon zurückrief: Manescu war momentan sauber. Zwar hatte man im Zusammenhang mit Kapitalverbrechen schon oft gegen ihn ermittelt, und es war sogar zu Anklagen gekommen, aber die meisten hatten zurückgezogen werden müssen. Nur einmal waren ihm wegen der Einfuhr von etlichen Tonnen nicht deklarierten Pferdefleisches in die EU zehn Monate auf Bewährung aufgebrummt worden. Dass er für die Erledigung dieses Auftragsjobs nicht mehr bekommen hatte, verdankte er den Spitzenanwälten, die sofort für ihn zur Verfügung gestellt worden waren. Die ehemalige Zugehörigkeit zur Ceauşescu-Securitate hatte man ihm bis dato ebenso noch nicht nachweisen können.

Auch Ulrike Knapp, zweiundzwanzig und Tochter von Enzo, war bereits wegen einiger Drogen- und Beschaffungsdelikte erkennungsdienstlich erfasst, doch wie gegen Manescu lag zurzeit nichts gegen sie vor. Alle anderen aus dem Umfeld des Perchtensprung-Opfers Grankenbruch hatten, von Verstößen gegen die österreichische StVO mal abgesehen, erkennungsdienstlich eine blütenweiße Weste.

Die Kellnerin brachte das in Butterschmalz gebratene Wiener Schnitzel an den Tisch, doch ehe sich Jacobi darüber hermachte, wollte er noch Melanie Kotek anrufen. Zufrieden stellte er fest, dass sie sich nicht nur beruhigt hatte, sondern bereits Interesse an dem *cold case* zeigte. Zum Glück, denn er wollte sie mit dem Anruf bei Iris Freudenschuss betrauen, da Melanie im Umgang mit emanzipierten Geschlechtsgenossinnen zweifelsohne instinktsicherer agierte als er. Doch seine Idee stieß auf Widerstand.

»Freudenschuss erwartet, dass *du* anrufst, Katzenbär. Wenn ihm seine Alte danach den Kopf wäscht, und das wird sie sicher tun, dann bitte nicht, weil irgendeine Polizeitussi sie bequatschen wollte, die bei eurem Gespräch gar nicht dabei war.«

»Aber Katze! Du bist doch nicht *irgendeine* Polizeitussi. Du bist –«

»Sag jetzt ja nicht, ich bin *deine* Polizeitussi!«

»Nie im Leben wäre mir so etwas eingefallen«, beteuerte Jacobi, dem natürlich genau diese Formulierung auf der Zunge gelegen hatte.

»Jaja, wer's glaubt! Und trink nicht zu viel Weißbier. In der Früh schon diese grässlichen Bosna und jetzt noch ein Wiener und eine Kardinalsschnitte beim ›Posauner‹, wie ich dich kenne. Wäre ich böswillig, würde ich unterstellen, du bist nur ins Innergebirg gefahren, um dir den Wanst vollzuschlagen. Und morgen zeigt die Waage zwei Kilo mehr.«

»So ein Mist, wie bringen wir die bloß wieder runter? Eine Idee?«

»Ich wüsste da schon was, und selbst ein Vifzack wie du müsste es bis heut Abend eigentlich auch gecheckt haben.«

7 »ER HAT ES ALSO WIRKLICH GETAN?«, fragte die rauchige Frauenstimme aus dem Handy, während ein gerade noch im Hintergrund plärrendes Radio jäh verstummte.

»Wer hat was getan?«, tat Jacobi unwissend. Er hatte den »Posaunerwirt« nach dem ausgezeichneten Mittagessen verlassen, sich in den Wagen gesetzt und nun Iris Freudenschuss in der Leitung.

»Na, mein Mann«, antwortete sie. »Er hatte zwar angekündigt, zur Polizei zu gehen, aber dass er gleich den Oberkiberer des Morddezernats anruft, hätt ich ihm ehrlich gesagt nicht zugetraut.«

Jacobi registrierte, dass Stimme und Ausdrucksweise exakt zu jener selbstbewussten Frau passten, als die der Lehrer seine Gattin skizziert hatte. »Ihr Mann hat nicht nur beim LKA Salzburg angerufen, Frau Freudenschuss, ich habe vor Kurzem sogar ein ausführliches Vier-Augen-Gespräch mit ihm geführt«, präzisierte

Jacobi. »Um es gleich vorwegzusagen: Ich teile seine Bedenken bezüglich Ihrer detektivischen Alleingänge, und um Ihnen diese auszureden, verrate ich Ihnen sogar, dass der Tod von Lazarus Grankenbruch erneut untersucht werden wird. Wir sind schon dabei.«

Die unösterreichische Mitteilsamkeit des Beamten schien die Künstlerin doch ein wenig zu überraschen, obwohl die Wiederaufnahme der Ermittlungen ja ganz in ihrem Sinn sein musste. Eine Weile lang sagte sie nichts, sodass Jacobi ohne Eile den Motor startete, die Heizung auf maximale Stärke drehte und darauf wartete, dass sich Iris Freudenschuss endlich zu einer Antwort entschloss, was sie denn auch tat.

»Herr Oberst, ich habe meinen Mann wirklich gern«, Jacobi bemerkte, dass sie das Verb *lieben* vermied, »weiß aber auch, dass er ein ausgesprochener Hasenfuß ist, der manchmal sogar vor seinem eigenen Schatten erschrickt und sich noch dazu einbildet, wie eine dieser Asterix-Figuren eine Art Seher zu sein.«

»Ich teile diesen Eindruck überhaupt nicht, Frau Freudenschuss«, wies Jacobi schnell ihren Versuch zurück, ihren Mann unglaubwürdig erscheinen zu lassen. »Ich mach es kurz: Sollte Grankenbruchs Tod nicht selbst verschuldet gewesen sein und Sie diesen Verdacht anderen gegenüber geäußert haben, sind Sie wirklich in Gefahr. Vermutlich werden Sie mir am Telefon Ihren Informanten nicht verraten, aber Ihnen muss klar sein, dass Sie zu Ihrem eigenen Schutz in Beugehaft genommen werden können, wenn Sie die Arbeit der Polizei behindern.«

Iris Freudenschuss lachte glucksend. »Das werden Sie nicht tun, Herr Oberst. Mein sogenannter Informant hat selbst nur eine Vermutung ausgesprochen, und ebendieser Spur versuche ich morgen auf der Rastötze nachzugehen. Natürlich möglichst unauffällig, das heißt, ich werde mich weder betrinken noch sonst irgendwie exponieren.«

»Sie scheinen die Angelegenheit noch immer nicht ernst zu nehmen.«

»Doch, ich nehme sie sogar sehr ernst, aber Till schießt mit seiner Panikmache kilometerweit übers Ziel hinaus. Und selbst wenn ich wollte: Ich kann jetzt keinen Rückzieher mehr machen.

Der Jour fixe findet ja nicht allein wegen anstehender Vereinsinterna statt. Der Verein zur Pflege des Gasteiner Perchtenlaufs ist wie etwa der Wintersportverein eine inoffizielle Vorfeldorganisation des Gasteiner Tourismusverbands und hat daher auch Einfluss auf Entscheidungen im Gemeinderat.«

»Könnten Sie das etwas konkreter formulieren?«

»Also gut. Schon seit einiger Zeit gibt es in den drei Gasteiner Gemeinden eine Grundsatzdebatte über die zukünftige touristische Ausrichtung des Tales. Dabei stehen sich zwei Fraktionen ziemlich unversöhnlich gegenüber: Die eine will auf Teufel komm raus jeden Rahmen sprengende Bauprojekte verwirklicht sehen, nur um die Eintagsfliege einer Ski-Weltmeisterschaft an Land zu ziehen –«

»Ihrer Wortwahl entnehme ich, dass Sie dieser Fraktion nicht angehören?«

»Sie sagen es, denn auch wenn Till der Mathematiker in der Familie ist: Zwei und zwei kann ich gerade noch selbst zusammenzählen. Dass Modernisierungen und Adaptierungen für eine Tourismusregion überlebenswichtig sind, wenn man den Anschluss nicht verpassen will, wird jedem einleuchten, aber diese Sportveranstaltungen mit Super-Eventcharakter sind für Kommunen immer ein Verlustgeschäft, an dem nur einige wenige kurzfristig verdienen, wobei das Gequatsche über die Umwegrentabilität nur von der logischen Überlegung ablenken soll, dass Gemeinden mit einigen tausend Einwohnern die dabei anfallenden Schulden nie mehr abstottern können.«

»Eigentlich müsste ja das Badgasteiner Beispiel aus dem vorigen Jahrhundert den Nachbargemeinden Warnung genug sein«, sagte Jacobi. Der Abstieg des einst so berühmten Kur- und Wintersportorts war häufig genug in den Medien thematisiert worden.

»Eben das macht mich ja so wütend, dass nun auch die Hofgasteiner zusehends jedes Augenmaß verlieren und gewisse Fehler wiederholen wollen«, wurde Iris Freudenschuss laut.

»Aber niemand hört auf Ihre Fraktion, die übrigens welchen Standpunkt vertritt?«

»Wir wollen zu Gediegenheit und Nachhaltigkeit zurück – jedenfalls weg von Großmannssucht und touristischem Abenteurertum. Und genau das ist mit ein Grund, warum ich in jedem Fall in die Rastötze hinaufmuss. Ich muss unsere Position stärken.«

»Also nicht nur, weil Sie sich dem verblichenen Lazarus Grankenbruch verpflichtet fühlen?«

»Herr Oberst«, sie zögerte mit der Antwort, »ich erkenne durchaus Ihr Bemühen an, mich vor Schaden zu bewahren, und werde in Zukunft ganz sicher differenzierter über österreichische Beamte urteilen als bisher.«

»Wenn Sie dazu noch kommen«, versuchte er es mit Schocktherapie. Aber die Reaktion von Iris Freudenschuss war wieder nur ein kurzes, ärgerliches Lachen.

»Unser Vereinsfaktotum Bibernell fährt heute extra noch mal mit einem voll beladenen Skidoo zur Hütte rauf, damit ja auch niemand Mangel zu leiden hat. Vorgestern sind Stefan Batjany und ich ziemlich heftig aneinandergeraten, weil er partout nicht zum Treffen kommen will, dabei wäre gerade seine Stimme besonders gefragt. Aber Enzo Knapp wird da sein, obwohl er seit Tagen von einer hartnäckigen Diarrhö geplagt wird und sonst der Erste ist, der sich vor solchen Terminen drückt. Wenn nun ich als Schriftführerin, die vehement auf das Treffen gedrängt hat, plötzlich selbst nicht mehr will, mach ich mich ja total lächerlich, verstehen Sie das?«

»Sind denn auf der Alm noch andere Leute anwesend?«, änderte Jacobi seine Taktik. »Oder wenigstens in der Nähe? Ich hab mich ein wenig schlaugemacht und rausgefunden, dass es neben der Grußberg-Hütte noch weitere Unterkünfte auf der Rastötze gibt.«

»Die gibt es zwar, aber die werden im Winter grundsätzlich nicht an Touristen vermietet, das wäre zu gefährlich.«

»Lawinen?«

»Und nicht zu wenig. Die Rastötze ist kein so weitläufiges Almgebiet wie etwa die Gadaunerer Hochalm oder das Nassfeld, eigentlich besteht sie nur aus ein paar abschüssigen Hängen zwischen einigen Gebirgsbächen.

»Ich habe gehört, dass man die Rastötze vom Markt Bad Hofgastein aus nicht einsehen kann«, warf Jacobi ein.

»Auch richtig. Dieses Merkmal hat sie mit vielen anderen Gasteiner Almen gemein, wogegen ihre Unwegsamkeit und Steilheit eher untypisch sind. Vom Frauenkogel und den benachbarten Hängen drohen im Winter und im Frühjahr schon bei geringen Witterungsänderungen pfeilschnelle Lawinen.«

»Für morgen ist sogar eine noch krassere Wetteränderung vorhergesagt: starker Schneefall und anhaltende Sturmböen schon ab Mittag, sogar in Orkanstärke.«

»So schlimm wird's schon nicht werden.«

»Ich an Ihrer Stelle würde wenigstens diese Warnung nicht auf die leichte Schulter nehmen. Wie sieht's denn bei normaler Witterung mit dem Handyempfang auf der Rastötzenalm aus?«

»Eher durchwachsen.«

»Und bei Sauwetter?«

Keine Antwort.

Jacobi versuchte es ein letztes Mal mit Übertreibung. »Sollten Sie dort oben morgen kein Signal haben, dann könnte das Antennenkabel diesmal möglicherweise nicht von einer Böe, sondern von Grankenbruchs Mörder gekappt worden sein.«

»So ein Quatsch. Die Alm hat kein eigenes Empfangsrelais, die Signale kommen von weiter unten oder von benachbarten Gipfeln. Außerdem hat für etwaige Notfälle immer jemand ein Funkgerät dabei.«

»Ich geb's auf, Sie zur Vernunft bringen zu wollen«, stöhnte Jacobi. »Sie sind wirklich –«

»Stur wie ein Maulesel, nicht wahr? Aber mein Mann hat Sie ja sicher schon vorgewarnt.«

»Jedenfalls hat man aus jedem seiner Worte herausgehört, wie sehr er sie liebt.«

»Liebt? Pah! Der hat nur Angst, plötzlich allein dazustehen und selbst waschen, putzen und kochen zu müssen. Und jetzt werde ich Ihnen mal was sagen: Da es dort oben auf der Alm tatsächlich gefährlich werden könnte, habe ich natürlich vorgesorgt, ich bin ja nicht total naiv. Alle, die sich morgen in der Rastötze aufhalten, wissen bereits von meinem Verdacht.«

»Also möglicherweise auch der von Ihnen reklamierte Meuchelmörder?« Dem Ermittler verschlug es fast die Sprache.

»Ja, notgedrungen auch der. Und jeder von uns wird bewaffnet sein, um sich und die anderen vor ihm zu schützen.«

Jacobi hatte so etwas geahnt. »Das halte ich jetzt für keine besonders gute Idee, obwohl Sie als Jäger natürlich alle Inhaber eines Waffenscheins sind. Aber eine Pistole in Reichweite erhöht grundsätzlich die Gewaltbereitschaft – außer vielleicht bei einem Heiligen.«

»Mag sein, aber in jedem Fall wird sich die Person, die für Lazi Schicksal gespielt hat, gut überlegen, etwas Ähnliches ein zweites Mal zu versuchen. Allerdings muss sie ja nicht zwangsläufig unter den sechs Jour-fixe-Teilnehmern zu finden sein.«

Jacobi wusste, was sie meinte. »Für Sie zählen also auch Stefan Batjany, Valerie Neuhauser und Adrian Manescu zum Kreis der Verdächtigen?«

»Natürlich, jeder der acht könnte es gewesen sein: Stefan, Adrian, Matthi, Harry, Enzo, Gunde, Barca oder Valerie. Sie alle kannten den Standort des Katapults.«

»Ihr Mann und Sie selbst kommen nicht in Frage?«, reizte Jacobi.

»Nein«, sagte sie schroff. »Till würde sich wohl kaum an Sie wenden, wenn er der Mörder wäre. Oder sehen Sie das anders, Herr Oberst? Abgesehen davon hätte er einfach nicht das Zeug dazu, jemanden umzubringen, und wenn er hundertmal der Letzte war, mit dem man Lazi am Stammtisch beim ›Winklhofer‹ gesehen hat. Und dass ich es nicht war, muss ich wohl nicht extra betonen.«

»Weil Sie Lazarus Grankenbruch geliebt haben?«

»Weil ich ihn sehr gemocht habe«, differenzierte sie, »und glaube, es ihm schuldig zu sein, die Umstände um seinen Tod zweifelsfrei aufzuklären.«

8

WIE IN ALLEN ALPINEN TOURISMUSZENTREN war auch an diesem Donnerstagnachmittag im Gasteiner Tal auf die Schneeräumung Verlass, sodass die schmale, steil ansteigende Kronwaldstraße zur Hausstatthöhe hinauf problemlos befahrbar war. Dank bester Kontakte des Gasteiner Perchtenvereins zum

Bauhof der Batjany AG hatte es für Matthäus Bibernell kein logistisches Problem dargestellt, den Skidoo samt Akja mit einem Truck zum Parkplatz des beliebten Café-Restaurants »Annencafé« hinaufbringen zu lassen, das seinen Namen von der bekannten Annenkapelle, einem Votiv-Sakralbau, hatte.

Eben schob der Fahrer die Auffahrschienen auf die Ladefläche des Lkws zurück und linste, während er den Transporter anschließend endgültig zur Rückfahrt ins Tal klarmachte, verstohlen zu dem bekannten Berufsjäger hinüber.

Bibernell stand neben dem startbereiten Schneemobil und schaute versonnen in den Himmel, um gleich wieder den Blick ins Tal auf das Ortszentrum von Hofgastein zu richten, das aus der mächtigen gotischen Marienkirche und einigen Hotels, Geschäften und Geldinstituten bestand. Ihm war bewusst, dass er beobachtet wurde, und konnte sich lebhaft vorstellen, wie der einfache Hilfsarbeiter ihn um die vermeintliche Sause auf der Rastötze beneidete. Aber der gute Mann hatte keine Ahnung, was sich dort oben morgen möglicherweise zusammenbrauen würde.

Natürlich hatte auch er die Gerüchte gehört, dass Iris Freudenschuss, Gattin des Perchtenhauptmanns und Schriftführerin im Verein, beabsichtigte, die rätselhaften Umstände um Lazi Grankenbruchs Tod beim Jour fixe noch einmal zum Thema zu machen. Besonders überrascht war er darüber nicht gewesen, schließlich hatten sich seinerzeit bei den Einvernahmen durch die Polizei sämtliche Vereinsvorstände ziemlich bedeckt gehalten. Und dass von den angegebenen Alibis mindestens zwei falsch sein mussten, war in Insiderkreisen schon damals ein offenes Geheimnis gewesen. Für Bibernell stand jedenfalls fest, dass es diesmal in der Grußberg-Hütte mehr als nur den üblichen Zoff geben würde.

Nachdem er Stabilität und Vertäuung der Ladung auf dem Skidoo und dem angehängten Akja noch ein letztes Mal überprüft hatte, schwang er sich auf das Schneemobil, tippte sich, zum Truckfahrer gewandt, kurz an die Hutkrempe und startete.

Schon nach wenigen Metern endete die geräumte Strecke, doch der Skidoo fraß sich auf der schneebedeckten Forststraße unbeeindruckt voran. Nach der ersten Kehre, unweit der Kirchbachschlucht, ging es steil bergauf, sodass Bibernell das Gefährt mit dem voll beladenen Anhänger mit viel Fingerspitzengefühl pilotieren musste. Die schwierigen Bedingungen am oberen Ende des Annenkars erforderten seine ganze Konzentration. Erst als das Steilstück überwunden war und es danach mit nur mehr sanftem Anstieg durch den verschneiten Hausstatter Wald weiterging, eilten seine Gedanken wieder in die Rastötze voraus.

Fast alle, die morgen anwesend sein würden, hatten Leichen im Keller, nicht zuletzt er selbst. Aber während er über die dunklen Punkte von Gunde, Barca, Harry und Enzo bestens Bescheid wusste, waren sie schlechtestenfalls über seine harmloseren Fehltritte informiert – wie etwa über die Abschüsse, die er ab und an schwarz an Gastjäger vergab.

Dass er als Berufsjäger selbst regelmäßig wilderte, und zwar nicht nur in den Revieren seines Jagdherrn, und die erlegten Tiere an einen Tiroler Großhändler verscherbelte, wusste niemand und würde hoffentlich auch nie jemand erfahren. Selbst Lazi hatte davon nichts gewusst. Was immer Iris über den vertrackten Perchtensprung ausgegraben haben mochte, seine, Bibernells, Wilderei im Nassfeld konnte damit jedenfalls nicht in Verbindung gebracht werden.

Obwohl die Strecke durch den Hohlweg hinter der Hausstatt-Höhe keine Fahrkünste verlangte und Bibernell tief in Gedanken versunken war, nahm er plötzlich das Gas zurück und brachte den Skidoo zum Stehen.

Nichts, rein gar nichts hatte ihn auf eine Gefahr aufmerksam gemacht. Keine Krähe war aufgeflogen, kein Häher hatte ihn gewarnt, kein Schnee war von einem Ast gerieselt – und trotzdem ahnte Bibernell, dass in circa siebzig Metern Entfernung unter mächtigen Fichten der Tod auf ihn lauerte. Er hätte diese Ahnung, die schon fast einer Gewissheit ähnelte, weder erklären noch begründen können. Vielleicht war es der sechste Sinn, der Überlebenswille eines Naturmenschen, der ihn anhalten, die Steyr-Mannlicher-Pistole zücken und blitzschnell hinter Skidoo und Anhänger in Deckung gehen ließ.

Sollte hinter den tief hängenden Fichtenästen tatsächlich ein

Meuchler im Hinterhalt liegen, dann musste diesem jetzt klar sein, dass er den entscheidenden Moment verpasst hatte. Sicher, ein Profi hätte in der günstigen Position vielleicht noch abgewartet und darauf gehofft, dass sein Zielobjekt einen allfälligen Anfangsverdacht fallen ließ, nachdem weiter nichts geschah, aber war die Person im Hinterhalt ein Profi? Oder war sie möglicherweise nur jemand, der mit Schusswaffen gut umgehen konnte?

Bibernell wartete lange zehn Minuten, ehe er beschloss, sich diese Frage durch einen Sprint selbst zu beantworten. Ohne sein Vorhaben durch verräterische Bewegungen anzukündigen, spurtete er los. Aus der Deckung lief er nach links und überwand mit bemerkenswerter Sicherheit erst Schnee und Eisstellen, dann in zwei, drei Sekunden den Steilhang, der den Hohlweg begrenzte. Heftig atmend duckte er sich hinter den nächstgelegenen Baumstamm und überlegte.

Kein Schuss war gefallen, aber seine scharfen Augen hatten eine winzige Bewegung im mutmaßlichen Hinterhalt wahrgenommen. Ein gewerbsmäßiger Profikiller hätte sich die neuerliche Chance auf keinen Fall entgehen lassen, also doch ein Amateur?

Der Jäger begann einen vagen Verdacht zu hegen, wer da vorn unter den Ästen lag beziehungsweise gelegen hatte. Dennoch verzichtete er darauf, sich zeitaufwendig durch den Winterwald an den Schützen heranzupirschen, sondern wartete weitere zehn Minuten, ehe er die Deckung verließ und dann gemächlich zum Skidoo zurückschlenderte.

Wie erwartet blieb alles ruhig. Wer auch immer da im Hinterhalt gelegen hatte, er oder sie hatte schon längst das Weite gesucht.

Bibernell startete, fuhr an die besagten tief hängenden Äste heran, stieg ab und hob einen davon hoch.

Die Mulde zwischen den beiden Fichten war nicht zu übersehen. Eben noch musste hier ein Mensch gelegen haben, dessen Hände und Knie beim Türmen aus seinem Versteck Abdrücke im Schnee hinterlassen hatten: Details, die auch einem weniger guten Fährtenleser als Bibernell nicht entgangen wären, aber niemand anderem erzählten die Spuren so viel wie ihm. Die

Trittsiegel der Bergschuhe wiesen nach Südwesten, Richtung alter Planitzenweg oder durch den Kronwald zum Grußberghof.

Nachdenklich griff er zum Handy. Das Gespräch war kurz, dann setzte er die Fahrt fort.

9 WIE EINE DICHT GEDRÄNGTE HERDE bösartiger Widder jagten die dunklen Wolken an diesem Freitagvormittag vom Gaißkarkopf vorbei an der Schmalzscharte in die Rastötze hinein, während die vier über den Almboden verstreuten Hütten fast den Eindruck vermittelten, als wollten sie sich angesichts des nahenden Unwetters noch tiefer in die Hänge ducken. Die meisten dieser Unterstände für Mensch und Vieh waren der Höhenlage angemessen solide gebaut, besonders die Planitzen-Hütte und die Grußberg-Hütte, die nur wenige Meter voneinander entfernt auf einer Höhe in der topografischen Mitte der Alm errichtet worden waren.

Vor der Grußberg-Hütte standen zwei Männer in dicken Parkas und rauchten schweigend ihre Zigarillos. Und während der eine die unheilverkündenden Wolken im Auge behielt, blickte der andere gelegentlich verstohlen nach oben zum Dach.

Selbst die stabilste Bauweise bewahrte Almhütten in diesen Lagen nämlich nicht immer vor Katastrophen: Vor einigen Jahren hatten beide nach Lawinenabgängen völlig neu auf den Fundamenten aufgesetzt werden müssen. Aber während die Grußberg-Hütte auch nach dem Wiederaufbau noch der Vorstellung entsprach, die man mit einer Almhütte verband, war die Planitzen-Hütte nebenan zu einem Musterbeispiel des alpinen Zimmerer- und Tischlerhandwerks geworden und glich nun beinahe einem Landhaus.

Die Grußberg-Hütte war südseitig ausgerichtet und dicht an den abgegrabenen Hang herangesetzt, um zukünftigen Lawinen nach Möglichkeit zu entgehen, ihr Eingang war der windgeschützten Bergseite zugewandt. Die bläuliche Färbung mancher ihrer Außenwandbalken deutete auf einstigen Borkenkäferbefall hin, und da neben dem neuen Fichten- und Lärchenholz natürlich auch altes, noch verwendbares verbaut worden war, verliehen die vielfältigen Farbkontraste der Hütte ihren unverwechselbaren Charakter.

Im Sommer wurde sie von den Altbauern selbst bewirtschaftet und gern von Bergwanderern besucht, in den übrigen Jahreszeiten vermietete man sie eigentlich nicht, nur wenige handverlesene Gäste waren von der Regelung ausgenommen. Zu ihnen zählten auch die Vorstände des Perchtenvereins, die alljährlich im Hochwinter ein Wochenende in der Grußberg-Hütte verbringen durften, schließlich war der Rogner Hias, der Grußberg-Bauer, ja auch ein Perchtenfan und Vereinsmitglied. Nicht zuletzt mit Blick auf dieses besondere Privileg waren die sechs Vereinsvorstände trotz des angekündigten Wettersturzes und der Meinungsverschiedenheiten im Vorfeld schon zeitig am Morgen zum Jour fixe zur Grußberg-Hütte aufgestiegen.

Inzwischen drohte den Männern vor dem Hütteneingang die Glut ihrer Zigarillos endgültig auszugehen, da der böige Wind von Minute zu Minute heftiger wehte.

»Was meinst du?«, fragte Enzo Knapp, ein blonder Hüne, der den durchaus nicht kleinen Bibernell um einen halben Kopf überragte. »Wird es wirklich so arg, wie die Wetterfrösche behaupten?«

»Noch ärger«, sagte Bibernell lakonisch, während er den Zigarillostumpen mit seiner freien Hand gegen den Wind abschirmte. »Schau dir nur die lila Wolken und ihren gelblichen Rand an. Und das an einem Vormittag. Da kommt ein ausgewachsener Blizzard auf uns zu, und zwar früher, als er prognostiziert ist. Am besten verriegeln und verschließen wir gleich die Fensterbalken. Nur gut, dass der Skidoo mit der Persenning abgedeckt und gesichert ist. Wahrscheinlich müssen wir ihn morgen wie unsere Wagen unten auf der Hausstatt freischaufeln.«

»So schlimm?«

Bibernell nickte. »Ein Jahrhundertsturm, und niemand hat ihn kommen sehen.«

»Aber Blizzards gibt's doch nur in Amerika.«

»Das hat man von Banken- und Börsenskandalen auch gesagt, bis uns die Globalisierung eines Besseren belehrt hat. Mit manchen klimatischen Erscheinungen verhält es sich wohl ganz ähnlich. Ich muss jedenfalls wieder rein, sonst brennt mir noch der Hirsch an.« Bibernell steckte den halb gerauchten Zigarillo in den Schnee und trat in den Vorraum zurück.

»Übrigens, du warst an jenem Abend – du weißt schon, an welchem – nicht zu Hause, wie du angegeben hast!«, rief ihm Knapp noch hinterher.

Bibernell, der schon vom Flur in die offene Rauchkuchl gehen wollte, wandte sich um. »Und du warst nicht bei Valerie, dort war nämlich ich, mein Freund.«

Knapp verzog seine Lippen zu einem verkniffenen Lächeln, wobei seine Mundwinkel fast seine Ohrläppchen erreichten. »Okay, dann belassen wir's vorläufig dabei.«

Während Bibernells und Knapps Rauchpause hatte in der Hütte der Disput zwischen den übrigen vier, der gleich zu Beginn des Treffens entbrannt war, nichts von seiner Heftigkeit eingebüßt – im Gegenteil.

Die Meinungsverschiedenheiten bei den Sitzungen wurden fast immer mit großer Vehemenz ausgetragen, aber bisher hatte es immer einige Zeit gedauert, bis sich die Stimmung so weit wie jetzt aufgeheizt hatte. Der Auftakt zum Jour fixe war gewöhnlich ein eingespieltes Ritual: Nach der Ankunft am vereinbarten Treffpunkt pflegte man bei einem kurzen Umtrunk etwas Small Talk, und nachdem das Quartett, bestehend aus Barca, Iris, Matthi und Enzo, auf Mundharmonika, Maultrommel, Panflöte und singender Säge eine schaurig klingende Volksweise zum Besten gegeben hatte, bereitete Bibernell am uralten Herd und einer noch älteren Anrichte das Essen vor, während sich die anderen den Tagesordnungspunkten widmeten.

Doch diesmal war alles anders gewesen. Es hatte keine Musik, keinen Small Talk gegeben, nicht einmal einen Enzian oder Vogelbeer zum Einstieg. Die Teilnehmer hatten sich stattdessen eiskaltes Brunnenwasser eingeschenkt, nur Fredegunde Batjany und Bibernell hatten darauf verzichtet. Aber die beiden hatten auch als Einzige die Rastötze wenig kräfteraubend mit dem Skidoo erklommen, während die anderen nach und nach auf ihren Brettln eingetroffen waren und sich nach der anstrengenden Tour erst einmal frisch gemacht und ihre durchgeschwitzten Klamotten gegen bequemere Kleidung eingetauscht hatten.

Gleich nach der Ankunft des Schlusslichts Harald Sertorius – Bibernell war schon am Herd beschäftigt gewesen und Fredegunde Batjany mit ihrem zweiten Whisky – hatte Schriftführerin Freudenschuss die Vereinskollegen in die Rauchkuchl an die aus zwei Tischen bestehende Tafel gebeten und als Vertretung ihres Gatten mit wenigen Worten die Sitzung eröffnet, indem sie die Tagesordnungspunkte verlas.

Zunächst sollte der Rücktritt des amtierenden Perchtenhauptmanns erörtert und der Wahltermin für seinen Nachfolger festgelegt werden. Als Punkt drei stand zum wiederholten Mal das Projekt »Holografischer Perchtensprung« zur Diskussion und Abstimmung. Punkt vier, der Meinungsaustausch zum permanenten Richtungsstreit im Gasteiner Tourismusverband, betraf den Perchtenverein nicht direkt und war deshalb der letzte.

Dennoch war dieser Punkt mehr als heikel, denn Dr. Fredegunde Batjany und Ingenieur Enzo Knapp vertraten in dem Streit die Event-Fraktion, während das Ehepaar Sertorius und Mag. Iris Freudenschuss die sogenannten Downsizer gaben. Letztere forderten nachdrücklich eine Rückkehr zu einem Tourismus der ruhigen Hand, wie er zum Beispiel in der Schweiz nach wie vor erfolgreich praktiziert wurde, während die Event-Fraktion das Spiel der freien Kräfte verteidigte, wie sie es gern zu nennen pflegte. Doch hinter der Formulierung verbarg sich nach Meinung ihrer Gegner nur die stupide Ballermann-Gastronomie mancher Spelunkenwirte, die nicht einmal mehr bei der jüngeren Generation ungeteilten Beifall fand.

Bezeichnenderweise hatte man gegen den Widerstand der Schriftführerin spontan dann doch mit dem vierten Tagesordnungspunkt begonnen. Nicht nur die allfällige Bewerbung des Tales für den Ski-Weltcup-Zirkus und die dafür nötigen baulichen Adaptierungen erhitzten die Gemüter, sondern auch andere Reizwörter wie »Hochwasserschutz«, »Grundstücksumwidmungen«, »Zweitwohnsitze«, »Sperrstundenkontrolle«, »Baby-Vandalen«,

»Hunde- und Katzenplage«, »Asylnomaden«, »Illegale Müllentsorgung« und nicht zuletzt »Outdoor-Tourismus als Wild- und Waldkiller«.

Schon in den ersten Minuten der Diskussion wurde klar, dass man von einem Kompromiss meilenweit entfernt war. Über die »Weltcup- und Weltmeisterschaftsträume ehrgeiziger Kommunalpolitiker«, wie Harald Sertorius es formulierte, war man sich augenblicklich in die Haare geraten, und als dieser dann noch eine Unterschriftenliste gegen »ruinöse Bauvorhaben der Ski-Highway-Lobby« vorlegte, glitt der Meinungsaustausch vollends in pure Polemik ab. Die Hoffnung auf eine sachliche Auseinandersetzung zu einem späteren Zeitpunkt im Gemeinderat wurde zu einer Illusion.

Auf welchem Niveau zuweilen diskutiert wurde, zeigte beispielsweise auch der Griff in die Mottenkiste beim Thema Sperrstunde. Weil vor Jahren ein Gasteiner Ortskaiser eine Sperrstunde um Stunden hatte verlegen lassen, um sich in den Separees des betreffenden Lokals ungestört amüsieren zu können, unterstellten Freudenschuss und Sertorius ihren Gegnern, der kommunalpolitische Willkürakt von damals diene ihnen als Vorbild für ihre aktuellen Änderungswünsche.

Von ganz ähnlicher Qualität war die unappetitliche »Hundstrümmerl«-Debatte, in deren Verlauf vor allem Knapp verbale Prügel einstecken musste. Sein Setter Ful war – obwohl als Jagdhund eine Lachnummer – als Streuner in Wald und Feld omnipräsent, sodass Barca und Harald Sertorius schon angedroht hatten, ihn zu erschießen, sollten sie ihn noch einmal frei laufend antreffen. Knapp konterte, Ful sei trotz mancher Defizite wesentlich unproblematischer zu handhaben als ihre Töle Diana, die es immer wieder auf Hotelgäste abgesehen und deshalb bereits eine Stange Schmerzensgeld gekostet hatte.

Auch Bibernell wurde angegriffen, aber nicht etwa, weil er seine Brandlbracke Edda vor Jahren wegen eines afligen Laufs vorschnell erschossen hatte und nun keinen Jagdhund mehr wollte, sondern weil er – nicht zum ersten Mal – eine Bürgerbefragung zu einer restriktiven Hundebesitzverordnung für das Gasteiner Tal forderte, die an spezielle Anforderungsprofile zu knüpfen sei.

»Wenn man Bauern und andere Grundbesitzer zwingt, jeden grünen Fleck mit einem elektrischen Zaun zu versehen, weil Hinz und Kunz ihre Hunde überall hinkacken lassen, dann soll mir keiner erzählen, das hätte noch was mit demokratischen und liberalen Prinzipien zu tun«, schloss Bibernell seine Argumentation.

Iris Freudenschuss, selbst Besitzerin eines Deutsch Kurzhaars, versuchte erfolglos, zwischen den Streitparteien zu vermitteln. Doch ihre Erklärung, eine derartige Verordnung widerspreche sowohl österreichischen Gesetzen als auch EU-Recht, hatte Bibernell lediglich dazu veranlasst, demonstrativ seine Kochtöpfe zu verlassen, um sich vor der Tür einen Zigarillo anzuzünden, wobei ihm der ebenfalls ins Schussfeld geratene Knapp Gesellschaft geleistet hatte.

10 ALS BIBERNELL UND KNAPP nun in die Rauchkuchl zurückkehrten, wozu Letzterer wegen seiner Gastroenteritis und des notwendigen Abstechers ins WC etwas länger brauchte, war Barca Sertorius eben dabei, sich über den ausufernden »Freerider-Vandalismus« zu ereifern, den sie als Spross einer Gasteiner Hoteldynastie zwar nicht öffentlich anprangern durfte, aber als Jägerin zutiefst verurteilte. Verärgert über das Machogehabe der beiden Männer, die mitten in der heißesten Debatte vor die Tür gehen mussten, um ihre gesundheitsgefährdenden Stumpen zu rauchen, blaffte sie Bibernell an: »Und dich betrifft es auch, Matthäus Bibernell! Das Wild kommt ja kaum noch zur Ruhe, wenn im Winter die Freerider und im Sommer die Mountainbiker durch unsere Wälder fräsen. Und Stefan kann es auch nicht egal sein, wenn irgendwelche Rowdys seine Hirsche und Böcke zu Tode hetzen und das übrige Wild am weggeworfenen Plastikmüll eingeht.«

»Erstens sind nicht alle Tourenfahrer Rowdys und Schmutzfinken, wie du ja selbst am besten weißt«, entgegnete der Angegriffene ruhig, während er die Fensterbalken zuzog und verriegelte, »und zweitens sollte gerade diese Klientel nicht in Misskredit gebracht werden, schließlich ist der Freerider-Cup in den engen Häuserschluchten Bad Gasteins zu einem Markenzeichen geworden, das nicht beschädigt werden darf. Und last, but not least wollt ihr doch alle, dass die Touristen ihr Geld bei uns lassen.«

Harald Sertorius schwieg und dachte sich seinen Teil, als die beiden einander anmotzten, als würden sie so gar nichts voneinander halten – was möglicherweise sogar zutraf. Sie hatten zwar gelegentlich Sex miteinander, wie seine Beobachtung am Jagdhaus plastisch veranschaulicht hatte, trotzdem wirkte Barca nach solchen Quickies alles andere als entspannt – entweder weil sie ihren Lazi nicht vergessen konnte oder wegen ihres Kindheitstraumas –, und Matthi zerriss sich ohnehin bei jedem Schüsseltrieb das Maul über ihr dünkelhaftes Gehabe.

»Ich nehme jedenfalls an, dass du das willst?«, höhnte sie angriffslustig, wohl wissend, dass die Bibernells auf die Einkünfte aus dem Betreiben ihrer kleinen Klitsche angewiesen waren. Was Matthi als Aufsichtsjäger verdiente, floss zum Großteil ausschließlich ihm zu, der Rest der Familie wurde kaum berücksichtigt.

Bibernell nahm auf einen Wink Knapps eine Dose Beck's für ihn an den Tisch mit, während er die Attacke von Barca Sertorius ins Leere laufen ließ: »Natürlich will ich, dass der Wintertourismus bei uns brummt. Und das tut er ja auch, nämlich so gut, dass sich die Leute trotz Hunderter Pistenkilometer bereits gegenseitig über die Ski fahren. Verständlich, dass die Sportlichen in einer solchen Situation nach Alternativen suchen.«

»Aber die meisten scheren sich nicht die Bohne um Outdoor-Verhaltensregeln«, warf Freudenschuss ein. Ihr smaragdgrüner Jogginganzug und ihre safrangelbe Seidenbluse kontrastierten vorteilhaft mit ihrem rötlichen Haar, das im Licht der Petroleumlampe wie gesponnenes Kupfer schimmerte, und waren auch perfekt auf ihre Katzenaugen abgestimmt. Jetzt allerdings blinzelten diese Augen auffallend nervös – möglicherweise nicht nur wegen der beanstandeten Pistenrowdys.

»Regeln?« Barca Sertorius zuckte verächtlich die Achseln. »Welche Regeln denn? Diese sogenannten Verordnungen sind doch nichts wert, solange sie nicht exekutiert werden.«

»Wie sollte man außerdem das Einhalten von Regeln von einer Generation verlangen, die in den Medien ständig das Gegenteil sieht?«, klinkte sich ihr Mann Harald in den Disput ein. »Die daran gewöhnt ist, dass man bei jedem Event den Veranstaltungsort als Müllhalde hinterlässt, dass man Polizisten in Fußballstadien zu Tode trampelt, die denkt, dass Regeln und Normen der Selbstverwirklichung im Weg stehen und daher immer nur für die jeweils anderen gelten.«

»Gerade Sonntagsjäger wie du, Harry, die vom Hubschrauber aus jagen und auf der Hochalm und im Burgerwald wahre Gemetzel unter Hoch- und Gamswild anrichten, sollten tunlichst keine Moralpredigten halten«, krakeelte Fredegunde Batjany jetzt mit leichtem Zungenschlag dazwischen. »Außerdem hilft uns solche Phrasendrescherei bei unserer Richtungsentscheidung auch nicht weiter.« Die vierzigjährige Blondine war dank ihres Fitnesstrainers noch immer gut in Schuss und konnte sich ihre figurbetonte Freizeitkleidung leisten, aber ihr schütterer Haarwuchs war mit Extensions nur leidlich kaschiert, und auch ihr unmäßiger Alkoholkonsum ließ sich kaum noch wegschminken. Niemand war sonderlich überrascht gewesen, als man sie schon am Vormittag ziemlich angeheitert in der Hütte angetroffen hatte. »Matthi hat ganz recht«, lallte sie weiter, »wir alle wollen, dass Geld reinkommt.«

»Na, dass du ihn verteidigst, ist nicht grad überraschend«, spottete Barca. Sie hasste Betrunkene, da ihr Großvater oft und viel getrunken hatte. »Und dass du mit Moral nichts anfangen kannst, auch nicht.«

»Kannst du mir sagen, womit du ein Problem hast, Kätzchen?« Batjanys Artikulationsprobleme waren kaum noch zu überhören, nichtsdestoweniger kippte sie den doppelten Glenfiddich hinunter, als wäre er Wasser.

»Nenn mich nicht so«, fuhr die Hotelmanagerin sie an. »Aber wenn du schon fragst: Mir geht zum Beispiel auf den Geist, dass du wegen der Asylanten im Ort Zeter und Mordio schreist, während Steff eure Tschetschenen seit Jahren schwarz auf euren Baustellen arbeiten lässt. Dafür sind sie gut genug, oder wie?«

Die trinkfreudige Architektengattin ließ ein krähendes Lachen hören. »Falls du es vergessen hast: Unser Tal lebt vom Kur- und Tourismusbetrieb, da macht es durchaus einen Unterschied, ob ein paar Flüchtlinge diskret am Bau hackeln oder eine Hotelruine im Ortszentrum als Asylantenheim herhalten muss. Und Doppelbödigkeit«, ihre Zunge stolperte über das lange Wort, »lass ich mir von dir schon gar nicht vorwerfen! Wer hat denn noch vor Wochen gegen den Ausverkauf unseres Wassers gewettert und zieht jetzt mit uns brav für Schnäbli an einem Strang? Na?«

»Niemand ist seines eigenen Geldes Feind«, zog sich Barca zunächst auf einen Allgemeinplatz zurück, riss dann aber gleich wieder die Themenhoheit an sich. »Höchstens du, sonst würdest du nicht zulassen, dass Matthi Stefan ständig bescheißt.« Sie blickte Bibernell direkt in die Augen. »Aber *er* sieht das vermutlich anders. Für ihn stellen die unter der Hand kassierten Abschüsse wahrscheinlich die angemessene Entschädigung für die Mühe dar, dich besteigen zu müssen.« Angriffslustig stützte sie die Unterarme auf den Tisch. Mit ihren offenen braunen Haaren und dem fast bis zum Nabel aufgeknöpften Jagdhemd wirkte sie unglaublich sexy, allerdings waren ihre Schokoladenseiten den anwesenden Männern ohnehin mehr als vertraut. Doch mit ihrer gehässigen Bemerkung hatte sie sich freilich nicht nur im Wortsinn zu weit vorgelehnt.

Fredegunde schlug mit der Faust auf den Tisch, dass die darauf stehenden Gläser nur so hüpften, als im selben Augenblick draußen der Sturm losbrach und an den Fensterbalken rüttelte. Doch Fredegunde hörte es nicht, sie war vollkommen auf ihr Gegenüber fixiert. »Das ist ja wohl der Gipfel! Du hast es gerade nötig. Lässt dich selbst von Matthi vögeln, machst aber anderen deshalb Vorhaltungen.«

Die Bloßgestellte lief puterrot an, vermied es, ihren Mann anzusehen, konterte aber unverzüglich: »Dass du jedes Gerücht einsaugst wie Whisky, ist wohl nicht zu verhindern. Allerdings rate ich dir dringend, solches Geschwätz für dich zu behalten, sonst –«

»Sonst was?«, setzte Fredegunde nach – nun ihrerseits auf Konfrontationskurs.

»Sonst zahle ich es dir mit gleicher Münze zurück.«

»Ach?«

»Ja, das tu ich!« Barca schüttelte unwirsch die besänftigende Hand ihres Gatten ab. »Und zwar mit gutem Gewissen: Denn *meine* Kinder sind von *meinem* Mann und wachsen auch im Schutz *unserer* Familie auf.«

Ob Fredegunde Batjany errötete oder erbleichte, war wegen des dick aufgetragenen Make-ups nicht zu beurteilen, aber ihre bernsteinfarbenen Augen blitzten wütend. »Was soll das jetzt? Du weißt, dass Steff und ich keine Kinder haben, weil –«

»Steff und du *miteinander* nicht, so sollte es richtig lauten«, fiel ihr Barca höhnisch ins Wort, »was aber nicht bedeutet, dass du keine Kinder zur Welt gebracht hast. Was wedelst du da in der Luft herum, Matthi?«, wandte sie sich ärgerlich an Bibernell, der mit Handzeichen versuchte, sie von ihrem Crashkurs abzubringen.

Auch Fredegunde Batjany hatte trotz ihrer beträchtlichen Alkoholisierung das beschwichtigende Winken bemerkt. »Lass nur, Matthi, wahrscheinlich hat sie vergessen, ihre Tabletten zu nehmen.«

Allen am Tisch war die Wucht dieses Tiefschlags bewusst. Barca Sertorius litt an einer leichten bipolaren Störung, die, wie ihr Psychiater vermutete, durch ein Trauma in der Kindheit ausgelöst worden war. Schon seit der Pubertät war sie auf Neuroleptika angewiesen, um ihre emotionale Balance zu halten. Von einer solchen konnte jetzt freilich keine Rede mehr sein. Sie erbleichte vor Wut, und ihre Lippen begannen zu zittern. »Mag sein, dass ich nicht ganz gesund bin«, sagte sie gefährlich leise, »aber auch nicht so krank im Kopf, dass ich nebenbei mal ein Kind bekomme und es gleich weggebe, weil es gerade nicht in meine Lebensplanung passt.« Mit jedem Wort sprach sie schneller und lauter. »Außerdem bin ich keine Dumpfbacke, die vom selben Mann noch einmal schwanger wird und abtreibt, um letztendlich den Vater des Kindsvaters heiraten zu können.« Beim Satzende, im höchsten Diskant geschrien, brach ihr die Stimme.

Barca hatte zurückgeschlagen – und wie! Das Toben des Orkans draußen stand in groteskem Gegensatz zur nun herrschenden Stille am Tisch. Nur ein leises Zischeln war vom Herd her zu hören, was Bibernell veranlasste, nach der Hirschlende und den verschiedenen Beilagen zu sehen.

»Oh Gott! Was … was redest du da nur für einen Bockmist?«, stotterte Fredegunde, aber sie war sichtlich angezählt.

»Willst du vielleicht abstreiten, dass du Julius schon seit eurer Studienzeit kennst?«, stieß Barca triumphierend nach.

»Na und? Ist das ein Verbrechen? Und natürlich habe ich durch ihn auch Stefan, seinen Vater, kennengelernt und mich in ihn verliebt. Willst du mir daraus einen Strick drehen? Aber alles andere ist völlig aus der Luft gegriffen, die gehässige Erfindung einer boshaften Neidgenossenschaft!« Die genusssüchtige, aber willensstarke Fredegunde kämpfte mit aller Kraft eine aufsteigende Panik nieder, doch ihr war keine Erholungspause vergönnt.

»Das ist keine Erfindung. Ich kann beweisen, wie du deinen Mann für dumm verkauft hast«, setzte Barca nach. »Los, Enzo, jetzt sag's schon deiner Chefin, sonst mach ich's!« Natürlich war die »Chefin« eine Anspielung darauf, dass Knapp nach wie vor im Sold von Stefan Batjany stand.

»Lass mich da raus«, wehrte Enzo schroff ab. »Was soll das Ganze überhaupt? Warum attackierst du Gunde so brutal? Ihr versteht euch doch sonst ganz leidlich.«

»Ihr wisst genau, warum! Wenn ich erpresst werde, kann ich ebenso gut zurückschlagen. Glaubt ihr Wappler etwa, ihr könntet euch an mir abputzen und dann gemütlich zur Tagesordnung übergehen? Da habt ihr euch aber gewaltig geschnitten.«

»Was meinst du damit, Barca?«, fragte Freudenschuss, die bei den letzten Worten aufgehorcht hatte. »Hat das alles etwas mit Lazis Tod zu tun?« Kaum war der Künstlerin die heikle Frage entschlüpft, schien sie sie bereits wieder zu bereuen. Doch der Name war gefallen und konnte nicht mehr zurückgenommen werden.

»Mit Lazi?« Barcas Lachen klang blechern und unecht. »Ich weiß, du führst all unsere Kalamitäten auf ihn zurück und glaubst, einer von uns hätte etwas mit seinem kuriosen Unfall zu tun. Nebenbei gesagt, wundert mich dein Engagement als Rächerin übrigens ein bisschen. Du hattest doch gar nichts mit ihm, oder etwa doch?«

Iris errötete wie ein ertappter Teenager, ließ sich aber nicht von ihrem ursprünglichen Anliegen abbringen. »Weich jetzt bloß nicht aus! Wodurch fühlst du dich erpresst, und was soll Enzo Gunde sagen?«

»Rike, die Tochter von Enzo, kennt ein Mädchen namens Sarah Sedlacek aus dem Milieu.«

Jetzt war es Fredegunde Batjany, die blass um die Nase wurde.

»Sarah ist die leibliche Tochter von Gunde«, ließ Barca die Bombe platzen. »Julius und Enzo haben das gemeinsam recherchiert.« Sie räusperte sich und wiederholte den letzten Satz, da der Tumult in der Hütte und das Sturmgeheul draußen ihre Worte weitgehend übertönt hatten.

»Nein!« Die Augen von Freudenschuss wurden groß wie Spiegeleier.

»Doch. Ihr dürftet sie übrigens aus den Medien kennen. Sarah Sedlacek – sie ist logischerweise nach ihren Adoptiveltern benannt – ist die sechzehnjährige Schülerin, die vorige Woche mit ihrem Spruch gegen die Banker Aufsehen erregt hat und auch groß in der ›K.u.K.‹ abgebildet war.«

»Das Mädchen, das überall gepostet und plakatiert hat: ›Die Banker an die Laterne!‹, das soll die Tochter von Gunde sein?«, fragte Harald Sertorius.

Seine Frau nickte. »Ja, sie ist ziemlich ausgeflippt, aber –«

»Du machst mich nicht fertig, du nicht!«, unterbrach die Architektengattin schäumend, und mit einer Schnelligkeit, die ihr bei diesem Grad der Alkoholisierung niemand zugetraut hätte, sprang sie auf und hätte sich über den Tisch hinweg auf Barca Sertorius gestürzt, hätten deren Mann und Enzo Knapp sie nicht energisch zurückgehalten.

»Lasst mich los, lasst mich augenblicklich los, ihr Deppen! Ich zerkratze dieser Natter die blasierte Larve! Sie will mich nur mit ihren dreckigen Lügen fertigmachen«, begann sie dann zu wimmern, »mit ihren Verleumdungen, mich ausbooten und mir Steff wegnehmen, weil sie endlich begreift, dass ihr vergötterter Lazi nur mehr ein Fetisch, ein Gespenst ist.«

»Ein Gespenst, das auch du dir so gern für romantische Stunden gewünscht hättest, nicht wahr?«, konterte Barca Sertorius unnatürlich ruhig.

»Hast du ihn etwa halten können? Siehst du, und auch Stefan bekommst du nicht!«, schrie Frau Dr. Fredegunde Batjany jetzt mit hochrotem Gesicht, während der Orkan draußen mit ihr um die Wette brüllte. »Oder glaubst du, er nimmt eine Nutte, die es mit dem eigenen Großvater getrieben hat, der zugleich ihr Vater war und den sie später dann auch noch umgebracht hat? Glaubst du das wirklich?«

Die Männer wären zu spät gekommen, so schnell hatte Barca plötzlich ihre Sig Sauer P 239 Blue in der Hand und bereits durchgeladen. Aber sie schoss nicht, sie hielt inne. »Eine wie du, Gunde, eine wie du ist es nicht wert«, sagte sie dann, während sie für alle sichtbar die Abzugssicherung einrasten ließ und die Pistole wieder ins Gürtelholster zurücksteckte. »Ja, es stimmt: Mein Großvater hat meine Mutter, seine Schwiegertochter, jahrelang zum Beischlaf genötigt«, bestätigte sie dann völlig unerwartet, was Gunde ihr an den Kopf geworfen hatte, »und auch mich hat er missbraucht, bis ich fünfzehn war. Und ja: Wir haben ihn in ein Heim abgeschoben, sowie wir dazu in der Lage waren. Aber eins stimmt nicht: Weder ich noch meine Mutter haben ihn getötet. Und ich bin froh, dass ich das alles jetzt endlich ausgesprochen habe.«

Doch dass sich ihr Vater, der eigentlich ihr Halbbruder war, im Dachboden des »Sophienpark« erhängt hatte, nachdem er Jahre später durch einen dummen Zufall hinter das unappetitliche Familiengeheimnis gekommen war, ließ Barca Sertorius unerwähnt.

»Die offizielle Version war ja stets, dass dein Opa das Rohypnol selbst genommen hat«, merkte Freudenschuss mit belegter Stimme an. »Allerdings hat man nie herausgefunden, woher er es hatte.«

Auch dazu schwieg Barca und nahm zum ersten Mal an diesem Abend das schauerliche Heulen außerhalb der Hütte wahr.

»Könnt ihr zwei eure Animositäten nicht für den Rest unseres Treffens beiseitelegen und euch wieder den Tagesordnungspunkten zuwenden?«, ergriff plötzlich und völlig unerwartet Knapp die Initiative. »Sonst müsste man ja tatsächlich annehmen, dass das ganze Theater hier etwas mit den neu aufgekochten Gerüchten um Lazis Tod zu tun hat.«

»Kann ja auch durchaus sein«, sagte Bibernell, der eben die Knödel aufkochen ließ, die neben Rotkraut, Kastanienparfait und Pilzsoße als Beilage zum Hirschbraten gedacht waren. »Besonders dann, wenn man weiß, dass es dabei auch um falsche Alibis und um den Lageplan eines Schatzes geht, den man Lazi kurz vor seinem Tod aus dem Spind gestohlen hat, nicht wahr, Harry?«

Harald Sertorius sah auf, ließ sich durch die unverblümte Anspielung aber nicht provozieren. »Was soll das, Matthi? Nur weil Bergbau und Metallurgie meine Hobbys sind, wollte schon damals jeder in mir den Dieb dieser Schatzkarte sehen. Aber ich hab sie jetzt nicht und hab sie auch nie gehabt. Existiert sie überhaupt? Hat irgendwer sie jemals gesehen?«

Bibernell ließ den Herd für ein paar Sekunden aus den Augen. »Das allein ist nicht der entscheidende Punkt, Harry. Es kommt auch darauf an, wer mit der Karte etwas anfangen kann und in wessen Besitz sie *jetzt* ist. Es stimmt übrigens, dass du sie nicht hast. Aber ich möchte anfügen: nicht mehr! Denn seit Kurzem befindet sie sich nicht mehr dort, wo du sie listigerweise versteckt hattest.«

Harald Sertorius war nicht der Erste, dessen Gesicht in dieser turbulenten Mittagsstunde die Farbe wechselte, doch auch er hatte sich gut im Griff. »Da ich das ominöse Papier nicht kenne, kann es von mir auch nicht versteckt worden sein«, sagte er im Brustton der Überzeugung.

Draußen steigerte sich das Heulen des Sturms zu infernalischem Röhren und Stöhnen, das Gebälk über ihnen knirschte bedrohlich, und die Hütte erzitterte in den Grundfesten, als stünde sie kurz davor, aus dem Fundament gerissen und in ihren Bestandteilen über die Alm verstreut zu werden.

»Das sind schwere Anschuldigungen, die du da gegen Harry erhebst, Matthi«, sagte Iris Freudenschuss, als das Holz vorübergehend zur Ruhe kam. »Wenn du im Hinblick auf Lazis Tod etwas weißt, dann sag es, und zwar jetzt. Es geht uns schließlich alle an.«

Bibernell nahm einen Schluck aus seinem Bierglas, ohne das Umrühren im feuerfesten Bratenreindl zu unterbrechen.

»Du hältst lieber die Klappe, Matthi«, richtete Barca ihrem Gelegenheitsliebhaber aus, der ihr den Rücken zukehrte.

»Jeder ist sich selbst der Nächste, nicht wahr, meine Teuerste?«, erwiderte der Gemaßregelte über die Schulter hinweg und wandte sich dann wieder Iris Freudenschuss zu. »Ich habe keine Ahnung, warum Harry das Papier geklaut hat. Möglicherweise für einen Neubeginn? Vielleicht wollte ihm Barca ja schon vor drei Jahren den Weisel geben und nicht erst jetzt.«

»Du meinst, weil sie jetzt vorhat, mir Steff wegzunehmen und Harry zum Teufel zu jagen?«, warf Fredegunde Batjany ein, ihre Befürchtung von vorhin wiederholend.

»So ein Quatsch! So ein hirnrissiger Quatsch!« Die Hotelierin verdrehte die Augen, doch Bibernell nickte.

»Jedenfalls wäre Harry der Einzige von uns, der mit den Eintragungen auf der Karte etwas anfangen könnte, ohne einen Fachmann zurate ziehen zu müssen. Der Goldfund wäre sicher Balsam für seinen gekränkten männlichen Stolz und eine nicht zu verachtende Starthilfe in eine Zukunft ohne Barca.«

»Also was jetzt? Hat er nun die Karte oder nicht?«, wollte Freudenschuss wissen.

»Es ist doch ganz einfach: Jemand hat die Karte nebst anderen wichtigen Papieren wiederum ihm entwendet – und zwar im Golfclub, aus deinem Spind, Iris.«

»Aus meinem …?« Die ehemalige Lehrerin mit Ermittler-Ambitionen verstummte entgeistert.

»Keine Angst«, beruhigte Bibernell sie gleich, »dich verdächtigt niemand. Die Papiere befanden sich unter der Bodenabdeckung deines Schuhfachs, ohne dass du von ihnen gewusst hast. Genial einfach, denn du würdest dort im Leben nicht nachsehen und jeder andere noch viel weniger. Nur ein Profi konnte dieses Versteck erahnen, aber Enzo hatte schließlich einen an der Hand.«

Sofort richteten sich fünf Augenpaare auf den Hofgasteiner Bauamtsleiter, der aus allen Wolken zu fallen schien. Doch noch ehe er wortreich dementieren konnte, fuhr Bibernell schon wieder fort. »Spar dir die Unschuldsnummer, Enzo. Nachdem Adrian im Schlappereben-Kar einen superkapitalen Gamsbock schießen durfte, hat er mir beim Halali verraten, wer an ihn mit einer Bitte herangetreten ist. Außerdem wissen wir doch alle, dass Harry verglichen mit dir der reinste Krösus ist, während dich schon die längste Zeit der Exekutor verfolgt.«

Doch so leicht war ein Schlitzohr wie Knapp nicht auszuhebeln. Immer noch den Entsetzten mimend, schüttelte er den Kopf. »Warum tust du das, Matthi? Warum diese Verleumdungen? Habe ich nicht ständig deine unterschlagenen Abschüsse kaschiert? Habe ich wegen Gunde und dir nicht immer den Mund gehalten?«

Fredegunde lachte bitter auf.

»Als ob es Steff nicht längst powidl wäre, ob seine Hausaufgaben von Matthi oder wem auch immer erledigt werden. Und spiel dich jetzt bloß nicht als großzügiger Zahlmeister auf. Wer hat denn Steff überredet, sich auf Urstein einzulassen, weshalb uns jetzt regelmäßig Klagen wegen Verzugs oder schweren Pfuschs ins Haus flattern? Wer hat uns denn jeden Tag ins Ohr geraunt, was für ein potenter Laden High&Low ist?«

»Der Baukonzern High&Low?«, fragte Freudenschuss überflüssigerweise.

»Allerdings. Die Herren waren zu gierig, wollten auf zu vielen Hochzeiten gleichzeitig tanzen und haben sich in der Hektik schließlich verkalkuliert. Als die größte Bank Unrat witterte, ist sie ihnen abgesprungen, was wir aber erst erfahren haben, als es schon zu spät war. Dass Enzo nicht zum ersten Mal Partnerfirmen für Projekte von High&Low rekrutiert und Provisionen dafür eingesackt hat, wurde uns ebenfalls erst hinterher klar.«

»Und dass er als der sogenannte Mann mit dem schwarzen Koffer berüchtigt ist«, ergänzte Bibernell ungerührt, obwohl er Minuten zuvor mit Knapp noch einträchtig Zigarillos gepafft hatte.

»Aber seine Macheloikes haben sich leider nicht nur auf die Firma beschränkt«, setzte Frau Dr. Batjany düster fort. »Auch mir persönlich hat er immer wieder hohe Summen abgeknöpft. Und dreimal dürft ihr raten, warum er sich Julius, meinem Stiefsohn –«

»Und Liebhaber!«, rief Knapp dazwischen.

»Warum er sich meinem Stiefsohn angedient hat«, sprach sie unbeirrt weiter, »ihm bei der Suche nach Sarah zu helfen.«

»Enzo hat dich mit deiner und Julius' gemeinsamer Tochter erpresst?«, riet Harald Sertorius, der aufgrund der eigenen Misere plötzlich eine gewisse Solidarität für die Rivalin seiner Frau empfand.

»Die Frau verdient dein Mitleid nicht, Harry«, höhnte Knapp und ließ die Maske des Unschuldigen fallen. »Valerie und sie haben schon als Studentinnen bei Biopharm wie die Raben Narkotika aller Art gestohlen und sie auf Teufel komm raus vertickt, um etwas Farbe in ihr ach so trostloses Studentinnendasein zu bringen. Alles war natürlich auf den einen ultimativen Zweck ausgerichtet, irgendwann einen möglichst reichen alten Sack an Land zu ziehen, was beiden ja gelungen ist.«

»Du hast es gerade nötig, Gunde moralische Verkommenheit vorzuwerfen«, empörte sich Barca, als hätte sie die nämliche Fredegunde nicht noch eben mit der Pistole bedroht. »Ich bin so was von froh, dass ich nicht dich, sondern Harry geheiratet habe. Nicht auszudenken, wo ich heute stünde!«

Harald Sertorius hob die Augenbrauen, als sei ihm nicht ganz klar, wie er ihre Solidaritätsbekundung einzuordnen habe.

»Also haben die Gerüchte von Enzos Unterschlagungen bei Tauernland doch einen realen Hintergrund?«, fragte Freudenschuss.

Tauernland-Vorstandsmitglied Barca Sertorius nickte. »Was er sich da geleistet hat, ist bereits gerichtsanhängig. Er wird den Nebenjob bald los sein.«

»Und den bei der Batjany AG sicher auch«, versicherte Fredegunde, »dafür werde ich schon sorgen. Ich lasse mich nicht länger erpressen und werde Steff rückhaltlos alles beichten.« Und mit einem schrägen Seitenblick auf ihre Angstgegnerin fügte sie hinzu: »Darauf kommt's nun auch nicht mehr an.« Obwohl sie seit der Ankunft auf der Rastötze mindestens einen Viertelliter Whisky getrunken haben musste, wirkte Fredegunde Batjany jetzt beinahe nüchtern, so sehr hatte die Aufregung der letzten Minuten ihr vegetatives Nervensystem auf Touren gebracht. Um sich zu beruhigen, stand sie auf und ging zur Kücheneinheit hinüber. Sie wollte in die Kochtöpfe ihres Liebhabers gucken, wie sie es unabhängig von ihrem Alkoholpegel bei jedem Jour fixe zu tun pflegte. Und genauso obligat war der Griff an Bibernells Hinterbacken, auf den sie nur dann verzichtete, wenn ihr Gatte an den Sitzungen teilnahm.

Am Herd stehend kostete sie von der Steinpilzsoße, welche Matthi hin und wieder mit ein paar Flocken getrockneter junger Fliegenpilze aufzupeppen pflegte. Er behauptete stets, durch eine spezielle Präparierung würde die Wirkung des halluzinogenen Gifts Soma so weit vermindert, dass man beim Genuss nur noch eine leicht anregende Wirkung verspürte. Solcherart somatisiert habe zum Beispiel auch Lewis Caroll seine »Alice im Wunderland« verfasst.

»Sehr gut – wie immer«, urteilte Fredegunde, leckte sich noch einmal die Finger ab und steuerte dann mit nicht ganz sicheren Schritten wieder ihren Platz auf der Sitzbank an. »Obwohl ich da einen kaum wahrnehmbaren Hauch nach Fisch herausgeschmeckt habe. Ich hoffe, die Fliegenpilze waren nicht zu alt? Dann haben sie nämlich die unangenehme Eigenschaft, zu fischeln.« Sie lachte grell.

»Nach Fisch? Unsinn! Du hast einfach nur zu viel getrunken.« Bibernell nahm ebenfalls einen Löffel und kostete. »Die Soße ist einwandfrei. Will sonst noch jemand probieren? Aber wir essen ohnehin gleich, es ist ja schon fast eins.«

»Wird schon passen, Matthi, hat ja bisher noch immer gepasst«, meinte Amateurdetektivin Freudenschuss ein wenig abwesend, da etwas anderes sie mehr beschäftigte als die Soße. »Du hast vorhin falsche Alibis erwähnt, Matthi, da muss ich einfach noch mal nachhaken. Laut den damals protokollierten Aussagen hatten Polizei und Staatsanwaltschaft keine Veranlassung mehr weiterzuermitteln. Sollte aber auch nur eines der Alibis falsch gewesen sein, wird die Akte Grankenbruch wieder geöffnet. Mord verjährt nicht.« Sie verschwieg, dass die Akte den Salzburger Beamten schon längst wieder vorlag.

»Darauf komme ich gleich zu sprechen, Iris. Aber wie ich schon sagte: Jetzt wird erst einmal gegessen.« Bibernell rückte nun auch den Topf mit den Knödeln von der Herdmitte weg. »Der Braten ist gerade richtig, und zu allem anderen ist später auch noch Zeit. Wer will etwas anderes als …« Er hielt inne, brachte keinen Ton mehr heraus. Erst nach einer gespenstisch langen Pause und mit sichtlicher Anstrengung gelang es ihm, den Satz zu vollenden: »Etwas anderes als Rotwein … zum Hirsch?« Im selben Augenblick begann er auch schon zu wanken, schaffte es noch, sich auf seinen Stuhl zu setzen, kippte aber gleich darauf seitwärts auf den Lärchenbretterboden.

Alle sprangen auf, nur Freudenschuss, die auch als Rotkreuzhelferin tätig war, beugte sich sofort zu Bibernell hinunter.

»Kein Atem mehr, Lähmungserscheinungen!«, stellte sie fest und begann unverzüglich mit wiederbelebenden Maßnahmen.

Erst jetzt löste sich die Schockstarre der anderen, und sie erinnerten sich daran, dass sie ja auch eine ausgebildete Ärztin in ihrer Mitte hatten. »Gunde, du hast doch immer deine Arzttasche dabei«, begann Knapp und wandte sich nach ihr um, aber die Angesprochene saß bewegungslos auf ihrem Platz, die Augen halb offen, den Blick ins Nirgendwo gerichtet.

»Gunde?«

Dr. Batjany und Matthi Bibernell starben ihnen buchstäblich unter den Händen weg. Die fast halbstündige Beatmung und Herzdruckmassage Batjanys durch Freudenschuss und Knapp konnten daran ebenso wenig ändern wie die Wiederbelebungsversuche, die Barca und Harry Sertorius an Bibernell vornahmen.

»Das wird nichts mehr, es ist vorbei«, stellte Freudenschuss Minuten nach dem Exitus der Toxikologin fest. Auch der zeitlebens vor Gesundheit strotzende Berufsjäger war nicht mehr zu retten gewesen.

11 DER SCHNEESTURM TOBTE über und durch die Tauerntäler. Die Telefonverbindungen ins Innergebirg fielen im Minutentakt aus, der Kontakt über Funktelefon war schon vorher kaum noch möglich gewesen. Die Natur zeigte dem modernen Menschen seine Grenzen auf und schien dabei noch Spaß zu haben.

Jacobi wollte nicht daran denken, was ein solcher Blizzard in einer Stadt wie Salzburg anrichten könnte. Zum Glück hatte man es am Franz-Hinterholzer-Kai zurzeit nur mit erträglichen Randturbulenzen zu tun, also mit einem Schneesturm der Windstärke acht bis neun. Umso plastischer waren Jacobis Vorstellungen, was sich in diesem Moment im Zentrum des Orkans in den Tauerntälern abspielen musste, und eben deshalb hatte er es nach dem Mittagessen auch nicht mehr im sicheren Büro am Salzachufer ausgehalten.

Chefinspektor Leo Feuersang hatte es sich schon vor Jahren abgewöhnt zu grinsen, wenn der Chef für Einsätze im Innergebirg ein Equipment wie für eine Polarexpedition verlangte. Zu oft schon hatte sich Jacobis diesbezügliche Penibilität hinterher als wohlbegründet erwiesen, eine Penibilität, die sich natürlich auch auf die Wahl des fahrbaren Untersatzes erstreckte.

Trotz aller Vorkehrungen waren sie auf der Fahrt ins Gasteiner Tal mehrmals nahe dran gewesen, von der Salzachtal-Bundesstraße gefegt zu werden, obwohl das einstige Rallye-Ass Jacobi den RS4 zeitweise nur im Schritttempo fuhr.

Schließlich erreichten sie dennoch Bad Hofgastein, allerdings in mehr als doppelt so langer Fahrzeit wie gewöhnlich, und mussten auf der Polizeiinspektion zudem gleich den ersten Tiefschlag einstecken: Nachdem die meisten Relaisstationen für Mobiltelefone bereits ausgefallen waren, brachte man nun auch keine Funkverbindung mehr in die Rastötze zustande, obwohl allgemein bekannt war, dass Matthäus Bibernell, wenn er unterwegs war, immer ein PMR-Gerät dabeihatte, dessen Leistungsfähigkeit auf Ultrakurzwelle selbst ein Sturm dieser Qualität kaum hätte beeinträchtigen dürfen. Aber wie hatte schon Mephisto zum Schüler gesagt? *Grau, guter Freund, ist alle Theorie.*

Vor dem Abflauen des Orkans war nicht einmal daran zu denken, die Alm auf Schneemobilen oder sonstigen Aufstiegshilfen zu erreichen, und mit einer Wetteränderung war frühestens im Lauf des nächsten Tages zu rechnen. Jacobi war wütend und ratlos. Er konnte sich nicht erklären, warum es möglich war, Funkverbindungen zu beliebigen Empfängern herzustellen, nur nicht mit einem in der Rastötze – und auch nicht, warum er im Gefühl der vollkommenen Ohnmacht den Drang verspürte, unverzüglich seinen Informanten Till Freudenschuss aufzusuchen.

Als Jacobi und Leo Feuersang unter dem Vordach des zweigeschossigen Einfamilienheims Sturm läuteten und sich endlich die Tür öffnete, schockierte sie der Anblick des Inhabers noch mehr als die entfesselten Elemente. Der Magister sah aus wie ein Zombie: bleich, blutleer, mit entrücktem Blick.

Noch Sekunden zuvor war Jacobi trotz unzureichender Sicht beim Anblick des schnuckeligen Häuschens etwas neidisch auf dessen Bewohner gewesen, jetzt wusste er, dass er dazu keinen Grund hatte.

»Kommen Sie.«

Als Till Freudenschuss ihnen ins Wohnzimmer vorausging, bemerkte Jacobi, dass das Haar des Hausherrn feucht war. Auch die nass glänzende Outdoorkluft an der Garderobe war ihm nicht entgangen.

Die gedrückte Stimmung schien sich auf den Deutsch Kurzhaar, der unter dem Wohnzimmertisch lag, übertragen zu haben. Beim Eintritt der Fremden hob er nicht einmal den Kopf.

»Die Kinder sind Gott sei Dank beim Klavier- und Klarinettenunterricht«, sagte der Pädagoge mit belegter Stimme, während er auf zwei Fauteuils deutete und sich dann selbst wie in Zeitlupe auf eine altmodische Plüschcouch setzte. »Ich könnte ihnen jetzt nicht in die Augen sehen.«

»Sie waren bei diesem Wetter draußen, Herr Freudenschuss?«, fragte Jacobi, nachdem er und Feuersang ebenfalls Platz genommen hatten.

Freudenschuss nickte trübsinnig. »Heute Vormittag. Zwei Stunden, nachdem Iris mit den andern losgezogen war, hab ich es in der Schule nicht mehr ausgehalten. Unter einem Vorwand habe ich mir den Rest des Tages freigenommen und bin sofort auf Tourenskiern losgezogen. Ich war schon fast am Rosshaag oben, als mir klar wurde, dass der Schneesturm jeden Augenblick losbrechen würde.«

»Sie sind umgekehrt?«

Wieder nickte der Lehrer. »Es war wohl die letzte einer Reihe falscher Entscheidungen, die ich in dieser Angelegenheit getroffen habe. Oh, ich habe Sie gar nicht gefragt, ob Sie etwas trinken wollen. Bier? Limonade? Soll ich Ihnen einen Kaffee machen?«

Der plötzliche Schwenk markierte eine klassische Übersprunghandlung, die vermuten ließ, dass Freudenschuss vorläufig nicht in der Lage sein würde, sich weiter mit der Causa prima zu befassen.

»Was ist passiert, Herr Magister?«, fragte Feuersang trotzdem so einfühlsam, wie es ihm möglich war. »Und lassen Sie sich mit der Antwort ruhig Zeit.«

Tatsächlich verstrich eine volle Minute, bis es Freudenschuss gelang, die Ungeheuerlichkeit auszusprechen: »Nur Minuten, ehe Sie an meiner Tür geläutet haben, sind oben in der Rastötze zwei Menschen gestorben. Das Unheil nimmt seinen Lauf, wie ich es angekündigt habe.«

Jacobi war es, als umklammerte etwas Kaltes seinen Nacken, dann aber siegte sein Rationalismus über jahrmillionenalte Instinkte. »Wie kommen Sie darauf? Haben Sie einen Anruf erhalten?« Wie lächerlich die Frage war, war ihm durchaus bewusst. Er rechnete auch nicht ernsthaft mit einer Antwort, musste aber unbedingt einen Zugang zur Gedankenwelt von Till Freudenschuss finden, sich irgendwie auf seine Wellenlänge einstellen. »Oder hatten Sie … so etwas wie ein Gesicht?« Als er auch darauf keine Antwort erhielt, wechselte er die Taktik: »Wer ist gestorben?«

»Eine Frau und ein Mann«, sagte der Enkel eines Druiden. »Mehr konnte ich nicht erkennen. Die Konturen waren zu undeutlich, zu verschwommen.«

Jacobi spürte einen Kloß im Hals. »Wurde Gewalt angewandt?«, würgte er hervor. »Wurde geschossen oder gestochen? Oder war es ein Unfall im Blizzard?«

Freudenschuss schüttelte den Kopf. »Nein, keine Gewalt. Und das Unwetter war auch nicht schuld. Der Tod ist heimtückisch und still gekommen.«

Jacobi war zu sehr Kriminalbeamter, um nach einer solchen Aussage nicht sofort bestimmte Möglichkeiten ins Auge zu fassen. »Sie meinen, es war Gift? Eine Droge?«

Sein Gegenüber zuckte mit den Schultern. »Ich weiß es nicht.«

»Ist … ist eine von den Toten Ihre Frau?«

Freudenschuss blickte durch den Frager hindurch, als wäre er nicht anwesend. »Nein, aber …« Er verstummte, und noch im selben Moment weiteten sich seine Augen vor Entsetzen. Der Deutsch Kurzhaar winselte leise.

»Was sehen Sie?«, fragte Jacobi geistesgegenwärtig.

»Weitere Tote!«, keuchte der medial veranlagte Mann, und der Schweiß trat ihm in dicken trüben Tropfen auf die Stirn. »Aber bei ihnen ist … sehr massive Gewalt im Spiel!« Er sprang so ungestüm auf, dass Jacobi erschrocken zusammenzuckte. »Iris! Iris! Mein Gott, sie ist …« Wie vom Blitz getroffen stürzte Freudenschuss zu Boden, seine Beine zuckten sekundenlang in Krämpfen, dann blieb er bewegungslos liegen. Weißer Schaum war vor seinen Mund getreten.

Jacobi und Feuersang leisteten sofort Erste Hilfe und waren erleichtert, als ihr Notruf trotz des Schnee-Infernos in der Rotkreuz-Zentrale angenommen wurde. Es vergingen nur Minuten, dann kümmerte sich ein kompetentes Rettungsteam um den Besinnungslosen.

»Till ist Epileptiker«, erklärte Simon Rogner, Bezirksobmann des Pongauer Roten Kreuzes den Beamten. »Wenn er sich zu sehr aufregt, kann das schon mal einen Anfall auslösen. Wir nehmen ihn zur Vorsicht mit nach Schwarzach, aber er wird sicher bald wieder auf dem Damm sein.«

»Was geschieht mit dem Hund?«, fragte Jacobi. »Die Kinder sind beim Musikunterricht, und seine Frau ist beim Perchten-Jour-fixe in der Rastötze, wo man sie leider nicht erreichen kann.« Als er die betretenen Mienen der Rotkreuzler sah, breitete er die Arme aus und drehte die Handflächen nach oben: »Ich weiß, das war weder vernünftig noch verantwortungsvoll von ihr, aber sie war nicht davon abzubringen, nicht einmal von uns, der Polizei.«

Rogner nickte. »Na gut, den Hund nehmen wir einstweilen mit, aber was geschieht mit den Kindern?«

»Nun, die sind ja schon etwas älter.«

»Trotzdem muss sie jemand informieren.«

»Okay, das übernehmen mein Kollege und ich«, sagte Jacobi. »Wo finden wir sie, und wohin sollen wir sie anschließend bringen?«

»Vielleicht zu den Eltern von Iris, sie wohnen in der Bahnhofstraße 24. Meine Chantal hat übrigens dieselbe Klavierlehrerin wie Anton.« Rogner nannte ihnen die Adresse, wobei dem urbanen Jacobi bewusst wurde, dass eine gut vernetzte Dorfgemeinschaft durchaus ihre Vorteile hatte.

»Könnten Sie uns dann noch sagen, wo sich die Villa Stefansburg befindet?«

»Die ist gleich im Zentrum, in der Nähe der Kirche, Gasteiner Straße 12. Nicht zu verfehlen. Sollten Sie aber Steff Batjany suchen, der ist um diese Tageszeit eher in seinem Container-Büro am Bauhof zu finden, wenn er denn nicht gerade unterwegs ist.«

»Bei diesem Wetter?«, entschlüpfte es Jacobi.

Simon Rogner überging die Äußerung. »Der Bauhof liegt ein Stück außerhalb des Ortes, im Norden. Bei den vielen Hinweisschildern ist er kaum zu verfehlen – selbst bei diesem Wetter.«

12 IRIS FREUDENSCHUSS ERHOB SICH erschöpft und schweißgebadet von den erfolglosen lebensrettenden Maßnahmen von der Leiche Fredegunde Batjanys. Im selben Augenblick schlug der Schock unbarmherzig zu: Sie schaffte es gerade noch in den Vorraum und dort unter Aufbietung all ihrer Kräfte, die Tür gegen den Sog des Sturms aufzureißen und sich am Türstock entlang in die waagerecht dahinrasende Schneewalze hinauszuzwängen, dann übergab sie sich an der Hüttenwand. Wieder und wieder, bis ihr leerer Magen sich nur mehr schmerzhaft zusammenkrampfte und nichts mehr nach oben kam. Als sie nur noch Galle schmeckte, wusste sie, dass es nicht die beiden grauenerregenden Todesfälle waren, die ihr die Übelkeit beschert hatten, sondern ihre Schuldgefühle. Auf zittrigen Beinen kehrte sie in die Rauchkuchl zurück, wo ihr die anderen mit schwer zu deutendem Gesichtsausdruck schweigend entgegenstarrten.

»Dass beide fast im selben Augenblick«, Freudenschuss hatte einige Minuten gebraucht, bis sie wieder sprechen konnte, »an einem Infarkt oder Schlaganfall sterben … ist höchst unwahrscheinlich. Besonders vor dem Hintergrund … der bisherigen Ereignisse«, keuchte sie, noch immer um Atem ringend.

»Also keine sogenannte natürliche Todesursache?«, fragte Harald Sertorius, den die Wiederbelebungsmaßnahmen ebenfalls mitgenommen hatten.

Die ehemalige Lehrerin schüttelte den Kopf. »Es war zweifelsohne Mord. Und zwar mit einem hochwirksamen Gift, das fast unmittelbar nach dem Konsum zum Tod geführt hat.«

Giftmord! Das Wort hing wie eine Gewitterwolke über den Köpfen der verbliebenen Anwesenden, ihr entsetztes Schweigen ließ sie das Toben des Sturms umso eindringlicher wahrnehmen, wobei sie sein aggressives Rütteln an den Fensterläden auch als akustisches Menetekel verstanden: Ihr kommt von hier ohnehin nicht mehr weg!

Es dauerte geschlagene zwei Minuten, bis sich jemand zum Befund von Iris Freudenschuss äußerte. »Hätten wir das gleich beim Auftreten der ersten Symptome gewusst, hätte die Verabreichung von Aktivkohle vielleicht noch etwas gebracht«, sagte Enzo Knapp mit belegter Stimme. »Ich habe wegen meiner Gastroenteritis sogar welche dabei.«

Freudenschuss zuckte mit den Schultern. »Möglich. Aber es ging alles so schnell, und im ersten Schock geht man ja nicht sofort von einem Giftanschlag aus. Außerdem bezweifle ich, dass ein Mittel gegen Magen-Darm-Viren etwas gegen die Substanz hätte ausrichten können, die Gunde und Matthi getötet hat.« Bei der Erwähnung der Aktivkohle erinnerte sie sich an einen dunklen Fleck auf Bibernells Jagdhemd, und sie blickte auf den Leichnam am Fußboden. Ja, der Fleck an der Brusttasche war tatsächlich vorhanden. Hatte sich Matthi beim Einheizen schmutzig gemacht, oder war jemand mit ihm in Berührung gekommen, der vorher mit Kohle oder Ruß hantiert hatte?

»Vielleicht war es Liquid Ecstasy – eine Überdosis?«, mutmaßte Harald Sertorius. »Ist ja momentan groß in Mode, jemanden auf diese Weise abzuservieren.«

Seinem schnoddrigen Schuss ins Blaue war die Logik nicht abzusprechen, dachte Freudenschuss. Doch auch wenn die farb-, geruch- und geschmacklose Partydroge GHB sich bestens für diesen heimtückischen Giftanschlag geeignet hätte, schien sie von dieser Hypothese wenig zu halten und sagte das auch.

»Dann vielleicht Rizin?« Sertorius war um Alternativen nicht verlegen. »Ich hab da mal so einen Artikel von einem Russen in London gelesen, der –«

»Nein, Rizin müsste über die Blutbahn oder die Schleimhäute aktiv werden, außerdem wirkt es langsamer als … das hier«, erklärte die ehemalige Pädagogin mit belegter Stimme. »Das hier war etwas Schrecklicheres.«

»Etwa Botulismus?« Barca Sertorius wirkte um eine Spur gefasster als ihr Gatte.

Freudenschuss legte nachdenklich die Fingerspitzen aneinander. »Clostridium botulinum ruft ähnliche Symptome hervor, ist aber thermolabil und wird Gott sei Dank durch starkes Erhitzen zerstört. Aber in die Richtung dürfte es gehen. Ich halte es für naheliegend, dass der Anschlag mit einem biologischen, wahrscheinlich auf Proteinen basierenden Gift erfolgte.«

»Warum denn unbedingt kompliziert biologisch? Warum nicht ganz ordinäres Zyankali?«, fragte Enzo Knapp unsicher grinsend.

»Ich finde die Ermordung von zwei Freunden ganz und gar nicht lustig«, schnauzte ihn Barca sofort an.

»Von Freunden? Du bist wirklich eine erbärmliche Heuchlerin, mein Schatz«, wies Knapp ihren Tadel noch immer grinsend zurück.

»Nenn mich nicht Schatz, du Kretin!«

»Genau, das verbitte ich mir ebenfalls«, sekundierte ihr Mann, was Knapp aber nur mit einem Achselzucken quittierte. »Dann eben nicht.«

»Es kann kein Kaliumzyanid gewesen sein«, sagte Freudenschuss eilig, die in einer Fortsetzung der Streitereien zurzeit keinen Nutzen sah. »Kein Geruch nach bitteren Mandeln, keine schweren Krämpfe, stattdessen eine rasche Lähmung des gesamten Nervensystems und ein schneller Exitus.«

»Also mit einem Wort: ein Hammer von Nervengift?«, brachte es Barca Sertorius auf den Punkt.

Die ehemalige Lehrerin nickte. »Ich tippe auf ein bakterielles Toxin. Batrachotoxin oder Maitotoxin, eines der sogenannten Fischgifte, wären solche Hämmer. Besser bekannt – zumindest unter Medizinern und Köchen – ist allerdings das fast ebenso starke Tetrodotoxin. Letzteres entfaltet schon bei einer Dosierung im Mikrogramm-Bereich nur wenige Minuten nach der oralen Einnahme seine Wirkung und zerstört die Zellwände. Nervenlähmung und Bewusstlosigkeit sind die unmittelbaren Folgen, spätestens nach einer halben Stunde tritt unweigerlich der Tod ein.«

»Tetro… was?« Offensichtlich hatte Barca die Bezeichnungen zum ersten Mal in ihrem Leben gehört.

»Tetrodotoxin oder Vierzahnfisch-Gift ist das Gift des Fugu, des Kugelfisches, es gilt als eines der tödlichsten in der Natur vorkommenden Gifte«, erklärte Freudenschuss. »Seine molekulare Struktur ist wie die von Maitotoxin noch immer nicht restlos erforscht. Der Einsatz eines so exklusiven Giftes würde allerdings auch die Frage aufwerfen, wie der Mörder es sich besorgen konnte.«

»Du scheinst zumindest bestens darüber Bescheid zu wissen«, stellte Knapp anzüglich fest.

»Mein Mann ist Biologie-Lehrer, schon vergessen?«, parierte Freudenschuss geschmeidig die Provokation. »Ich habe mich schon immer für seinen Beruf interessiert. Das Gift des Fugu wird aus seinen Ovarien gewonnen und findet wie andere Gifte auch in der Medizin Verwendung, etwa in der Schmerztherapie. Mit diesem Gift konnte Tills krebskranker Mutter in ihren letzten Stunden Erleichterung verschafft werden. Nur deshalb hab ich mich eingehender mit TTX beschäftigt, und nur deshalb ist mir beim Anblick der Leichen dieser Gedanke gekommen.«

»Wir müssen sofort Kontakt ins Tal aufnehmen«, sagte Harald Sertorius übergangslos. Als die anderen die Schweißperlen auf seiner Stirn sahen, wussten sie, dass sich seine Klaustrophobie bemerkbar machte, jetzt, da sich die Grußberg-Hütte als gefährliches Gefängnis zu erweisen begann. »Matthi hatte doch immer ein PMR-Funkgerät dabei – zusätzlich zum Handy. Weiß jemand, wo es ist?«

Die nun einsetzende fieberhafte Suche hätte einen Betrachter eher vermuten lassen, es ginge um das Gold jenes Hantelwäschers in der Böckh und nicht um ein simples Walkie-Talkie, doch sie blieb erfolglos. Nirgendwo in der Grußberg-Hütte konnten sie etwas finden, das einem Mobilfunkgerät auch nur entfernt ähnlich sah.

Wie angespannt ihre Nerven waren, wurde ihnen bewusst, als wegen des erhöhten Strombedarfs – in jedem Raum wurde während der Suche das Licht eingeschaltet – der Generator im Keller ansprang und sie alle erschrocken zusammenzuckten. Nicht weniger symptomatisch war nach der erfolglosen Suche der neuerliche Griff von Iris Freudenschuss nach dem Handy, den die anderen fasziniert beobachteten, als wäre ihnen nicht eben vor Augen geführt worden, wie hoffnungslos von der Außenwelt abgeschnitten sie waren.

»Kein Netz!« Die Feststellung wirkte vor dem Chaos, das der Blizzard vor der Hütte veranstaltete, ebenso überflüssig wie lächerlich, trotzdem wählte die Künstlerin wieder und wieder.

Eine ähnlich sinnentleerte Übersprunghandlung war Knapps verspätetes Kramen in Fredegundes Arzttasche, doch die erwies sich überraschenderweise als nicht ganz so fruchtlos. »Schaut mal! Das gehört doch wohl nicht wirklich hier rein, oder?«

Alle blickten in die geöffnete Schweinsledertasche. Die Verstorbene war Toxikologin und keine Internistin gewesen, dennoch hatte sie mit diesem Requisit der Ärztezunft nicht ungern darauf aufmerksam gemacht, dass sie ihren an Bluthochdruck leidenden Gatten beinahe täglich medizinisch betreuen musste. Nun aber hatte Knapp zwischen Arztbesteck, Blutdruckmessgerät, Verbandszeug und Medikamentenpackungen unübersehbar einen Miniatur-Reisigbesen mit rotem Stiel entdeckt.

Doch das Symbol gab nur auf den ersten Blick Rätsel auf. »Ein Hexenbesen«, entfuhr es Harald Sertorius, »das Symbol für böse Weiber und Giftmischerinnen.«

Seine Frau blickte in die so drastisch geschrumpfte Runde.

»Du meinst, jemand will auf sehr deftige Weise veranschaulichen, was er von Gunde gehalten hat?«

»Nicht jemand«, widersprach Iris Freudenschuss, »sondern der Mörder.«

»Oder die Mörderin«, verwahrte sich Enzo Knapp, auf den sich sofort alle Blicke richteten. »Außerdem ist die Hexe auch eine Figur aus der Perchtenmythologie. Vielleicht ist jemand unzufrieden damit, wie sich manche von uns vor der Mitverantwortung für Lazis Tod gedrückt haben, und was hier zu unseren Füßen liegt, stellt nur den Auftakt zu einem wahnwitzigen Rachefeldzug dar.«

»Du betreibst eine sehr gefährliche Panikmache, Enzo«, wies Barca seinen offenkundigen Versuch zurück, sie oder ihre Geschlechtsgenossin zu einer Erinnye zu stilisieren. »Tatsache ist doch vielmehr, dass einer von uns«, sie stockte und sprach erst mit beträchtlicher Verzögerung weiter, »dass einer von uns vieren ein Doppelmörder, nein, sogar ein Dreifachmörder ist.« Sie griff demonstrativ nach ihrer Pistole im Gürtelholster.

»Das kann, muss aber nicht so sein«, relativierte Iris Freudenschuss sofort, während sie den warm gestellten Hirschbraten noch ein wenig weiter an den Herdrand rückte und den Deckel auf die Bratenrein tat.

Dass sie in dieser Situation einen auf Hausfrau und Köchin machte, konnte Harald Sertorius nicht verstehen. »Du willst jetzt noch essen?«

»Warum denn nicht? Natürlich nicht neben den Verstorbenen, die tragen wir in den Wirtschaftsraum hinüber, am besten gleich jetzt.« Der Wirtschaftsraum bildete den Mittelteil der Almhütte und hatte zur felsigen Bergseite hin noch ein separates Abteil, den sogenannten Kaskeller, während das eigentliche kleine Kellergelass dem Dieselgenerator als Standort diente. »Warum betten wir sie nicht gleich in ihre Schlafsäcke?«, schlug die Holzbildhauerin vor. »Dann sollte die jemand von oben holen.« Sie blickte Sertorius auffordernd an. Der kam der Aufforderung unverzüglich nach, froh, den Raum wenigstens für kurze Zeit verlassen zu können.

»Du willst trotzdem von der Pilzsoße essen«, ereiferte sich Knapp, »obwohl du weißt, dass Gunde und Matthi vergiftet worden sind, Iris? Ich jedenfalls ess garantiert nichts von dem, was da noch auf dem Herd steht.«

»Ich schon«, entgegnete die Künstlerin ruhig. »Auch wenn Gunde sich eingebildet hat, dass die Pilzsoße nach Fisch schmeckt. Hätte sie das Gift tatsächlich vorhin beim Kosten zu sich genommen, wäre sie nicht bereits Sekunden darauf gestorben. So rasch wirkt nicht einmal Botulin, das außerdem durch die Hitze beim Kochen zerstört worden wäre. Das stärkste Argument für die Unbedenklichkeit der Speisen ist jedoch ein anderes: Nur Matthi wäre es möglich gewesen, die Speisen auf dem Herd unbeobachtet zu vergiften, jeder andere an den Töpfen hätte sich verdächtig gemacht.«

»Apropos verdächtig: Vor drei Jahren hatte ich unter anderen auch Gunde in Verdacht, Lazis Tod verschuldet zu haben«, sagte Barca düster. »So abfällig, wie Lazi sich oft über sie geäußert hatte, bildete ich mir ein, er hätte über einen besonders dunklen Punkt in ihrem oder auch in Steffs Leben Bescheid gewusst. Aber jetzt ist sie selbst zu einem Mordopfer geworden, während die Person, die sie, Matthi und Lazi umgebracht hat …« Sie ließ den Satz offen, doch jeder wusste, wie er geendet hätte.

»Du meinst also, dass das Gift den beiden schon früher beigebracht worden ist?«, ging Knapp auf den von Freudenschuss angeführten Zeitfaktor ein.

»Erinnert euch«, rekapitulierte sie, »nur Gunde und Matthi haben bei unserem Eintreffen auf der Hütte Alkohol getrunken, Gunde ihren Single Malt und Matthi sein Wieselburger mit dem Bügelverschluss.«

»Warum betonst du den Bügelverschluss so?«, fragte Knapp argwöhnisch.

»Weil auch du später Bier getrunken hast, während Barca, Harry und ich bei Wasser geblieben sind. Aber du hast dich statt für Wieselburger für ein Beck's entschieden, und das gibt's hier oben eben nur in plombierten Dosen.«

»Womit du was andeuten willst?«

»Ich deute gar nichts an, sondern zeige nur auf, dass fast alle Getränke hätten vergiftet werden können: der Whisky, das Wieselburger, der Wein und sogar das Mineralwasser. Der Sechserpack

Gasteiner, den Matthi heraufgebracht hat, steht noch unberührt draußen im Wirtschaftsraum, weil ich Quellwasser vom Brunnen geholt hab und der Krug ständig vor uns auf dem Tisch gestanden hat. Deshalb noch einmal zurück zur Frage: Wer hätte den Glenfiddich von Gunde und das Bier von Matthi mit Gift versetzen können?«

»Du meinst, es hätte auch jemand außerhalb unserer Runde sein können, der es nur auf die zwei abgesehen hatte«, assistierte Sertorius, der mit den Schlafsäcken zurückgekehrt war und die letzten Sätze mitgehört hatte.

»Auf die zwei, deren Gewohnheiten allen bekannt waren«, präzisierte seine Frau Barca, wobei sie der Gedanke durchzuckte, dass Harry im Fall ihres Todes den Familienbesitz bis zur Volljährigkeit der Kinder verwalten und natürlich auch den Pflichtteil erben würde – Ehevertrag hin oder her.

Iris Freudenschuss nickte. »Genau. Gunde hätte es sicher nicht bemerkt, wenn ihr Single Malt schon vor dem Transport hierher geöffnet worden wäre, und für Matthi bestand ebenso wenig Veranlassung, auf solche Nebensächlichkeiten zu achten. Auch die Bierflaschen mit Bügelverschluss hätte man also bereits im Tal präparieren können.«

Allen war klar, dass Iris mit der Variante vom externen Mörder in erster Linie von der unerträglichen Vorstellung ablenken wollte, der Todesengel könnte hier am Tisch sitzen. Jeder Einzelne von ihnen hätte unmittelbar nach ihrer Ankunft in der Hütte die Gelegenheit gehabt, im Wirtschaftsraum, der durch eine Tür von der Rauchkuchl getrennt war, von den anderen unbeobachtet etwas in die Flaschen einzutropfen.

»Wäre … wäre es nicht am vernünftigsten, wenn wir alle Pistolen wegschlössen?«, schlug Harald Sertorius vor, der sonst keine Skrupel kannte, vom Hubschrauber aus Hirsche und Gämsen im Dutzend abzuknallen. »Der alte Schrank im Flur hat ein massives Riegelschloss. Wer ist dafür?«

Sein Vorschlag wurde drei zu eins abgeschmettert.

»Nur wenn jeder von uns in der Lage ist, sich wirksam zu verteidigen, wird der Mörder vielleicht davon absehen, ein weiteres Mal zuzuschlagen«, begründete seine Frau ihre Meinung.

»Ausnahmsweise stimme ich dir darin zu, Barca«, schloss sich Knapp ihr an. Niemand schien in Zweifel zu ziehen, dass der Mörder noch immer auf der Lauer lag, auch Harald Sertorius nicht.

Um der drohenden Panik entgegenzuwirken, drängte Freudenschuss erneut darauf, die Leichen endlich wegzuschaffen und dann wenigstens eine Kleinigkeit zu essen. Letzteres hielt sie in der prekären Lage für besonders wichtig. Doch zuvor nahm sie, einer spontanen Idee folgend, noch Bibernells Rucksack vom Garderobenhaken und begann, seinen Inhalt noch einmal zu überprüfen.

Sie musste nicht lange suchen. In einer der Außentaschen befanden sich drei Fichtenzapfen – Zapfen, wie sie auch an Bibernells Baumwercher-Kostüm angenäht waren.

»Das Zapfenmandl!« Enzo Knapp sprach aus, was Barca und Harald Sertorius nicht über die Lippen brachten. Dennoch dachten sich alle vier ihren Teil, als Freudenschuss die drei Zapfen wie einen Voodoo-Fetisch in die Höhe hielt.

»Ja, das Zapfenmandl«, bestätigte sie. »Jetzt besteht wohl kein Zweifel mehr, dass der Mörder Perchtensymbole verwendet, um uns etwas über die Mordopfer zu sagen.«

»Und zwar was?«, wollte Harald Sertorius wissen. Seine Frau und er schickten sich eben an, den Leichnam von Fredegunde Batjany in ihren Schlafsack zu hüllen, und sie schienen dabei ein Schaudern nicht unterdrücken zu können.

»Das können wir nur raten, oder hat jemand eine konkrete Idee?«, fragte Freudenschuss.

»Netter Versuch«, meinte Knapp, während er gleichzeitig auffordernd auf den Schlafsack von Bibernell deutete. Freudenschuss kam seinem Appell nach und fasste mit an.

»Könnten wir sie nicht in die Planitzen-Hütte hinüberschaffen?«, fragte Barca Sertorius. »Matthi ist doch ein Cousin der Astacherin. Ich weiß, dass er einen eigenen Schlüssel für die Hütte hat.« Jetzt machte auch sie sich am Rucksack Bibernells zu schaffen.

»Aber warum in die Planitzen-Hütte?« Iris Freudenschuss war von der Idee alles andere als erbaut. »Bei dem Sturm kommen wir mit den Leichen im Schlepptau draußen keinen Meter weit.«

Der Mund der abergläubischen Hotelmanagerin wurde zu einem dünnen Strich. »Aber mit Toten im selben Haus bringe ich keinen Bissen hinunter, und schlafen kann ich hier erst recht nicht.«

Den anderen dämmerte, dass Barca von ihrer Forderung schwerlich abrücken würde, also versuchte es Freudenschuss mit einem Vorschlag zur Güte: »Was hältst du davon, wenn wir sie ganz nach hinten in den Scherm auf die beiden Kufern legen? Wäre dir dieser Abstand groß genug? Immerhin befinden sich dann der Wirtschaftsraum und zwei Türen zwischen uns und den Leichen, und geschlafen wird ohnehin im Bettenlager oben am Dachboden. Du kannst unmöglich von uns verlangen, dass wir wegen deiner seltsamen Phobien unser Leben da draußen riskieren.«

»Du sagst es«, bekräftigte Enzo Knapp mit einem anzüglichen Grinsen in Richtung seiner ehemaligen Verlobten. »Unser Leben ist hier drinnen bedroht genug.«

War es sein Zynismus oder doch eher die eigene Vernunft, die sie letztlich einlenken ließ? Niemand war sich darüber im Klaren. Jedenfalls sträubte sich Barca Sertorius nicht länger.

13 »UND? Sagst du uns jetzt, was der Hinweis auf das Zapfenmandl deiner Meinung nach zu bedeuten hat?«, wiederholte Harry Sertorius die Frage, die er schon vor einer halben Stunde gestellt hatte.

Es hatte sich schwieriger als erwartet gestaltet, die Leichen in den Schlafsäcken zu verstauen und sie zu transportieren. Auch wenn sie sie in der Hütte nur ein paar Meter nach hinten zu tragen und dort auf die meterlangen geräumigen Truhen im Scherm zu betten hatten, auch wenn sie die vertrauten Gesichter, die vor Kurzem noch voller Leben gewesen waren, dabei nicht hatten ansehen müssen, war es für ihn, Sertorius, das Bizarrste gewesen, was ihm jemals widerfahren war. Der Transport hatte ihm alles abverlangt.

Immerhin hatte man so zu den Toten, die nun im hintersten Winkel der Hütte aufgebahrt lagen, einen gewissen Abstand geschaffen, was die Spannungen zwischen den traumatisierten Lebenden tatsächlich um ein Quäntchen zu verringern schien. Doch auch, wenn man jetzt wieder scheinbar einträchtig in der Rauchkuchl saß, rechnete nicht nur Barca jeden Moment damit, nach der Pistole greifen zu müssen.

Iris Freudenschuss, die Initiatorin des Jour fixe, hatte nach wie vor mit Schuldgefühlen zu kämpfen und versuchte, sich durch das Servieren des Bratens abzulenken. Erstaunlicherweise weigerte sich inzwischen niemand mehr, vom Hirsch und seinen Beilagen zu essen. Und obwohl alles aufgewärmt werden musste, war es durchaus genießbar, Bibernell sei Dank. Bei den Getränken ließ man allerdings weiterhin Vorsicht walten, da man entdeckt hatte, dass jemand an mindestens zwei Mineralwasserflaschen die Drehverschlüsse geöffnet und anschließend wieder verschraubt hatte, ohne sichtbar Wasser zu entnehmen. Ähnliches galt für zwei Flaschen Blaufränkischen, die nicht angerührt wurden. Stattdessen wurde Brunnenwasser und Dosenbier zum Hirschbraten getrunken, was vielleicht nicht der gewohnten Esskultur, dafür aber einem dringenden Bedürfnis nach Sicherheit entsprach.

»Laut einschlägiger Literatur symbolisiert das Zapfenmandl die harte, oft unentgeltliche Arbeit, die den Gebirgsbewohnern früherer Tage in Wald und Feld abverlangt wurde«, erklärte die Schriftführerin des Perchtenvereins, fast dankbar für die Frage von Sertorius, während sie nun auch ihre eigene Portion Hirsch auf den Tisch stellte und neben den anderen Platz nahm.

»Meinst du Fronarbeit?«, fragte Knapp überflüssigerweise, was ihm einen spöttischen Blick der Ex-Lehrerin eintrug.

»Allerdings, Enzo, ich meine die Fron. Aber in diesem speziellen Fall halte ich die Zapfen eher für eine Anspielung auf Matthis sexuelle Aktivitäten, was dem Wesen der Perchten als Flur- und Fruchtbarkeitsgeister übrigens auch nicht widersprechen würde, oder was denkt ihr? Wie wir alle wissen, war er nicht gerade ein Kostverächter und bediente Bedürfnisse, die frau an ihn herantrug, sehr verlässlich.«

»Eine ziemlich bukolische Deutung«, fühlte Barca Sertorius

sich bemüßigt anzumerken, da sich die Auslegung der Symbolik neben Fredegunde Batjany und Valerie Neuhauser natürlich auch auf sie bezog.

»Du meinst, seine Promiskuität hat jemanden allzu sehr gestört?«, wollte ihr Mann es trotzdem genau wissen. »Das ist mir jetzt aber zu simpel und zu banal, Iris.«

»Ich halte weder einen angerempelten Platzhirsch noch eine rivalisierende Bettgenossin für den Mörder beziehungsweise die Mörderin«, stellte die rothaarige Iris Freudenschuss klar. »Das wäre wohl etwas zu viel der Ehre für Matthäus Bibernell. Er war schließlich kein Don Juan, dem die Frauen zu Füßen lagen.«

»Wie Lazi, meinst du?«, stichelte Barca dazwischen.

»Wir haben gerade von Matthi gesprochen«, überging die Getriezte zunächst noch den Querschuss. »Trotz der erwähnten Qualitäten war er in den Augen seiner arrivierten Damen nur eine Art *toy boy*, den sie sich gelegentlich gönnten, war es nicht so, Barca? Und wenn ausgerechnet du dich darüber mokierst, dass manche Frauen Lazi zu Füßen gelegen hätten, dann ist das wohl ein Schuss in dein eigenes Knie.« Ihr kämpferisch vorgeschobenes Kinn machte nur allzu deutlich, dass hier eine Amazone der anderen gegebenenfalls keinen Fußbreit weichen würde, doch Barca schien die Streitlust ohnehin vergangen zu sein. Sie blieb stumm. »Ich könnte mir vorstellen«, fuhr Iris denn auch gleich wieder gemäßigter fort, »dass Matthi mit dieser oder einer anderen Rolle, die er spielen musste, nicht mehr zufrieden war und einen besseren Platz in der Hierarchie des Gesamtensembles angestrebt hat.«

»In welchem Gesamtensemble?«, wollte Knapp stirnrunzelnd wissen.

»Dabei muss er jemandem ganz schön in die Quere gekommen sein«, ignorierte die Amateurdetektivin seinen Einwurf. »Und dieser Jemand wollte daraufhin das Zapfenmandl in seine angestammte Ecke zurückscheuchen«, mutmaßte sie weiter.

»Doch Matthi widersetzte sich«, führte Harald Sertorius den Gedanken weiter, aber nicht zu Ende, da er sich eben einen großen Happen Speckfisolen einverleibte.

»Genau, und das bedeutete seinen Tod«, ergänzte wiederum

Freudenschuss, während Sertorius plötzlich bewusst wurde, wer die köstlichen Speckfisolen für ihn zubereitet hatte.

»Aber warum beide? Und warum – ohne jetzt ins Banale abzugleiten – das Hexensymbol für Gunde?«, versuchte Knapp einen Schwenk zum anderen Mordopfer. »Hexen haben doch, wie Frau Perchta selbst, immer auch eine gute und eine grausige Seite, wobei ich mich freilich frage, welche bei Gunde die gute gewesen sein soll.«

»De mortuis nil nisi bene!«, rief Barca und überkreuzte rasch Zeige- und Mittelfinger.

»Der Hexenbesen ist für mich viel eindeutiger als das Zapfenmandlsymbol«, erläuterte Freudenschuss gefasster, als es in dieser alptraumhaften Szenerie zu erwarten gewesen wäre, während sie sich mit einem skalpellscharfen Jagdmesser den nächsten Bissen von ihrer Hirschlende heruntersäbelte. »Vor allem, wenn man Gunde mal von Steffs Warte aus betrachtet. Für ihn war sie nach Gattin Nummer eins abermals nicht die Traumfrau, die er eigentlich so gern gehabt hätte«, sie sah Barca an, die ihren Blick ungerührt erwiderte, »sondern von Beginn an nur eine Partnerin mit vorwiegend repräsentativen Aufgaben.«

»Und dann muss Steff erfahren, dass sie bereits vor ihrer Heirat von Julius, seinem Sohn, ein Kind bekommen hat«, gefiel sich Knapp als Advocatus Diaboli.

»Hast du ihm das gesteckt?«, fragte Harald Sertorius abermals mit vollem Mund. Der Hirsch konnte ja nichts für die Morde.

»Natürlich nicht. Ich habe, wie ihr gehört habt, gänzlich andere Sorgen«, wich der Bauamtsleiter aus.

»Wir alle haben andere Sorgen«, sagte Barca, hielt zwei Finger hoch und deutete damit in Richtung Scherm. »Matthi hat unmittelbar vor seinem Tod klipp und klar gesagt, dass ein Alibi von damals falsch sei, vielleicht sogar mehrere, und damit hat er dich gemeint, Harry.«

Dass sie den eigenen Mann brüskierte, wunderte die anderen nicht im Geringsten. Wenn es um Grankenbruch ging, würde Barca vor nichts und niemandem haltmachen.

»Dann gehen wir die Alibis von damals eben noch einmal durch«, schlug Freudenschuss beiläufig vor, als hätte sie sich nicht schon seit Tagen mit nichts anderem beschäftigt. »Das von Matthi können wir eigentlich abhaken, durch seinen Tod erübrigt sich die Überprüfung. Aber der Vollständigkeit halber: Den Abend zu Mariä Empfängnis hat er daheim verbracht, seine Frau und die zwei halbwüchsigen Kinder haben das bestätigt. Für Gunde gilt Ähnliches: Sie gehörte der Runde an, die am späten Nachmittag noch im ›Winklhofer‹ zusammensaß und neben ihr noch aus Lazi, Steff, Adrian und Till bestand. Auch Matthi war zuerst dabei, hat sich dann aber schnell verabschiedet und ist auf direktem Weg zu seiner Familie gefahren. Eine Stunde später brachten Steff und Adrian die betrunkene Gunde mit Adrians Wagen zur Stefansburg, wo sie nach Aussage des Hauspersonals eintrafen, während Lazi laut Hotelier Winklhofer am Stammtisch blieb.«

»Till und Lazi waren dort die Letzten«, vervollständigte Barca ungeduldig, »aber das alles wissen wir doch längst.«

»Ja, und wir wissen auch, dass Lazi den Stammtisch noch vor Till verlassen hat«, hielt Iris Freudenschuss fest. »Und dass sich die beiden mal wieder über die Machbarkeit des Perchtensprung-Projekts in die Haare geraten waren. Lazi soll noch im Gehen gesagt haben, er wolle woanders einen trinken – mit Leuten, die seinen Ideen offener gegenüberstünden als Till.«

»Allerdings hat Hotelier Conny Winklhofer zu Protokoll gegeben, er habe Lazi vor dem Hotel mit jemandem sprechen hören, ehe er zum Taxi-Standplatz gegangen ist«, merkte Harald Sertorius an. »Till saß zu diesem Zeitpunkt noch immer am Stammtisch bei seinem Seidel Bier.«

»Bist du jetzt plötzlich der Anwalt von Till?«, polemisierte seine Frau Barca verärgert.

»Till hat seine Unterstützung gar nicht nötig, meine Liebe«, sagte Iris Freudenschuss kühl. »Für den erwähnten Sachverhalt gibt es genug Zeugen. Lazi befand sich längst nicht mehr im Umkreis des Hotels, als Till das ›Winklhofer‹ endlich verlassen hat. Da sind eure Alibis schon eher zu hinterfragen.«

»Unsere?« Barca hob die Augenbrauen in ihrer unnachahmlichen Art. »Warum das denn? Auf der Soiree Jagd und Tourismus im ›Sophienpark‹ waren weit über hundert Gäste, Harald und ich hatten ständig präsent zu sein.«

»Ja, das habt ihr auch der Polizei weisgemacht, und die hat es brav geschluckt«, fiel ihr Freudenschuss ins Wort. »Dabei weiß doch jeder im Verein, dass besonders du, Barca, die Events im ›Sophienpark‹ gern dazu benutzt, um für ein paar Stunden unauffällig zu verschwinden. Oder etwa nicht, Harald?«

»Ich … äh …« Harald Sertorius war von der unerwarteten Frage sichtlich überrumpelt, doch genauso gut hätte er den Überrumpelten auch nur spielen können.

»Von mir aus, dann sind unsere Alibis eben nicht ganz wasserdicht«, räumte Barca überraschend konziliant ein, »was aber nicht heißt, dass sie falsch sind. Und welchen Grund hätte ausgerechnet ich gehabt, Lazi umzubringen?«

»Menschen töten gelegentlich, was sie vorgeben zu lieben«, gab Ex-Lehrerin Freudenschuss die Psychoanalytikerin, »besonders dann, wenn das Objekt der Begierde nicht so will, wie man es von ihm erwartet. Und Lazi wollte eben nicht mehr so, wie du wolltest.«

Wären die Blicke von Barca Dolche gewesen, hätte ihre Vereinskollegin jetzt ausgesehen, als wäre sie in einen Häcksler geraten. Ansonsten hatte sich die Hotelmanagerin seit ihrer Auseinandersetzung mit Fredegunde Batjany wieder erstaunlich gut im Griff. »Möglich«, sagte sie fast unnatürlich ruhig und wandte sich ihrem Mann zu.

»Also bleiben unterm Strich mindestens vier wackelige Alibis und ein falsches übrig«, zog Iris Freudenschuss ein Resümee.

Harald Sertorius runzelte irritiert die Stirn. »Warum vier wackelige?«

»Weil das Hauspersonal von Steff möglicherweise zu seinen und Adrians Gunsten ausgesagt hat. Zudem hätten beide die Stefansburg wieder verlassen können, nachdem sie Gunde mit tatkräftiger Unterstützung einer Gouvernante zu Bett gebracht hatten.«

»Und welches unserer Alibis soll definitiv falsch sein?«, fragten nun alle drei unisono.

»Ja, welches ist falsch?« Wieder wurde Barcas Blick stechend wie der eines Falken.

»Das von Enzo«, sagte Iris und ließ den Genannten dabei nicht aus den Augen.

Knapp zuckte mit keiner Wimper. »So ein Unsinn. Wie jeder weiß, war ich an diesem Abend bei Valerie wegen des Kaufs der Parzelle oberhalb ihres Grundstücks.«

»Ja, das stimmt«, glaubte Harald Sertorius, ihm beipflichten zu müssen. »Für Valerie war der Umkehrplatz des Gemeinde-Schneepflugs hinter ihrem Haus schon lang ein Ärgernis, weshalb sie der Gemeinde einen nicht näher genannten Quadratmeterpreis für das Grundstück angeboten hat. Ich hab sie noch tags zuvor am Großmarkt getroffen und mit ihr darüber geplaudert.«

»Bestenfalls hast du drei Tage vorher mit ihr drüber geplaudert, wie du es nennst«, berichtigte ihn Iris Freudenschuss. »Am Tag vor Mariä Empfängnis fand eine Sitzung des Gemeinderats statt, bei der sowohl Valeries Ansuchen als auch der Termin ihrer Besprechung mit Enzo protokolliert wurde, die einen Tag vor der Sitzung stattgefunden hatte. Ich habe die Sitzungsprotokolle überprüft, also erspar uns deine Ausflüchte, Enzo!«

Knapp fletschte seine großen, ungepflegten Zähne wie ein in die Enge getriebener Wolf. »Okay, okay, dann hat mein Gespräch mit Valerie eben früher stattgefunden. Mein Gott, man kann sich ja mal irren.«

»Warum hast du die Polizei angelogen, Enzo?«, fragte Barca Sertorius, kreidebleich im Gesicht.

Knapp starrte eine ganze Weile auf die Essensreste auf seinem Teller, ehe er den Blick wieder hob. »Ganz einfach: Weil mir meine liebe Frau kein Alibi geben wollte. Sie sagte, für einen Mann, der ständig irgendwo, nur nicht zu Hause übernachtet, würde sie nicht lügen.«

»Wo warst du also an diesem Abend?«

»Bei einer Buchhaltungsmaus von Tauernland.«

Seine einstige Verlobte legte den Kopf zur Seite und schnaubte zum Zeichen ihrer Skepsis laut und wenig ladylike durch die Nase. Ganz offensichtlich hatte Barca ein anderes Geständnis erwartet. »Und weiter?«

»Verstehst du nicht? Das konnte ich der Polizei doch nicht auf die Nase binden. Ich wäre doch sofort vom Regen in die Traufe geraten.«

Bei Tauernland-Vorstandsmitglied Barca Sertorius fiel endlich der Groschen, und sie klatschte sich mit der Rechten an die Stirn. »Jetzt kapier ich endlich! Du hast was mit der Kroyer, mit Ilona Kroyer, die für Tauernland-Innergebirg zuständig ist. Sie deckt deine Unterschlagungen, wahrscheinlich schon, seit du damit angefangen hast. Und als Gegenzug … Na, die kann was erleben.«

»Was irgendwelche Unterschlagungen anbelangt, so gebe ich gar nichts zu. Aber Ilona wird bestätigen, dass ich am fraglichen Abend bei ihr in Zell am See war, also unmöglich zur selben Zeit Lazi in die Gadaunerer Schlucht bugsieren konnte. Außerdem: Was wäre mein Motiv gewesen?«

»Geld«, antwortete Iris Freudenschuss lakonisch. »Bei dir geht es doch immer nur ums Geld. Und eine Buchhalterin, die deine Malversationen deckt, würde dir garantiert auch ein falsches Alibi geben. Apropos Alibi: Valerie hat jetzt natürlich auch keines mehr, dabei hätte sie einen wirklich schwerwiegenden Grund gehabt, das vorlaute Mundwerk von Lazi für immer verstummen zu lassen.«

»Nämlich welchen?«, fragte Barca.

»Lazi hat bei einer postkoitalen Bettplauderei von ihr erfahren, dass die Lotto-Gesellschaft 8x6 die Spielteilnehmer seit Jahren Woche für Woche mit relativ simpler Technik austrickst. Angeblich hat sie ihm sogar verraten, wie so etwas läuft. Jedenfalls soll dabei nur eine Handvoll Eingeweihter die ganz große Kohle absahnen – neben dem Fiskus natürlich, der deshalb auch nicht übertrieben genau kontrolliert.«

»Das wird von allen enttäuschten Lotto-Spielern immer wieder behauptet, ist aber barer Unsinn«, wandte Harald Sertorius ein.

Iris Freudenschuss schürzte verächtlich die Lippen. »Genau dasselbe hat Lazi zu Valerie gesagt, worauf sie nur ausgesprochen erheitert gefragt hat, ob er die Masterminds von Glücksspiel-Organisationen etwa für einfältiger halte als Banker oder Börsenmakler, um dann wörtlich hinzuzufügen: ›Wenn überall getrickst, betrogen und geschoben wird, sei es in der Wirtschaft oder in der Politik, ob im Bank- und Versicherungswesen oder auch im Dunstkreis großer Sport-Events, warum, lieber Lazi, soll dann ausgerechnet im Lotto alles mit rechten Dingen zugehen, na?‹«

Niemand schien dazu eine Meinung zu haben, alle schwiegen,

sodass die Stille die bedrohliche Geräuschkulisse außerhalb der Hütte wieder stärker ins Bewusstsein rückte. Wer noch nicht fertig gegessen hatte, beendete seine Mahlzeit, dann räumte Iris den Tisch ab, während Barca schon heißes Wasser aus dem Herdschiffchen in eine Schüssel goss und mit dem Abwasch begann.

Doch Harald Sertorius wollte das zuletzt angeschnittene Thema nicht sang- und klanglos unter den Tisch fallen lassen. »Selbst wenn an dieser Lotto-Geschichte etwas dran sein sollte, könnte Valerie sie doch jederzeit als Hirngespinst abtun und auf Kreditschädigung klagen. So hätte sie Lazi viel eleganter fertigmachen können als mit einem Killer.« Seine Wortwahl verriet nicht nur Freudenschuss, dass Grankenbruch ein Stachel in seinem Fleisch gewesen war.

»Ganz so leicht wäre ihr das nicht gefallen«, rückte sie, die mittlerweile das Geschirr und die Töpfe abtrocknete, seine Sicht der Dinge zurecht. »Lazi hat das Gespräch in ihrem Schlafzimmer nämlich ganz gezielt auf dieses Thema gelenkt und es heimlich aufgezeichnet. Als sie sich später nicht mit einer *liaison en passant* zufriedengeben wollte, soll er ihr mit Veröffentlichung gedroht haben.«

»Und woher willst *du* das wissen?«, fragte Barca und ließ geräuschvoll einen Teller ins Abwaschwasser gleiten. »Also hast du doch was mit ihm gehabt, sonst hätte er dir das nicht erzählt«, legte sie nach, als die Antwort erwartungsgemäß ausblieb.

Erst jetzt hielt es Iris Freudenschuss für angebracht dagegenzuhalten. »Um von Lazi die eine oder andere pikante Neuigkeit zu erfahren, musste man nicht gleich mit ihm ins Bett steigen.« Sie lächelte boshaft. »Er konnte kaum jemals etwas für sich behalten, selbst die intimsten Geheimnisse nicht. Er war eben ein großes Kind. Groß – ja, und ganz sicher auch attraktiv, aber eben doch ein Kind.«

Barcas Lippen verzogen sich zu einem schmalen Strich. »Dein eigenes Alibi war auch nicht gerade in Stein gemeißelt, wenn ich mich recht erinnere«, lenkte sie den Diskurs zurück auf das anfängliche Thema.

»Die Polizei hat das anders gesehen«, entgegnete Freudenschuss gelassen. »Ich lag mit einer schweren Grippe im Bett.«

»Das ist ja mal ein toller Abwesenheitsnachweis«, warf Knapp höhnisch ein.

»Und dort hat mich Till nach wie vor fiebernd und schwitzend vorgefunden, als er um acht Uhr abends nach Hause kam.«

In diesem Augenblick klopfte es draußen an der Tür.

14 AUF DEM BAUHOF der Batjany AG im Norden von Bad Hofgastein hatte man dem schlechten Wetterbericht Rechnung getragen und dementsprechende Vorkehrungen getroffen. Die Baucontainer, Remisen und Lagerhallen waren niet- und nagelfest verriegelt und verkeilt worden, sodass weder lose Gerüstteile und Leisten umherflogen, noch der Orkan Wandverkleidungen oder Dächer hätte davontragen können.

Nur Feuersang, der auf der Suche nach einem Ansprechpartner über den sturmgepeitschten Hof irrte, lief bei heftigen Böen Gefahr, den Boden unter den Füßen zu verlieren. Jacobi war im Wagen sitzen geblieben, den er wohlweislich im Windschatten einer soliden Lagerhalle neben dem Eingangstor geparkt hatte.

Von Batjany selbst war weit und breit nichts zu sehen, erst nach einer ganzen Weile entdeckte Feuersang in der hintersten Ecke des umzäunten Geländes Licht. Ein Schild an der Tür wies den Container als das Büro des Baupoliers aus.

Feuersang trat ein. »Tag.«

»Servus.« Der Baupolier schien ganz offensichtlich der einzige Firmenangehörige zu sein, der bei dem Wetter die Stellung hielt. Obwohl der Mann an seinem Schreibtisch saß und auch nach dem Blick auf den Dienstausweis des Chefinspektors nicht daran dachte, sich von seinem Sessel zu erheben, vermutete Feuersang, dass er mindestens zwei Meter groß sein musste. Aus seiner halb vollen Kaffeetasse, die auf einer fleckigen Tageszeitung stand, stank es meilenweit nach Weinbrand. Nicht zuletzt deshalb rechnete Feuersang mit einer eher zäh verlaufenden Befragung des Riesen.

»Ihr Name?«

Nachdenklich musterte der Angesprochene den stiernackigen

Kiberer auf der anderen Seite des Schreibtisches. »Steht draußen an der Tür. Warum willst du das überhaupt wissen? Liegt was gegen mich vor?«

»Ich stell hier die Fragen, und die Rotzlöffel-Tour schminkst du dir am besten gleich wieder ab, wenn wir uns verstehen wollen. Also, Name?«

Unverständliches Genuschel war die Antwort.

Die Zornesader auf Feuersangs Stirn schwoll auf Kälberstrick-Dimension an. »Hör mal zu, du langes Elend«, begann er gefährlich leise, »mir ist es scheißegal, ob du ganz allgemein ein gestörtes Verhältnis zur Polizei hast oder dir bloß meine Visage nicht passt. Aber wenn du nicht augenblicklich deutlich und präzise meine Fragen beantwortest, ziehe ich andere Saiten auf, und wie ich dich einschätze, wirst du dir das wahrscheinlich nicht gefallen lassen. Also werde ich dir ein paar reinhauen, woraufhin du vielleicht mir ein paar reinhauen willst.« Unversehens explodierte das Flüstern zum Gebrüll: »Egal wie: Ich werde dich auf jeden Fall wegen Widerstands gegen die Staatsgewalt verhaften und von der STAPO und anderen Behörden überprüfen lassen, und wenn du endlich wieder aus dem Häfen raus bist, Haberer, wird dein Chef schon längst einen neuen Polier eingestellt haben, und du sitzt auf der Straße! Also: Name?«

»Blasius Möslbacher«, kam es prompt und verständlich retour. »Sag einmal, Inspektor –«

»Chefinspektor!«

»Also gut, Chefinspektor, habt ihr in eurer Dienststelle eigentlich mehr so Zappi-G'spitzte wie dich?«

»Die Fragen stelle immer noch ich«, erinnerte ihn Feuersang, ohne auf die geringschätzige Bezeichnung zu reagieren. »Wo ist dein Chef, Blas?« Als echter Pinzgauer sprach er den Vokal im Vornamen wie im englischen *blow* aus.

»Kommerzialrat Batjany?«

»Nein, der Großmufti von Sarmakand, du Koffer! Natürlich Batjany! Also, wo ist er?«

»Ich weiß es nicht. Er hat nur gesagt, er müsse nach Salzburg und ich soll die Stellung halten. Falls es das Wetter zulässt, wollte er gegen Abend wieder vorbeischauen.«

»Also bist du nicht nur erster Polier, sondern hast auch eine besondere Vertrauensstellung inne. Wenn Batjany dir also wirklich nicht gesagt hat, warum er nach Salzburg musste, so hast du doch zumindest eine Ahnung, oder?«

In Feuersangs Rücken klappte die Containertür.

»Natürlich hat er eine Ahnung.« Jacobi hatte zum Erstaunen seines Chefinspektors zwei verschüchterte weißblonde Jungen im Volksschulalter im Schlepptau. »Andernfalls könnte man erwägen, das Jugendamt einzuschalten – wegen grober Verletzung der Aufsichtspflicht, nicht wahr, Herr Möslbacher?«

»Oberst Jacobi vom LKA, Leiter des Referats 112«, klärte Feuersang den Baupolier auf.

»Ich ... ich kenn den Herrn Oberst aus dem Fernsehen«, stotterte Möslbacher. »Außerdem gehört nur Beni zu mir, Hansi ist der Sohn eines Nachbarn und Arbeitskollegen.«

»Ah, und du glaubst jetzt, das halbiert deine Verantwortung?«, fragte Feuersang belustigt.

»Ich hab Beni und Hansi aus der Remise da drüben rauskommen sehen«, informierte Jacobi den Kollegen. »Sie haben Mutprobe gespielt: Wer sich weiter in den Sturm hinauswagt und ihm länger standhält, gewinnt. Beni hab ich grad noch beim Kragen erwischt, ehe er fortgeblasen werden konnte. Hansi war einen Tick schlauer und hat sich von der Remise nicht wegbewegt.«

Möslbacher erbleichte. »Danke, Oberst, vielen Dank. Ich habe den beiden zwar gesagt, sie dürfen nur drinnen spielen und sollen die Nase ja nicht aus der Remise stecken, aber Sie wissen ja, wie Kinder sind.«

»Ja, und Sie sollten es auch wissen.« So leicht wollte Jacobi ihn nicht davonkommen lassen.

»Mali, meine Frau, und Hansis Mutter müssen arbeiten«, verteidigte sich der Polier. »Beide gehen putzen, manchmal nur halbtags, manchmal auch den ganzen Tag. Ein Elternteil allein kann ja heute eine vierköpfige Familie kaum noch ernähren, obwohl ich gar nicht mal so schlecht verdiene.«

»Vierköpfig?«

»Ja, unsere Tochter Trudi ist zu Hause. Sie muss für die Schule lernen, und das fällt ihr schwer, wenn sie Beni an der Backe hat, weshalb ihn meine Frau nachmittags manchmal zur Arbeit mitnimmt. Dagegen haben die Batjanys nichts einzuwenden, andere von Malis Kunden wie etwa die Frau vom Lotto-Generaldirektor Neuhauser allerdings sehr wohl. Und ausgerechnet bei der muss sie heute sauber machen. Also hab ich die beiden mitgenommen, weil doch … ohnehin nicht viel los ist.«

Der Redefluss Möslbachers war nur kurz ins Stocken geraten, aber gerade an solchen Marginalien hängte sich Jacobi gern auf. »Läuft es in der Firma also augenblicklich nicht so gut, Herr Möslbacher?«

Sofort ging der Polier wieder auf Distanz zu den Beamten. »Das sind Interna, die Sie nun wirklich nichts angehen, Herr Oberst, schließlich sind Sie weder vom Arbeitsinspektorat noch von der Steuerfahndung, sondern von der Mordkommission. Da aber der Chef, soweit mir bekannt ist, niemanden umgebracht hat, sagen Sie mir am besten, aus welchem Grund Sie ihn sprechen wollen.«

Feuersangs Minotaurus-Visage nahm abermals ein gefährliches Dunkelrot an, doch Jacobi blieb verbindlich: »Aber natürlich. Es geht um jenen missglückten Perchtensprung, der Lazarus Grankenbruch vor drei Jahren das Leben gekostet hat. Wir haben die Ermittlungen wieder aufgenommen. Außerdem wollen wir von Herrn Batjany wissen, warum er nicht am Jour fixe auf der Rastötze teilnehmen wollte.«

»Auch wenn er nicht dringend nach Salzburg gemusst hätte, hätte er das Treffen auf der Alm wegen des eindeutigen Wetterberichts ganz bestimmt nicht wahrgenommen. Ich habe mitbekommen, wie er Iris Freudenschuss von diesem Telefon aus eine überspannte einfältige Gans geheißen hat, weil sie so stur am heutigen Freitag als Termin festgehalten hat.«

»Nur mit dem Augenmerk auf den angekündigten Sturm, oder gab es dafür noch einen anderen Grund?«, hakte Feuersang nach.

»Ich habe zwar bemerkt, mit wem Steff da telefonierte, was aber nicht bedeutet, dass ich die ganze Zeit über gelauscht hätte«, sagte Möslbacher steif.

Jacobi nickte verständnisvoll. »Ich verstehe. Dann was anderes: Wo finde ich Herrn Batjanys Freund Adrian Manescu?«

»Manescu ist ein Geschäftspartner, kein Freund«, stellte Möslbacher klar. »Aber wenn mich nicht alles täuscht, hat er sich gestern am späten Nachmittag von Steff verabschiedet. Wohin er dann gefahren ist, weiß ich nicht.«

»Also ist Manescu nicht der Vertraute Ihres Chefs und der Mann fürs Grobe, als der er uns geschildert wurde?«, warf Feuersang ein.

Die etwas plumpe Finte ließ die Mitteilsamkeit des Poliers endgültig ersterben. Feuersang deutete Möslbachers Schweigen ganz richtig als neuerliches Abblocken und wollte es ihm nicht durchgehen lassen, aber wieder winkte Jacobi ab.

»Nun gut, wenn Sie die Loyalität Ihrem Chef gegenüber höherstellen als Ihre staatsbürgerliche Pflicht, dann wollen wir das jetzt mal so stehen lassen, Herr Möslbacher. Wir sehen uns aber am Montag um zehn Uhr in Salzburg, Franz-Hinterholzer-Kai Nr. 4, Referat 112. Sie sind hiermit offiziell vorgeladen. Und jetzt bringen Sie unverzüglich die Kinder nach Hause.«

»Aber ich … ich darf mich von hier nicht wegbewegen, hat Steff gesagt.«

Statt den widerspenstigen Polier endlich zusammenzufalten, fragte Jacobi teilnahmsvoll: »Weil hier so viel geklaut wird?«

»Alles, was sich wegtragen oder wegfahren lässt. Und ein ungemütliches Wetter wie dieses zieht Materialdiebe an wie ein Magnet. Unser Dieseltank zum Beispiel ist schon wiederholt bis auf den letzten Tropfen leer gepumpt worden – und stellen Sie sich vor, nicht etwa von Ausländern, sondern von Einheimischen!«

»Also gut, wir sind heute ohnehin schon das reinste Kindertaxi. Wir bringen Beni zu seiner Mutter in die Villa Neuhauser. Rufen Sie sie doch an und bereiten Sie sie darauf vor. Und dann sagen Sie uns doch bitte noch die Adresse und auch, wo wir Hansi abliefern müssen.«

Sichtlich erleichtert gab ihm der Baupolier die gewünschten Auskünfte und bedankte sich überschwänglich bei den ach so hilfsbereiten Beamten. Als er über Festnetz die Nummer der Villa Neuhauser wählte, klingelte es zwar am anderen Ende, aber niemand hob ab.

»Mali wird beim Putzen wahrscheinlich Musik hören. Meistens trägt sie dabei Kopfhörer«, sagte Möslbacher achselzuckend, bevor er sich verheißungsvoll an die Jungen wandte. »Ihr dürft gleich mit einem echten Polizeiauto fahren. Da beneide ich euch ja fast drum.«

»Cool!«, strahlte Beni, dann klatschten er und Hansi sich ab.

Doch Jacobis Hilfsbereitschaft war nicht ganz so selbstlos, wie er den Vater von Beni hatte glauben lassen. Erst die Erwähnung der Lotto-Generaldirektors-Gattin hatte ihn auf die Idee gebracht, ein zweites Mal Taxi zu spielen. Putzfrauen kannten fast immer dies oder jenes Geheimnis ihrer Kunden. Ob sie diese Dritten weitererzählten, war zwar eine andere Frage, aber er rechnete fest damit, dass die Gattin Möslbachers in Bezug auf das Ehepaar Batjany nicht so zugeknöpft sein würde wie ihr Mann.

15 OBWOHL DAS KLOPFEN an der Tür der Grußberg-Hütte nicht laut gewesen war, schraken die vier Anwesenden zusammen, als wäre neben ihnen ein Böller hochgegangen.

Wer in aller Welt konnte das sein? Dass jemand bei diesem Wetter vom Tal heraufstieg, war doch schlichtweg unmöglich.

»Vielleicht waren Gunde und Matthi ja doch nicht ganz tot?«, flüsterte Barca Sertorius mit weit aufgerissenen Augen.

»Red keinen Unsinn«, zischte Iris Freudenschuss. »Die beiden sind mausetot, in ihnen war kein Funken Leben mehr.«

»Aber was, wenn doch? Die Hintertür im Scherm ist ja nur einfach verriegelt und –«

»Jetzt hör schon auf mit deinen Spukphantasien! Die beiden sind tot, basta!«

In der darauffolgenden Stille ertönte erneut ein Klopfen.

»Wer ist da?«, fragte Harald Sertorius, der sich inzwischen in den offenen Flur hinausgewagt hatte.

»Marco Schenk aus Wien-Donaustadt«, kam die dumpfe Antwort zurück. »Meine Chefin und ich sind trotz der Unwetterwarnung zu einer Skitour aufgebrochen und sind in der Nähe der

Schmalzscharte vom Schneesturm überrascht worden. Könnten wir vielleicht reinkommen? Es ist verdammt ungemütlich hier draußen.«

Fehlt nur noch, dass er sagt: Ich bin's, eure Mutter, ihr lieben Geißlein, dachte Iris Freudenschuss unwillkürlich, während sie den Blick der anderen suchte. Vermutlich ging ihnen allen dasselbe durch den Kopf: Der Sturm tobte bereits seit Stunden, welcher normale Mensch war da noch im Hochgebirge unterwegs? War der Mann vielleicht von Stefan Batjany oder Adrian Manescu geschickt worden, oder hatte ihn gar Valerie Neuhauser engagiert? Sollte der Mann aber tatsächlich die Wahrheit sagen und in Bergnot geraten sein, so konnte man ihn nicht mit gutem Gewissen draußen im Blizzard stehen lassen, während man selbst in der warmen Hütte saß.

»Jetzt mach schon auf«, sagte Enzo Knapp, dem man vieles nachsagen konnte, aber nicht, dass er feig war.

Verstohlen griff Barca Sertorius nach ihrer Sig Sauer und überprüfte ihren Sitz im Holster, während ihr Mann langsam den Riegel zurückschob. Als er die massive Tür schließlich aufzog, wurde von draußen schon kräftig dagegengedrückt, sodass sie rasch so weit offen stand, dass der Ankömmling durch den entstandenen Spalt schlüpfen und sich im Vorraum den Schnee von seinen teuren Outdoorklamotten klopfen konnte. Als er hinter dem Hotelier die Rauchkuchl betrat, blieben sämtliche Blicke an den Schneeschuhen hängen, die von seinem Rucksack baumelten. Zwei Paar Schneeschuhe. Sein Gruß wurde nicht erwidert.

»Wo ist Ihre Chefin jetzt?«, fragte Iris Freudenschuss mit einem bezeichnenden Blick auf die Schneeschuhe, wobei sie gleichzeitig gebannt den Bewegungen des hochgewachsenen Fremden folgte, der eben seine Mütze abnahm und die Schneebrille nach oben schob.

»Lazi!« Barcas gurgelnder Schrei geriet so heiser und unartikuliert, dass der Name kaum zu verstehen war. Doch das war sowieso unnötig, denn auch die anderen waren aufgesprungen und starrten wie vom Donner gerührt den Neuankömmling an.

Erst auf den zweiten Blick realisierten sie, dass der Mann, der da vor ihnen stand, nicht Lazarus Grankenbruch war, wenngleich er ihm zum Verwechseln ähnlich sah und mit Mitte dreißig sogar das richtige Alter gehabt hätte, wie Iris Freudenschuss mit weichen Knien zur Kenntnis nahm. Sie hatte sich als Erste vom kollektiven Schock erholt und betrachtete den Fremden eingehender. Lazis Doppelgänger war entsprechend attraktiv und strahlte jenen bubenhaften Charme aus, der es besonders Frauen schwer machte, hinter dem Äußeren gegebenenfalls auch weniger vorteilhafte Seiten zu vermuten.

Eben wollte sie die Frage nach seiner Chefin wiederholen, als der Modellathlet sich formvollendet vorstellte. »Marco Schenk, ich war früher Exekutivbeamter und bin heute freier Mitarbeiter einer Agentur für Personen- und Objektschutz.« Er zog Ausweis und Führerschein im Scheckkartenformat aus einer Anoraktasche und reichte beides Freudenschuss, die in seiner unmittelbaren Nähe stand.

»Agentur PROTECT, Wien, dreiundzwanzigster Bezirk«, las sie laut vor, ehe sie die Dokumente an Barca Sertorius weitergab.

»Vor ein paar Monaten bin ich zum persönlichen Schutz von Frau Lucilla Havranek, der Erbin der Mannersdorf-Backwarenerzeugung, abkommandiert worden«, ergänzte der Bodygard.

»Frau Havranek ist also Ihre aktuelle Chefin? Wo ist sie? Immer noch draußen im Schneesturm?«, wollte die Hotelierin wissen. Man sah ihr an, dass sie dem Mann kein Wort glaubte. War er etwa ein naher Verwandter von Lazi? Sein Bruder? Aber Lazi hatte doch gar keine Geschwister gehabt.

»Frau Havranek und ich sind gestern beim Mandlbauern in Großarl drüben im Nachbartal abgestiegen und haben uns mit Skidoos auf die Aigenalm zur Mandlhütte fahren lassen«, sagte der Überraschungsgast, der so bestürzend vertraut wirkte. »Das Quartier hatte Lucy, ich meine natürlich Frau Havranek, schon vor einiger Zeit für ein verlängertes Wochenende unter meinem Namen gebucht.«

Selbst seine Stimme ähnelte der von Lazi, sogar das R rollte er leicht. Trotzdem hielt Barca mit ihrer Skepsis nicht hinterm Berg, als sie Schenk seine Ausweise zurückgab. »Und was tut die Mannersdorf-Erbin ausgerechnet auf einer Almhütte in den Hohen Tauern?«

»*Ausgerechnet* du musst eine solche Frage stellen«, konnte sich Knapp nicht verkneifen einzuwerfen.

»Kann ich das vielleicht später eingehender erläutern?«, unterbrach Schenk das Geplänkel. »Die Zeit drängt. Etwa zweihundert Höhenmeter unterhalb der Schmalzscharte, schon auf Gasteiner Seite, hat uns der Blizzard gleich mit voller Wucht erwischt. An einer abgewehten Stelle brach Frau Havranek im Bruchharsch ein, der Sturm warf sie im selben Moment um und verdrehte ihr den linken Fuß. Möglicherweise ist er gebrochen, wenn nicht, hat sie sich doch zumindest eine Bänderzerrung zugezogen.«

»Und Sie haben sie einfach da oben zurückgelassen?«, ätzte Harald Sertorius. Ihm war der Neuankömmling ebenso zuwider, wie es der verstorbene Grankenbruch gewesen war. Außerdem hegte er Zweifel an seiner Glaubwürdigkeit: Der Wiener Tonfall von Schenk klang in seinen ostösterreichischen Ohren nicht wirklich echt.

»Wo denken Sie hin?«, verwahrte sich der Angegriffene gegen diese Simplifizierung. »Natürlich habe ich sie zunächst im Biwaksack hinter mir hergezogen. Aber da ich mitten am Tag kaum die Hand vor Augen sehen und mich nur an Navi und Kompass halten konnte, war ich mit meinen Kräften bald am Ende. Könnte ich bitte etwas zu trinken haben? Ich habe unsern gesamten Proviant bei Frau Havranek zurückgelassen.«

Iris Freudenschuss goss Wasser aus der Karaffe in ein Glas. »Das da ist ungenießbar«, erklärte sie nach seinem fragenden Blick auf jene Flaschen Mineralwasser, die nach der Kontrolle der Verschlüsse im Flur abgestellt worden waren. »Und wie ging es weiter?«

Schenk leerte das Glas in einem Zug, bevor er seinen Bericht fortsetzte. »Als wir die ersten Latschengehölze erreicht hatten, hab ich eine Kuhle ausgehoben.«

»Mit den Händen?«, fragte Barca Sertorius zweifelnd.

»Nein, mit dem Klappspaten.«

»Sie scheinen ja für wirklich alle Eventualitäten gerüstet zu sein, Herr Schenk«, merkte Knapp an.

»Jedenfalls wartet Frau Havranek noch immer in dieser windgeschützten Vertiefung in ihrem Biwaksack darauf, abgeholt zu werden«, fuhr Schenk fort, ohne auf die Bemerkung einzugehen. »An strategisch günstigen abgewehten Stellen oberhalb und unterhalb ihres Standortes habe ich jeweils einen ihrer Teleskopstöcke in den Schnee gesteckt, damit sie gegebenenfalls auch ohne technische Ortung zu finden ist.«

»Woher wussten Sie eigentlich, dass ausgerechnet an diesem Freitag Hilfe auf der Grußberg-Hütte zu erwarten war?«, legte Barca Sertorius die erste Fangleine aus. »Normalerweise steht die Hütte im Winter leer.«

»Definitiv wusste ich es nicht«, antwortete Schenk völlig unbefangen, obwohl sich vier Augenpaare keine Regung in seinem Gesicht entgehen ließen. »Aber der Mandlbauer hatte erwähnt, dass am Wochenende ein Treffen des Gasteiner Perchtenvereins hier stattfinden sollte. Nach dem Wettersturz und dem Unfall von Frau Havranek war das mein einziger Strohhalm.«

»Und falls sich die Info als unzutreffend erwiesen hätte?« Freudenschuss wollte zwar nicht schon wieder als Inquisitorin in Erscheinung treten, hatte aber auch nicht vor, sich von Schenks Treuherzigkeit einlullen zu lassen.

»Dann hätte ich mir Zutritt zu einer der Hütten verschafft und Frau Havranek nachgeholt.«

Dass er dazu imstande gewesen wäre, glaubte ihm jeder aufs Wort.

»Haben Sie es vorhin auch schon an der Hintertür versucht?« Nur Knapp konnte so abgebrüht fragen. Immerhin lagen die Leichen im Scherm, dessen Außentür allerdings verriegelt war.

»Nein, ich bin oben zu weit ins Kar gekommen und war schon an beiden Hütten vorbei, als ich während einer kurzen Flaute des Sturms das Windlicht draußen sah.« Er deutete in Richtung Eingang. »Also kämpfte ich mich Meter um Meter durch die Schneewand hierher und klopfte. Aber wie sieht's nun aus? Werden Sie mir helfen, Frau Havranek zu bergen?«

Die vier blickten sich untereinander an, aber noch ehe ein Meinungsaustausch stattfinden konnte, sagte Barca Sertorius: »Es ist bereits Abend, wobei das bei diesen Sichtverhältnissen ohnehin egal ist. Können wir nicht bis morgen warten? Bis dahin ist auch der Sturm sicher abgeflaut.«

Schenk schüttelte energisch den Kopf. »Sie sagen es: Tageslicht ist bei diesen Sichtverhältnissen kein Kriterium, aber eine Nacht allein im Sturm und im Schnee darf Frau Havranek auch nicht zugemutet werden. Außerdem ist nicht einzuschätzen, wie sie sich unter derartigen Bedingungen verhält. Eine Ausnahmesituation kann leicht zu einer Panikattacke führen.«

»Aber da sie weder imstande ist zu gehen noch sich zu orientieren, wird sie ihren Biwaksack ja kaum verlassen«, wandte die Touristikmanagerin spitz ein.

»Und eine überstürzte Rettungsaktion könnte auch für uns gefährlich werden«, sprang ihr Mann ihr zur Seite.

»Das streite ich gar nicht ab«, räumte Schenk ein, »da aber einige von Ihnen bei der Bergrettung sind, wie ich an den roten Anoraks im Flur gesehen habe, werden Sie trotzdem wissen, was Sie zu tun haben.«

Das war deutlich. So direkt auf Ethos und Ehrgefühl angesprochen, gab Iris Freudenschuss nach. »Okay, Schenk, wir werden Ihnen helfen, Ihre Begleiterin zu bergen. Aber vorher sollten Sie erfahren, was sich hier in dieser Hütte vor Kurzem ereignet hat und warum sich einige von uns so reserviert verhalten.« Sie machte eine Pause, wohl weniger, um ihren Schicksalsgenossen einen Einspruch zu ermöglichen, sondern um bei ihren nächsten Worten nicht die geringste Regung im Gesicht ihres Gegenübers zu versäumen. »In dieser Hütte hatten sich eigentlich sechs Vorstände des Perchtenvereins versammelt, um sich über den rätselhaften Unfalltod eines Kameraden vor einigen Jahren Klarheit zu verschaffen.«

»Ja, und?«

»Tja, noch vor einigen Stunden schien es, als käme Licht ins Dunkel, aber dann sind hier in der Rauchkuchl zwei von uns ganz plötzlich verstorben. Die Leichen befinden sich im Scherm.« Sie deutete mit dem Daumen in die entsprechende Richtung.

Der Neuankömmling zuckte nicht mit der Wimper, blickte aber forschend von einem zum andern. »Gleich zwei? Wie bedauerlich und unangenehm für Sie alle. Mein Beileid. Weiß man schon –«

»Sie wurden ermordet«, sagte Harald Sertorius und lauerte wie die anderen noch immer auf eine verräterische Reaktion Schenks. Der Mann hätte auch bereits vor ihnen in der Rastötze und sogar in der Grußberg-Hütte gewesen sein können, etwa als Bibernell nach seiner ersten Lieferung der Vorräte wieder ins Tal gefahren war.

»Mit Gift«, präzisierte Enzo Knapp.

Zum ersten Mal ließ der Personenschützer Betroffenheit erkennen und runzelte die Stirn. »Zwei Giftmorde?« Sein Blick wanderte erneut von einem zum anderen, als suchte er irgendein Anzeichen dafür, dass hier mit Entsetzen Scherz getrieben wurde.

»Ja, zwei Menschen, ein Mann und eine Frau, sind umgebracht worden, und dann taucht vor der Tür zufällig ein Fremder auf, der uns auffordert, eine Frau zu retten«, sagte Barca mit seltsam abwesendem Blick. »Damit würde sich die Gruppe wieder auf die ursprünglichen sechs Leute vervollständigen. Und sechs ist immerhin eine Zahl Luzifers.«

»Das hieße ja, einer von Ihnen müsste der Mörder sein, falls es sich nicht etwa um erweiterten oder gemeinschaftlichen Selbstmord gehandelt hat«, sagte Schenk nach einem langen betretenen Schweigen, ohne auf Barcas okkulte Zahlenspielerei einzugehen.

»Gemeinschaftlichen Selbstmord? So ein Quatsch«, entrüstete sich Harald Sertorius. »Weder Gunde noch Matthi waren jemals suizidgefährdet.«

»Übrigens muss der Killer nicht unbedingt selbst anwesend gewesen sein, als das Gift konsumiert wurde und zu wirken begann«, sagte seine Frau, der ihre abergläubische Attitüde keineswegs peinlich zu sein schien.

Schenk kapierte sofort. »Was Sie sich da zusammenspinnen, lässt sich wohl nur mit Ihrem Schock erklären«, wies er die Anspielung zurück. »Die Todesfälle setzen Ihnen zu. Und genau deshalb sollten Sie mir erst recht zu Frau Havranek folgen. Wenn Sie sie hilflos im Schnee liegen sehen, werden Sie begreifen, wie absurd Ihre Phantasien sind.«

»Das hätten Sie wohl gern, dass wir die Hütte verlassen!«, fuhr ihn der Hotelier an. »Damit Sie uns irgendwo draußen in den Latschenfeldern einen nach dem anderen abmurksen können.«

»Jetzt komm aber wieder mal runter, Harry«, mahnte Iris Freudenschuss. »Herr Schenk hat doch recht: Wir sind total überdreht und panisch. Ohnehin würdet nur ihr Männer ihn mit dem Akja begleiten.« Sie meinte jenen, den Bibernell auf seinen Transportfahrten zur Hütte als Anhänger benutzt hatte und der sich hinten im Scherm befand. »Barca und ich würden natürlich in der Hütte bleiben. Außerdem ist die Story von der Schmalzscharten-Tour so hanebüchen, dass ich geneigt bin, sie für wahr zu halten. Und schließlich wird Herr Schenk sich und uns kaum aus Jux und Tollerei eine so mörderische Rettungsaktion aufhalsen, die ihn – falls es sich um ein Fake handelt – in große Schwierigkeiten bringen kann.« Die Formulierung »mörderische Rettungsaktion« hörte sich ganz nach Freud'scher Fehlleistung an, aber der ehemaligen Pädagogin schien ihre interessante Wortwahl selbst im Nachhinein nicht aufzufallen.

»Iris hat recht«, erhielt sie unerwartete Schützenhilfe von Haralds Frau. »Es brächte einem Profi keinen Vorteil, euch beiden etwas anzutun. Käme er nämlich allein zurück, wüssten Iris und ich sofort, was es geschlagen hat. Die Zeit würde für uns und gegen ihn arbeiten, sodass er eher uns als wir ihm ausgeliefert wären.«

»Eine knallharte Ansage, aber in dieser Atmosphäre des Misstrauens wohl die einzig vernünftige«, pflichtete ihr Schenk bei, »vor allem, weil ja auch Sie, meine Damen, in der Hütte voreinander sicher wären. Selbst wenn eine von Ihnen die Mörderin sein sollte, müsste die andere bis zu unserer Rückkehr nicht um ihr Leben bangen.«

Die angesprochenen Damen starrten ihn an.

»Was erlauben Sie sich?«, blaffte Iris Freudenschuss. Der Neuankömmling war ihr trotz begründeter Vorbehalte eigentlich auf Anhieb sympathisch gewesen, aber seit er die Grußberg-Hütte betreten hatte, schien ihr zusehends die Kontrolle über die Gruppe zu entgleiten.

Barca hatte diesmal am schnellsten begriffen. »Und falls den Männern bei ihrer Rückkehr nur eine von uns öffnet, wäre die Mörderin identifiziert. Also müsste sich die gesuchte Person vorläufig tunlichst zurückhalten. Wir beide könnten sogar versuchen zu schlafen, während die Männer unterwegs sind, und dafür in der zweiten Hälfte der Nacht die Augen offen halten.«

Schenk nickte. »So ist es. Ich hoffe, die Herren sind mit dem Vorgehen einverstanden. Und um Ihnen etwas von Ihrem Misstrauen zu nehmen, werde ich Ihnen jetzt auf dem Navi zeigen, wo ich Frau Havranek zurückgelassen habe. Oder besser gesagt: Ich werde es versuchen.«

Freudenschuss betrachtete das Navi skeptisch. Man hätte das Empfängergerät auch sonst wo in der Wildnis deponieren können, ohne dass sich eine Person am angepeilten Standort befand, dachte die ehemalige Lehrerin, sagte aber nichts.

Immerhin empfing das Outdoor-Navi selbst bei diesen extremen Witterungsbedingungen fallweise Signale, sodass die Einheimischen den Standort der Gesuchten auf eine Fläche von wenigen Ar eingrenzen konnten.

»Das ist auf dem sogenannten Broatlab auf der Tennkogel-Leiten«, sagte Knapp. »Etliche hundert Meter unterhalb der Schmalzscharte zwischen den höchstgelegenen Latschenfeldern, also nicht übermäßig weit entfernt von hier. Der Weg dorthin müsste machbar sein – vorausgesetzt, der Blizzard lässt es zu und meine Diarrhö legt eine Pause ein.«

»Ich habe bereits auf dem Herweg kaum etwas im Gelände erkennen können«, gab Schenk zu, »aber mit Hilfe von Navi, Kompass, Funk und nicht zuletzt Ihrer Ortskenntnis werden wir die Stelle hoffentlich wiederfinden.« Das BOS-Mobilfunkgerät, das er anschließend aus einer Tasche seines Rucksacks zog, war nicht dazu angetan, das Misstrauen der Gasteiner zu zerstreuen. Es war allgemein bekannt, dass solches Spezial-Equipment nicht nur von Behörden und Security-Leuten verwendet wurde, sondern leider auch von Kriminellen.

Knapp waren die hervorragenden Kenndaten des Geräts geläufig, sodass er irritiert war, als sich nach zig Versuchen weder eine Verbindung ins Tal noch zur Zielperson herstellen ließ. Auf welchem Frequenzband Schenk es auch versuchte, aus der Membran drang immer nur das gleiche indifferente Rauschen und Knacken.

»Ich hab keine Ahnung, warum es nicht funktioniert«, sagte

Schenk ebenso betroffen wie ratlos. »Der Sturm kann nicht daran schuld sein, jedenfalls nicht ausschließlich, vielleicht im Zusammenhang mit dem veralteten Analogfunk-Leitsystem im Land Salzburg. Ein Gerät wie dieses sollte durch atmosphärische Störungen eigentlich kaum beeinflusst werden, aber wie man hört, liegt eine solche Störung vor.«

Er brach die Versuche, eine Verbindung aufzubauen, schließlich ab, und die Männer rüsteten sich für den Marsch durch die Schneehölle. Knapp und Sertorius waren zwar auf Tourenskiern zur Alm gekommen, wählten nun aber leichte Schneeschuhe, mit denen sie auf dem jetzigen Untergrund und bei den derzeit herrschenden Sichtverhältnissen besser zurechtzukommen hofften. Und obwohl beide sich noch Minuten zuvor über die allzu komplette Alpinausrüstung Schenks mokiert hatten, waren ihre Bergrettungsmonturen keineswegs schlechter ausgestattet, obwohl jedes zusätzliche Kilogramm auch zusätzliche Anstrengung bedeutete.

Ehe sie aufbrachen, bot Schenk dem von Durchfall geplagten Knapp noch spezielle Aktivkohle-Tabletten an. »Die verwendet sogar die US-Armee. Wenn Sie jetzt zwei nehmen, sind Sie für mindestens drei, vier Stunden vor Dünnpfiff sicher.«

Als Knapp zögerte, nach der Packung zu greifen, und seine eigenen Tabletten erwähnte, drückte Schenk kurzerhand eine Pille aus ihrer Plastikhülle, steckte sie sich in den Mund und schluckte sie. »Sehen Sie, kein Gift.«

Weil Barca Sertorius den Raum, in dem die Toten aufgebahrt waren, unter keinen Umständen betreten wollte, war nur Iris Freudenschuss den Männern in den Scherm gefolgt, wo der Akja abgestellt war. Scheinbar ohne ersichtlichen Grund zog sie den Reißverschluss eines Schlafsacks ein Stück weit auf.

Der ehemalige Polizeibeamte betrachtete interessiert das blutleere Gesicht Fredegunde Batjanys. Kein angetrockneter Schaum am Mund, kein Anzeichen einer Verkrampfung, keine Verfärbung der Lippen – nichts. Die Leiche sah aus wie eine Plastik aus mattweißem Marmor. »Das muss ein schreckliches Gift gewesen sein, die Gesichtszüge sind wie versteinert«, sagte er nachdenklich.

»Matthi sieht auch nicht anders aus«, sagte Harald Sertorius, nachdem er auch den anderen Schlafsack geöffnet hatte.

Schenk blickte in das blasse Antlitz eines etwa vierzigjährigen Mannes und nickte bestätigend. »Ein mir persönlich bekannter Japaner sah nach einer Fugu-Mahlzeit genauso aus. Der Koch hat übrigens Harakiri begangen.«

»Es wird wohl Sache der Gerichtsmedizin sein, die Todesursache festzustellen«, erwiderte Sertorius brüsk. Ihm ging der dahergelaufene Wichtigtuer gewaltig auf den Geist.

»Natürlich«, pflichtete Schenk ihm einsilbig bei, während er das Schermtor mit einer Selbstverständlichkeit entriegelte, als wäre er in der Grußberg-Hütte schon immer zu Hause gewesen.

Der Wettergott schien es relativ gut mit ihnen zu meinen, denn der Blizzard gönnte sich gerade eine kleine Atempause, sein Toben wurde um eine Nuance schwächer, die druckvollen Böen folgten nicht mehr ganz so dicht aufeinander. Nun galt es, den Unterdruck, der das Tor von draußen an den Rahmen saugte, zu überwinden.

Enzo Knapp wartete einen vermeintlich günstigen Moment ab, dann rief er: »Jetzt!«

Unter Aufbietung all ihrer Kräfte zogen Sertorius und Schenk die Tür nach innen auf, während Iris Freudenschuss und Knapp den Akja über den hereinstürzenden Schneehaufen hinweg in den weißen Mahlstrom hinausschoben.

Kaum waren die drei Männer im weißen Chaos verschwunden, verriegelte die Initiatorin des verhängnisvollen Jour fixe hinter ihnen die Tür und ging, den Blick auf die Schlafsäcke vermeidend, zurück in die Rauchkuchl.

»Ich leg mich für eine Weile aufs Ohr, wie du's vorgeschlagen hast«, gab sie Barca Sertorius Bescheid, machte auf dem Absatz kehrt und stieg über die steile Treppe im Flur zum Matratzenlager hoch. Dort war selbst an der höchsten Stelle unter dem Firstbalken nur geducktes Gehen ratsam, wobei im vorderen Teil des Dachbodens immerhin bis zu acht Personen übernachten konnten. Der hintere Teil, die sogenannte Habie, war vom vorderen durch eine Holzwand mit abschließbarer Tür getrennt und diente wie der darunterliegende Scherm als Stauraum.

»Ich schließ mich dann hier unten in der Sennkammer ein!«, rief ihr Barca nach, dann war für lange Zeit nur noch das Heulen des Sturms zu hören.

16 DIE KRIMINALBEAMTEN konnten die traumhafte Lage mancher Anwesen am Faschingberg nicht einmal erahnen, doch auch bei besseren Witterungsverhältnissen wären ihnen ästhetische Aspekte an einem Tag wie diesem wohl ziemlich egal gewesen. Jacobi musste seine ganze Konzentration und Geschicklichkeit darauf verwenden, nicht in den Schneeverwehungen stecken zu bleiben und den RS4 auf der Straße zu halten. Dagegen war es ein Klacks gewesen, Hansi am Arbeitsplatz seiner Mutter in Hofgastein-Mitte abzuliefern.

In Benis Gegenwart verkniff sich Feuersang die Anmerkung, dass sein Chef wahrscheinlich Österreichs einziger Polizeioberst war, der nicht nur Außendienst wie ein beliebiger Revierinspektor versah, sondern dazu auch noch einen extrem starken Quattro bei noch extremerem Wetter über verschneite Bergstraßen prügelte.

Der Junge im Fond war für derlei polizeihierarchische Spitzfindigkeiten unempfänglich. »Geil, Sheriff! Du fährst ja noch irrer als Vin Diesel!«, rief er und drückte sich die Nase an der Seitenscheibe platt, obwohl draußen kaum etwas zu erkennen war.

»Schnall dich sofort wieder an«, ermahnte ihn Jacobi, während er den RS4 mit schräg gestellten Vorderrädern und alternierend ausschwenkendem Heck scheinbar spielerisch die Gadaunerer Straße erklimmen ließ.

Gehorsam tat der Junge, was Sheriff Jacobi verlangte.

»Wieso nennst du den Oberst eigentlich Sheriff?«, fragte Chefinspektor Feuersang neugierig.

»Weil er doch einer ist«, kam es wie aus der Pistole geschossen zurück. »Mein Freund Toni sagt, der Oberst ist so was wie ein US-Marshal, der die Verbrecher überall fangen darf und auch jeden erwischt.«

»Und woher weiß der Toni das?«, fragte Jacobi, während er den Wagen um eine Hundertachtzig-Grad-Kurve schlenzte.

»Er und sein Bruder Erich sind Fans von dir. Sie haben alles über dich gelesen, was es zu lesen gibt«, war die aufschlussreiche Antwort. »Wirklich toll, wie du das jetzt gemacht hast.«

»Was?«

»Na, wie du den Wagen so um die Kurve geschubst hast.«

»Geschubst?« Feuersang blickte über die Schulter nach hinten, was Beni zur nächsten bewundernden Äußerung veranlasste.

»He, deine Augenbrauen sehen ja aus wie die Ohrenfedern eines Uhus.«

Jacobi grinste, während er den Blick des Jungen im Rückspiegel suchte. »Anton und Erich? Redest du von den Freudenschuss-Kindern?«

»Logo.«

»So ein Zufall aber auch. Die haben wir vorhin erst zu ihren Großeltern gebracht. Allerdings waren die stumm wie Fische und haben sich nicht anmerken lassen, dass sie mich kennen.«

»Das wundert mich nicht, der Toni ist sehr schüchtern. Aber dafür ist er unheimlich gescheit, er hilft mir oft, wenn es bei mir in der Schule eng wird.«

»Ich dachte, der Toni braucht selber Nachhilfe von Babs Bibernell?«

Beni lachte, wie nur Kinder lachen können. »Nie im Leben! Er tut bloß so, als bräuchte er welche, weil er in sie verknallt ist. So kann er ihr nahe sein.«

Schöner hätte es kein Dichter sagen können, dachte Feuersang, sprach aber aus, was auch Jacobi auf der Zunge lag. »Umso mehr wundert uns, dass sich der Toni dann auch noch mit einem achtjährigen Jungen wie dir abgibt.«

Beni Möslbacher war nicht im Geringsten beleidigt. »Ich hab doch schon gesagt, dass er schüchtern ist. Ich bin eher das Gegenteil, deshalb mag er mich.« Vor dieser Logik musste auch ein Chefinspektor kapitulieren. »Außerdem sind wir fast Nachbarn, da kennt man sich eben.«

Jacobi grinste. Damit war wohl alles gesagt. Aber der Blick, den er nun im Rückspiegel auffing, ließ etwas anderes vermuten.

Irgendetwas beschäftigte Beni. »Ist noch was mit Toni?« Augenblicklich war der Terrier-Instinkt in Jacobi erwacht, doch seine Geduld wurde auf die Probe gestellt.

»Toni ist in letzter Zeit so traurig und lässt sich jedes Wort aus der Nase ziehen«, kam es von Beni nach einer Weile, »dabei hatten wir zwei noch nie Streit.«

»In letzter Zeit? Seit wann genau?«

»Nun, seit ein paar Wochen halt.«

»Hast du eine Idee, warum er so traurig ist?«

»Ich glaube, es hängt mit seinen Eltern zusammen, aber was Genaueres weiß ich auch nicht, eben weil er so … so …«

»So verschlossen ist?«, half Jacobi aus.

Beni nickte entschieden. »Das Wort habe ich gesucht.«

Längst tobte der Blizzard auch im Tal mit solcher Gewalt, dass die Straßen trotz Wintersaison wie ausgestorben waren. Irgendwo in der Ferne heulte ein Einsatzfahrzeug angestrengt mit den Elementen um die Wette, als Jacobi sein Ziel erreichte.

Er ließ den Quattro in die zugewehte Einfahrt zur Neuhauser-Villa rollen, als sich zu seiner Überraschung das automatische Tor der Doppelgarage öffnete, die neben dem feudalen Anwesen in den Berg hineingebaut war. Kurzerhand lenkte er den Audi in die geräumige Zuflucht, in der ein blauer Golf fast ein wenig deplatziert wirkte. Von einem beflissenen Pförtner war nichts zu sehen.

»Wer sind Sie, bitte?«, ertönte stattdessen eine Frauenstimme aus einem Lautsprecher.

»Das ist Mami«, flüsterte Beni. »Sie hat sich bei dem Wetter sicher nicht mehr nach Hause getraut. Das da ist unser Auto.« Er deutete auf den Golf.

Jacobi deaktivierte die Kindersicherung und ließ seine Beifahrer aussteigen, dann verließ er selbst den Wagen. »Ich bin der Mann, der Ihnen Ihren Sohn bringt, Frau Möslbacher«, sprach er in die Membran einer Kontrollarmatur, die er neben der Verbindungstür zu den Wohnräumen entdeckt hatte. »Oberst Jacobi, LKA Salzburg, Referat für Vergehen gegen Leib und Leben.« Er hielt seinen Dienstausweis vor das Kameraauge.

Sekunden später öffnete sich die Tür, eine etwa dreißigjährige Frau mit Kopftuch stürzte heraus und zog den Jungen an sich. »Was haben Sie mit meinem Beni zu schaffen?«

Dem so Bemutterten war die Szene sichtlich peinlich. »Bitte, Mami!« Er machte sich von ihr los. »Das ist Oberst Jacobi, du kennst ihn aus ›Salzburg heute‹. Er hat mich vor dem Sturm gerettet.«

»Vor dem Sturm?« Benis Auskunft schien Frau Möslbacher keineswegs zu beruhigen.

»Ja, und er hat zu Papa gesagt, dass kleine Jungs bei dem Wetter nicht auf dem Bauhof spielen sollten. Und der Große da ist sein Hilfssheriff, Chefinspektor Feuersang.«

Amalie Möslbacher wandte sich den Beamten zu. »Wenn das stimmt, muss ich mich wohl bei Ihnen bedanken. Ich hab meinem Mann schon x-mal auszureden versucht, den Buben auf den Bauhof mitzunehmen, nur weil unser überspanntes Töchterchen zu Hause seine Ruhe haben will.«

»Ich nehme an, Sie haben das Garagentor geöffnet, weil Sie uns für die Besitzerin des Hauses gehalten haben?«, riet Jacobi, ohne ihre innerfamiliären Querelen zu kommentieren.

Amalie Möslbacher nickte. »Frau Neuhauser kommt auch schon mal früher als angekündigt zurück, und nicht immer im eigenen Auto. Manchmal kommt sie auch gar nicht – wie es ihr grad beliebt. Als ich Sie auf dem Monitor vorn im Wagen hab sitzen sehen, bin ich nervös geworden, weil ich Sie nicht kannte und doch hier allein im Haus bin. Blas, mein Mann, sagt immer, Gauner und Diebe kämen am liebsten bei schlechtem Wetter.«

»Nun, diese Angst müssen Sie jetzt nicht mehr haben, Frau Möslbacher«, sagte Feuersang mit tiefem Bass. »Wir sind die Guten. Außerdem möchte ich den Einbrecher sehen, der bei einem solchen Blizzard auf Tour geht.«

Sie erfuhren, dass Benis Mutter mit dem Putzen längst fertig gewesen war und schon in ihrem Golf gesessen hatte, um nach Hause zu fahren, weshalb sie den Anruf ihres Mannes überhört hatte. Letztlich war sie aber, wie ihr Sohn richtig vermutet hatte, aus zu großem Respekt vor dem Sturm wieder ausgestiegen und in der Villa geblieben.

»Wir können Sie gern nach Hause bringen, Frau Möslbacher«, bot Jacobi an. »Wenn Sie wollen, chauffiere ich Sie in Ihrem Golf, und Beni fährt mit meinem Kollegen im Audi, dann kann er sich noch mal als Polizist fühlen. Aber dann müssen wir uns beeilen, wenn wir es noch bis ins Ortszentrum schaffen wollen. Die Verkehrslage wird von Minute zu Minute schwieriger, und bald wird uns nichts anderes übrig bleiben, als bis morgen zu warten. Aber irgendwann muss der Sturm ja auch wieder nachlassen.«

Amalie Möslbacher schüttelte den Kopf. »Danke, aber es reicht, dass die Polizei meinen Jungen retten musste, weil mein Mann nicht auf ihn aufpassen konnte. Ein weiteres Mal setze ich ihn keiner Gefahr aus. Ich werde mit ihm bis morgen hier im Haus bleiben, egal ob Frau Neuhauser das passt oder nicht.«

»Nun ja, das bringt uns in eine schwierige Situation. Wir müssten Ihnen noch ein paar Fragen stellen, andrerseits sollten wir keine Zeit verlieren, wenn wir hier nicht festsitzen wollen.«

Die etwas blasse, aber keineswegs unattraktive Brünette lächelte. »Ich dachte mir schon, dass Sie nicht nur aus reiner Nächstenliebe hier aufgekreuzt sind. Bleiben Sie doch einfach auch hier, dann können Sie so viele Fragen stellen, wie Sie wollen. Nur eines bedinge ich mir aus: nicht vor dem Jungen.«

Ihr Sohn zog eine Grimasse, verzichtete aber in Anwesenheit Jacobis darauf, sich lauthals zu beschweren.

»Ich verrate dir jetzt mal was, Beni«, wandte sich der Oberst an ihn. »Ich bin im Moment an einem furchtbar heiklen Fall dran, er hat Geheimhaltungsstufe römisch eins, das ist die höchste, die es gibt, du verstehst?«

Der Junge bekam glänzende Augen.

»Wenn ich den Täter gefasst habe«, Jacobi sprach inzwischen verschwörerisch leise, »ist die Geheimhaltung natürlich nicht mehr nötig. Ich versprech dir, dass ich dann persönlich bei dir vorbeikomme und dir erzähle, wie alles abgelaufen ist, und zwar von A bis Z. Ist das ein Vorschlag?«

Benis Wangen und Ohren röteten sich. »Und was muss ich dafür tun?«

»Vorläufig nichts …« Jacobi blickte hilfesuchend zu seiner Mutter.

»Bis zum Abendbrot dauert es noch eine Weile«, sagte Amalie Möslbacher. »Du kannst solange im Wohnzimmer fernsehen, Beni.«

»Auf dieser ultracoolen Videowall? Geil!«

»Und mach ja keine Krümel auf den Spannteppich, ich hab eben erst gesaugt!«, rief sie ihm noch nach, doch Beni war schon zur Tür hinaus entschwunden.

»Nun, wir sollten wohl auch keine Wurzeln hier in der Garage schlagen, lassen Sie uns doch ins Haus gehen«, wandte sich die Frau an die Beamten.

»Ich werde das Interview allein durchführen, Frau Möslbacher«, stellte Jacobi klar. »Mein Kollege wird sich auf den Weg zurück ins Ortszentrum machen. Ich brauche ihn auf der Polizeiinspektion dringender als hier. Leo? Gib mir doch bitte noch das FuG aus dem Wagen, hier funktioniert es ja Gott sei Dank noch. Du übernachtest übrigens –«

»Wo arme Polizisten immer übernachten. Ich weiß schon, Chef, in einer bescheidenen Pension. Geht in Ordnung.« Feuersang klemmte sich hinter das Lenkrad des RS4, und Amalie Möslbacher öffnete das Garagentor. Der V8 begann zu rumoren, und im nächsten Augenblick hatte die brausende weiße Wand den Audi verschluckt.

»Ich denke, wir gehen am besten in die Küche«, schlug die Raumpflegerin vor, »dort lässt es sich ungezwungen und gemütlich plaudern.«

Jacobi nickte. Warum der Frau das Reden in der Küche leichter fallen sollte als in einem der anderen Räume, verstand er nicht, aber Hauptsache, sie redete.

Die Küche befand sich ebenfalls im Parterre. Der L-förmige Raum hatte die Ausmaße einer durchschnittlichen Zwei-Zimmer-Wohnung, war schwarz-weiß gekachelt und blitzte vom reichlich verbauten polierten Stahl. Noch mehr stachen allerdings die massiven weißen Möbel mit ihren geradlinigen schwarzen Intarsien ins Auge.

Die Raummitte wurde von einem großen Ofen beherrscht, der zwar auf alt gemacht, aber mit modernster Technik ausgestattet war. Neben dem Speiseaufzug zu den Wohnräumen gab es eine großzügig bemessene Sitzecke.

Schloss man von der Küche auf die Ausstattung der übrigen Räume, so würde man nicht zwangsläufig auf die Idee kommen, Valerie Neuhauser zu den Bedürftigen dieser Welt zu zählen, dachte Jacobi in einer Anwandlung von Zynismus.

»Bitte, nehmen Sie doch Platz, Herr Oberst. Ein Pils vielleicht? Ich werde mir einen schwarzen Tee machen.« Amalie Möslbacher trat an eine Kaffeemaschine, die jedem Wiener Kaffeehaus zur Ehre gereicht hätte und mit der selbstverständlich auch Tee aufgebrüht werden konnte.

»Nein danke. Kein Pils. Ich hätte gern ebenfalls einen Tee.« Wenn Jacobi Bier trank, dann nur gezapftes Weizen, aber an diesem Tag war ihm ohnehin nicht nach Alkohol. »Frau Möslbacher«, begann er, kaum dass er auf der mehrfach lackierten Eckbank Platz genommen hatte. »Ich stehe zurzeit mächtig unter Druck. Der Sturm hat mir einen Einsatz durcheinandergewirbelt und mich fast zur vollständigen Untätigkeit verurteilt. Aber was am schlimmsten ist: Er verhindert den Kontakt zu den Leuten vom Perchtenvereinsvorstand, die sich zurzeit in der Rastötze aufhalten. Sie sind in größter Gefahr, weil –«

»Ja, ich weiß, wer alles oben ist«, unterbrach ihn die Raumpflegerin, während sie die zweite Tasse Earl Grey aufbrühte. »Wirklich eine Schnapsidee, bei diesem Wetter da raufzutouren.«

»Den Leuten droht aber nicht nur vom Blizzard Gefahr, Frau Möslbacher. Eine von den sechs Personen hat sich in den Kopf gesetzt, jemanden vom Perchtenvereinsvorstand als Mörder zu entlarven. Es ist nicht auszuschließen, dass deshalb die Situation auf der Hütte eskaliert. Ich habe keine Ahnung, was die nächsten Stunden bringen werden, kann nichts tun, außer Ihnen zu garantieren, dass alles, was wir hier besprechen, streng vertraulich behandelt wird. Ihre Aussage kann unter Umständen Leben retten.«

»Hat Ihr Einsatz etwas mit dem Tod des Lehrers Grankenbruch vor drei Jahren zu tun?«, fragte Amalie Möslbacher rundheraus.

Jacobi stutzte kurz, zog aber gleich den richtigen Schluss: »Sie haben etwas davon gehört?«

Die Frau blickte zunächst unschlüssig zu Boden, schien aber verhältnismäßig rasch zu einem Entschluss zu kommen. »Man sollte eigentlich nicht die Hand beißen, die einen füttert«, sagte sie, während sie die beiden Tassen Tee an den Tisch brachte, »aber Sie haben meinen Sohn vielleicht vor schlimmen Verletzungen bewahrt, so etwas vergisst eine Mutter nicht. Also: Ich war gestern Vormittag noch in der Stefansburg putzen, und ich füge gleich hinzu, dass es nicht das erste Mal war, dass ich dabei gezwungenermaßen einen Streit zwischen der Frau Doktor und Steff mit anhören musste. Gestern war es allerdings besonders arg.«

Jacobi hätte zu gern gewusst, warum Möslbacher die Gattin Batjanys »Frau Doktor« titulierte, ihn selbst jedoch »Steff« nannte. Aber diesmal machte er nicht den Fehler, einer Zeugin frühzeitig ins Wort zu fallen. »So schlimm?«, fragte er stattdessen nur.

»Ganz schlimm sogar. Der Anlass war einmal mehr ihre Sauferei. Der Zoff hing schon seit Tagen in der Luft, und in einer derartigen Atmosphäre trank sie immer besonders viel. Aber der Auslöser war ein vergleichsweise kleiner Schluck aus der Flasche unmittelbar nach dem Frühstück. Frau Doktor muss am Abend davor blau wie ein Enzian gewesen sein, jedenfalls ging es ihr am Morgen gar nicht gut. Wahrscheinlich hat sie deshalb gleich einen doppelten Glenfiddich als Gegengift runtergekippt.«

»Und der Kommerzialrat hat das gesehen und kritisiert?«

»Er hat nur gesagt: ›Jetzt schon?‹, aber das hat gereicht. Frau Doktor ist förmlich explodiert. ›Ja, jetzt schon!‹, hat sie geschrien. ›Oder soll ich vielleicht warten, bis du mir den finalen Tritt versetzt und mit deiner Barca nach Brasilien entschwunden bist?‹ Darauf er: ›Du versäufst noch deinen letzten Rest Gehirn. Was soll ich überhaupt in Brasilien? Und was sollte vor allem Barca dort? Zum hundertsten Mal: Sie will mich doch gar nicht! Ich versuche nur, Teile des Firmenkonsortiums zu retten, ohne die wertvollsten Immobilien verscherbeln zu müssen. Nur deshalb muss ich morgen nach Salzburg und kann nicht an eurem idiotischen Jour fixe teilnehmen. Baustadträtin Faber hat mir einen durchaus vielversprechenden Vorschlag unterbreitet …‹ Das Folgende habe ich nicht mehr verstanden, denn seine schlechtere

Hälfte fiel ihm brüllend ins Wort: ›Du willst nicht in die Rastötze, damit du nicht dabei bist, wenn Iris uns die wahren Hintergründe für Lazis Tod aufzeigt. Aber ich hab dich schon einmal gewarnt und tue es jetzt wieder: Ich lass mich nicht wie einen alten Pappbecher entsorgen, dafür weiß ich einfach zu viel.‹«

»Entschuldigen Sie, wenn ich unterbreche«, warf Jacobi nun doch ein, »aber haben die Batjanys nicht bemerkt, dass Sie in Hörweite waren?«

»Zu diesem Zeitpunkt noch nicht, sie glaubten wohl, ich sei im unteren Stockwerk. Ich vermute, sie hatten vergessen, dass an diesem Tag der private Teil ihrer Wohnung mit dem Putzen dran war, also stritten sie sich bei offener Verbindungstür im Esszimmer, während ich in den Schlafzimmern und in den Salons war.«

»Frau Batjany wollte also der befürchteten Trennung mit einer Erpressung begegnen. Hat sie dazu nähere Angaben gemacht?«

»Das hat sie in der Tat. ›Wenn ich nur an deine steuerschonenden Sanierungen nach den Überschwemmungen 2002 denke‹, das waren ihre Worte. Das Übrige hab ich wieder nicht verstanden, aber es hörte sich so an, als hätte die Batjany AG gemeinsam mit anderen Baufirmen etliche große Höfe und Zweckbauten in Ober- und Niederösterreich außerhalb der ausgewiesenen Überschwemmungsgebiete neu errichtet. Da es sich aber nicht ausschließlich um Wiederaufbau gehandelt habe, seien die von Land und Bund gewährten Zuschüsse zu Unrecht bezogen und anteilig an die Firmen als Provisionen gezahlt worden. Frau Doktor hat Steff noch weiterer ähnlicher Verfehlungen bezichtigt, aber von diesem buchhalterischen Fachchinesisch verstehe ich nichts und kann es daher auch nicht wiedergeben.«

»Kein Problem, Frau Möslbacher. Ich bin nicht die Steuerbehörde, mich interessiert ohnehin vielmehr die Reaktion des Herrn Kommerzialrat.«

»Er blieb sehr gelassen. Steff ist überhaupt ein Mann, den nichts so leicht aus der Ruhe bringt. Er sagte, sie solle, statt ständig zu saufen und zu koksen, zur Abwechslung mal wieder was lesen, zum Beispiel die Fabel von der Ameise und der Grille. Und dann solle sie sich überlegen, wer von ihnen beiden wohl die Ameise und wer die Grille ist. Sie habe unter seinem Dach ein recht komfortables Leben geführt und das gelegentlich selbst verdiente Geld nur für Whisky, Koks und ihre Liebhaber ausgegeben. Für alles andere, Schmuck, schicke Autos, teure Klamotten et cetera, habe er aufkommen dürfen. Jetzt sei er auch mal an der Reihe, egal ob die Sanierung seiner Firmen klappe oder nicht. Und sie könne von ihm aus gehen, wohin auch immer sie wolle, aber am besten dorthin, woher sie gekommen sei: in die Gosse.«

»Das klingt hart und mitleidlos – und nach endgültiger Abrechnung.«

»Steff hat ihr die Scheidung gestern nicht zum ersten Mal angeboten, aber sie weigert sich. Und eine nicht einvernehmliche Trennung kann er sich in der momentanen Situation nicht leisten.«

»Sagt wer? Er selbst, oder ist das jetzt Ihre persönliche Meinung?«

Amalie Möslbacher schüttelte den Kopf. »Ich würde nicht einmal wagen, so etwas zu denken, auch wenn ich Steff duzen darf. Dass er sich die Trennung nicht leisten könne, schmiert ihm vielmehr die Frau Doktor bei jeder Gelegenheit aufs Brot. Diesmal ist sie sogar noch etwas weiter gegangen: Sie drohte Steff an, seine angebetete Barca als Mörderin bloßzustellen, sollte er auf seinem Scheidungswunsch beharren.«

Jacobi schüttelte den Kopf. »Das wird ja immer toller.«

»Ja, sie hat behauptet, ihre Infos von Harald Sertorius persönlich erhalten zu haben. Sie wüsste jetzt definitiv, dass Barca gemeinsam mit ihrer Mutter ihren Großvater im Seniorenheim mit Rohypnol umgebracht hat. Steff hat die Neuigkeit erstaunlicherweise nicht im Geringsten erschüttert, er hat nur erwidert, dieser Versicherungsfuzzi habe wohl mal wieder gelogen wie schon seinerzeit bei der Sache mit Enzo Knapps Tochter.«

»Sie wissen wohl nicht, welche Sache er gemeint haben könnte?«

»Leider nein. Aber der Hammer kommt erst noch: Auch beim Thema Grankenbruch ließ Frau Batjany nicht locker. Sie warf Steff vor, er habe an jenem Abend zu Mariä Empfängnis die Stefansburg in Begleitung von Adrian Manescu noch einmal verlassen. Sie, die Frau Doktor, sei zwar betrunken gewesen, aber nicht so betrunken, als dass sie das nicht mitbekommen habe. Manescu ist ein –«

»Ich bin über Adrian Manescu bestens informiert, Frau Möslbacher, erzählen Sie nur weiter.«

»Aber das war schon alles. Ab diesem Zeitpunkt haben die beiden ihren Disput in wesentlich geringerer Lautstärke fortgesetzt, vermutlich hatten sie mich nebenan im Wohnzimmer bemerkt.«

»Nun gut, dann weiß ich jetzt jedenfalls, wo sich Stefan Batjany im Moment aufhalten soll und dass Frau Neuhauser noch nicht nach Gastein zurückgekehrt ist. Beides werde ich überprüfen lassen. Jetzt wüsste ich noch gern, wo ich Adrian Manescu suchen muss. Können Sie mir da auch weiterhelfen?«

»Der ist nicht in Gastein oder besser gesagt: Er ist nicht mehr hier. Gestern hat er sich noch einen Dreiachser von Steff geborgt, das weiß ich von Blas, und hat damit heute Morgen das Tal verlassen. Er ist mir auf der B 167 begegnet, als ich zur Stefansburg rübergefahren bin, wo ich ganz früh zum Putzen war. Sein buschiger Stalin-Schnurrbart ist unverwechselbar.«

»Er saß also selbst am Steuer des Lasters?«

»Ja, eigenartig, nicht?«

»Allerdings«, sagte der Terrier, dem sofort einiges durch den Kopf ging. Aus den Polizeiakten wusste er, dass Manescu geschäftlich und privat immer einen Audi A8 fuhr. Was hatte den umtriebigen Agenten der Schnäbli AG also dazu veranlasst, selbst einen Dreiachser zu lenken, statt einen Berufsfahrer damit zu beauftragen? Was hatte er zu transportieren? Baumaschinen, für die ein gewöhnlicher Lkw nicht ausreichte? Eine Pistenraupe oder ein Schneemobil? Und war die Fuhre so heikel, dass er sie unbedingt selbst chauffieren musste? Jacobi überlegte. Ohne den geringsten Beweis für eine Straftat durfte der Rumäne, der die Schweizer Staatsbürgerschaft besaß, leider nicht zur Fahndung ausgeschrieben werden, aber Hans Weider war schon damit beauftragt worden, seinen Aufenthaltsort festzustellen und ihn anzuhalten, sich als Zeuge beim LKA Salzburg zu melden.

»Und nun zu Frau Neuhauser«, leitete Jacobi zur nächsten

Frage über. »Ich kann mir vorstellen, das ist für Sie eine delikate Angelegenheit, sie ist ja immerhin Ihre Arbeitgeberin, und wir befinden uns sozusagen als unfreiwillige Gäste in ihrem Haus, aber Frau Neuhauser war kurzzeitig mit Lazarus Grankenbruch liiert. Wissen Sie etwas Näheres darüber, warum –«

»Liiert ist wohl zu viel gesagt«, unterbrach ihn Amalie Möslbacher sofort. »Es hat sich nur um ein paar heiße Nächte im Sommer vor dreieinhalb Jahren gehandelt, dann war Sendepause, und sie hat sich hinterher wieder mit Bibernell und Knapp getröstet, wobei sie heute wie damals Bibernell den Vorzug gibt.« Mit einem leichten Seufzen fügte sie hinzu: »Matthi hat schon was drauf, ich hab die beiden einmal oben am Pool beobachtet – unabsichtlich natürlich.«

»Natürlich.«

»Frau Neuhauser braucht es nämlich ... wie soll ich mich da am besten ausdrücken ...?«

»Sie meinen, sie ist eine Erotomanin?«

»Eine was?«

»Früher nannte man eine Frau mit chronischen sexuellen Bedürfnissen auch eine Nymphomanin.«

»Ja, so eine ist sie. Sie braucht es jeden Tag, so oft wie möglich.«

»Also dürfte, entgegen dem Golfclub-Klatsch, Bibernell diesbezüglich bei ihr die, äh, Nase vorn haben?«

»Besser hätte ich es auch nicht sagen können. Knapp besorgt ihr es zwar auch ab und an, will sich aber die vermeintliche Rolle des Platzhirschs regelmäßig entgelten lassen. Valerie – ich darf sie so nennen – könnte sich das zwar spielend leisten, trotzdem geht es ihr gegen den Strich, für ihn ständig was abdrücken zu müssen wie für einen *toy boy*.«

»Was ist mit Sertorius? Der soll ja allem Hörensagen nach auch so ein Womanizer sein. Zählt er ebenfalls zu Frau Neuhausers Favoriten?«

»Nein. Wobei es nicht so ist, dass Valerie nicht wollen würde. Sie würde auch den Müllmann ranlassen, wenn ihr der Sinn danach steht. Aber Sertorius will nicht. Er fängt nie was mit einheimischen Weibern an, auch nicht mit Wochenend-Gasteinerinnen. Er hat Angst vor den Komplikationen, die sich daraus ergeben könnten, und hält sich deshalb an Damen von auswärts, hauptsächlich an Touristinnen.«

»Am Todestag von Grankenbruch soll Knapp abends bei Frau Neuhauser eingeladen gewesen sein, nicht privat, sondern in seiner Eigenschaft als Bauamtsleiter. Es ist wohl zu viel verlangt, Sie zu fragen …?«

»Knapp war zu Mariä Empfängnis nicht da, auch nicht am Vortag, aber Matthi Bibernell hat beide Male hier übernachtet. Als ich am Morgen des 9. Dezember zum Putzen kam, brachte Valerie ihm gerade das Frühstück ans Bett – nackt, wie Gott und ihr Schönheitschirurg sie schufen.«

»Und warum gibt er dann als Alibi an, er sei zu Hause gewesen?«, dachte Jacobi laut.

Amalie Möslbacher sah ihn ungläubig an. »Können Sie sich das nicht denken? Soll er sich und seine Familie vielleicht bloßstellen, indem er sich so ein heikles Alibi von Valerie offiziell bestätigen lässt? Ganz Gastein würde sich das Maul darüber zerreißen.«

Er grinste. »Tut Gastein das nicht ohnehin schon? Und wenn Sie Bibernell noch so vehement verteidigen, Frau Möslbacher, ändert das auch nichts daran, dass er zu dem neuen Alibi einvernommen und wegen Falschaussage belangt werden wird, genauso wie Knapp natürlich.«

Ihr himmelwärts gerichteter Blick ließ keinen Zweifel daran, dass Amalie Möslbacher Beamte im Dienst für Hammel oder Kapaune hielt. »Ihr Tee wird kalt«, sagte sie knapp.

Jacobi nahm gehorsam einen Schluck und setzte die Tasse wieder ab. »Noch eine letzte Kleinigkeit, dann haben Sie fürs Erste Ruhe vor meinen Fragen: Beni ist mit dem zwölfjährigen Anton Freudenschuss befreundet, hat sich im Wagen aber darüber beklagt, dass sich Anton in letzter Zeit zurückzieht. Beni macht dessen Eltern dafür verantwortlich. Können Sie mir dazu etwas sagen?«

»Das sieht Beni vermutlich falsch. Till und Iris sind sehr nette Nachbarn. Sie würden dem Toni nie den Umgang mit Beni verbieten, wenn es das ist, was Beni befürchtet. Aber mir ist auch schon aufgefallen, dass sich Toni rarmacht.«

»Vielleicht ist er lieber mit Barbara Bibernell zusammen?«

»Schon möglich, allerdings auch nicht mehr so oft wie früher, soweit ich das von außen beurteilen kann. Aber jetzt erklären Sie mir doch bitte, was die Kinder mit Ihren Ermittlungen zu schaffen haben«, forderte sie leicht genervt.

»Nun, unmittelbar wohl nichts, aber es könnte doch sein, dass Anton Freudenschuss etwas beobachtet oder gehört hat, was ihn so einsilbig hat werden lassen.«

»Warum fragen Sie ihn nicht einfach selbst, was ihn bedrückt?«

»Das werde ich morgen sicher tun, wenn es …« Jacobi sprach den Satz nicht zu Ende.

»Wenn es was?«

»Wenn es bis dahin nicht zu spät ist«, sagte er leise und griff dabei reflexartig nach dem Funkgerät.

17 SCHENK GAB RICHTUNG UND TEMPO VOR. Zusammen mit Knapp zog er den Akja vorn an den Lanten, während Sertorius hinten anschob und die Frage, warum sich ein Wiener im winterlichen Hochgebirge bewegte wie ein Alpinpolizist, erst einmal zurückstellte. Jetzt galt es, sich die Atemluft einzuteilen und den Durchhänger des Blizzards zu nutzen, um unter den derzeitigen guten Bedingungen möglichst viel Strecke zurückzulegen. Aber schon nach wenigen Minuten blieb Sertorius stehen. »Wartet einen Augenblick!«

Er musste die Worte laut schreien, um ein paar Meter weiter überhaupt gehört zu werden. Die beiden vor ihm Gehenden wandten sich um, konnten ihn aber kaum sehen.

»Was ist, Harry?« Knapp war über die verfrühte Rast nicht eben unglücklich, hatte Schenk doch ein ziemlich forsches Tempo vorgelegt.

»Ich … Nein, es war wohl nur Blödsinn. Ich hab mir eingebildet, ich hätte hinter mir jemanden gehört. Aber da ist niemand, oder?«

»Ich bin jedenfalls seit unserm Start immer neben Herrn Knapp gewesen, Herr … Wie war gleich noch mal der Name?«

Schenk hatte aus Leibeskräften gebrüllt, weil er nur so von Sertorius gehört werden konnte. Seine Stimme kam von vorn, daran gab es keinen Zweifel.

»Ich heiße Sertorius, Harald Sertorius, Herr Schenk!«, brüllte der Hotelier zurück. »Dann mal los, lassen Sie uns weitergehen!«

»Was läuft da eigentlich zwischen Ihnen allen, Herr Knapp?«, wandte sich Schenk an seinen Nebenmann, während beide den Akja voranzogen. »Auch wenn Sie beide mir zutiefst misstrauen: Hätte ich nicht doch ein Recht darauf, die Hintergründe Ihres abstrusen Treffens auf der Grußberg-Hütte erläutert zu bekommen, falls ich wider Erwarten nicht der bin, den Sie in mir sehen?«

Knapp verspürte wenig Lust dazu, kam seinem Wunsch aber dann doch nach, soweit die Fakten Grankenbruchs Tod, die Rolle der aufklärungswütigen Vereinskollegin Freudenschuss und das plötzliche Ableben von Fredegunde Batjany und Matthäus Bibernell betrafen. Schließlich erwähnte er auch die vergleichsweise nebensächlichen, aber seltsamen Symbole aus dem Perchtenbrauchtum, die der Mörder in Arzttasche und Rucksack der Ermordeten augenscheinlich hinterlegt hatte.

Als sie nach der mühseligen Überquerung der sogenannten A-Leiten endlich das ausgedehnte Latschenfeld am nordwestlichen Hang des Tennkogels erreichten, meldete sich der Sturm mit enormer Wucht zurück. Jeder Meter wurde zu einer Zumutung, es war, als müssten sie sich Zentimeter für Zentimeter durch eine auf sie zurasende Lawine aus Druckluft und Treibschnee winden. Sie kamen nur noch im Schneckentempo voran. Bei jedem Schritt bauten sich zentnerschwere Schneerampen vor ihren Beinen auf, und sowie eine Böe auch nur einen von ihnen das Gleichgewicht verlieren ließ, wurden im nächsten Moment meist auch die anderen zwei samt Akja wie Spielbälle meterweit zurückgeworfen.

Schenk duckte sich im Minutentakt in den Schnee, um beim Schein der Helmlampe die Peilung vom Navi-Display abzulesen. Orientierung über Sicht war unmöglich. Als Alternative zur fragilen Technik hätte sich ihnen bestenfalls noch angeboten, sich am Rand des Latschenfeldes entlangzutasten, das ohnehin die Richtung vorgab, in die sie sich zu bewegen hatten. Schließlich entschlossen sie sich, lieber auf allen vieren zu kriechen, als auf zwei Beinen dem Sturm vielleicht einen Meter abzuringen und dafür im nächsten Augenblick zehn Meter zurückgeworfen zu werden.

Irgendwann – Knapp und Sertorius rechneten schon gar nicht mehr damit – nahm Schenk den Lawinenpiepser zu Hilfe und sagte lakonisch: »Da vorn rechts oben muss es sein.« Er zog das Funkgerät aus der Brusttasche seines Parkas. »Frau Havranek! Lucy! Ich bin mit Hilfe zurück und schon ganz in deiner Nähe. Melde dich! Ruf am besten laut. Ende.« Aus dem BOS-Gerät drang zwar wieder nur das bereits bekannte Rauschen, aber diesmal wurde es in unregelmäßigen Abständen von anderen Lauten unterbrochen. »Das ist ihre Stimme. Die Verbindung funktioniert hier oben besser als unten in der Hütte«, sagte Schenk erleichtert.

»Trotzdem versteht man nach wie vor nichts«, relativierte Sertorius.

Aber als das Lautsignal des Lawinenpiepsers auf immer größere Nähe des Ziels hinwies, hörten die drei Männer durch das Röhren des Orkans hindurch plötzlich einen anderen Ton: eine Frauenstimme wenige Meter oberhalb ihres eigenen Standorts. »Marco! Marco! Gott sei Dank! Ich kann's gar nicht glauben. Ich bin hier!«

»Lucy! Ich habe auf der Grußberg-Hütte tatsächlich Leute angetroffen«, brüllte er zurück. »Schrei weiter, so laut du kannst, bis wir bei dir sind!«

Die Einheimischen waren nicht sonderlich überrascht, dass Bodygard und Klientin sich duzten. Das Wochenend-Quartier auf der Alm im Nachbartal hatte bereits auf ein vertrautes Verhältnis zwischen den beiden schließen lassen. Die Verwunderung, unter den widrigen Verhältnissen Lucilla Havranek tatsächlich gefunden zu haben, war da wesentlich größer.

Sie folgten ihren in Sekundenabständen erfolgenden Schreien, bis sie direkt vor ihr standen.

»Du kannst aufhören, wir sind da«, sagte Schenk lächelnd.

Lucilla Havranek lag wie von Schenk beschrieben im Biwaksack in einer relativ geschützten Mulde unter einem überhängenden Latschengestrüpp. Ihre Verletzung, die sie am Aufstehen hinderte, schien echt zu sein, an ihr war nichts vorgetäuscht.

Die Männer gruben sie aus und luden sie im Biwaksack in den Akja, was unter den gegebenen Umständen nicht gerade mit Samthandschuhen geschah.

»Aua! Könnt ihr nicht etwas rücksichtsvoller mit einer Frau umgehen? Schließlich hab ich ein lädiertes Bein und bin fast steif gefroren.« Havranek sprach den typischen Dialekt der Wiener besseren Gesellschaft. Genauso nasal hatte auch Fredegunde gesprochen, schoss es Sertorius durch den Kopf.

»Verzeih, Liebes«, entschuldigte sich Schenk sofort. »Der Sturm macht alles so viel schwieriger.«

Die unverbindliche Bemerkung konnte viel bedeuten und gefiel Sertorius ganz und gar nicht. Sofort war sein Misstrauen wieder geweckt, er hörte genau hin, als Schenk seine Begleiter vorstellte.

»Die beiden Herren aus Gastein, die mir netterweise dabei helfen werden, dich zu transportieren, sind Herr Ingenieur Knapp«, er ließ den Lichtstrahl der Helmlampe auf den Genannten fallen, »und Herr Harald Sertorius, Hotelier. Stell dir vor: In der Almhütte, in der ich sie und zwei Damen angetroffen habe, sind heute Mittag zwei ihrer Bekannten an einer Vergiftung gestorben, ein Mann und eine Frau.«

»Ach?«

»Ja, und es war keine normale Lebensmittelvergiftung. Beiden ist vermutlich ein sehr wirksames Gift verabreicht worden.«

»Also Mord? Sogar Doppelmord? Aber geh! Und ausgerechnet dorthin willst du mich jetzt bringen?«, näselte die Mannersdorf-Erbin nicht sehr erbaut.

»Eine andere Möglichkeit haben wir im Moment leider nicht, Lucilla. Erst wenn der Sturm abflaut und Rettungsmannschaften die Alm erreichen, kannst du mit angemessener Betreuung rechnen. Mobiltelefone funktionieren nicht, und der Funkverkehr ist ebenfalls gestört.«

Schon zum zweiten Mal hörte es sich für Sertorius an, als tauschten Schenk und Havranek kryptische Botschaften untereinander aus. Angst kroch in ihm hoch. Er beschloss, weiterhin auf der Hut zu sein, denn auch wenn der Rückweg abermals bei null Sicht zu absolvieren war, hatte er nicht vor, sich blind seinem Schicksal zu ergeben.

Wie schon auf dem Hinweg machte er den Schlussmann, während sich Knapp und Schenk die vorderen Akja-Holme zu Füßen von Frau Havranek griffen und die Richtung vorgaben – zurück zur Grußberg-Hütte, nur diesmal bergab und mit dem Sturm achtern im Rücken.

Was den Kraftaufwand anlangte, waren die Bedingungen nun spürbar günstiger, trotzdem verlangte die absolute Finsternis weiterhin die akribische Beobachtung von Navi-Display und Kompass. Noch immer war die geringste Nachlässigkeit zu vermeiden, denn wie schnell man bei solchen Sichtverhältnissen ungewollt von der geplanten Route abdriften konnte, hatten Knapp und Sertorius in den Hohen Tauern schon bei anderen Gelegenheiten erleben müssen.

Und trotzdem passierte ihnen genau das, weil sich Knapp und Schenk etwa zur Hälfte der Strecke nicht mehr über die Richtung einig werden konnten. Knapp traute den Angaben von Schenks Navi nicht mehr und war immer darauf bedacht, nicht zu viel an Höhe zu verlieren, während Schenk nichts anderes übrig blieb, als nachzugeben, wollte er auf die lebenswichtige Unterstützung der Bergretter nicht verzichten.

Nach einer kräfteraubenden halben Stunde, in der die Gruppe immer stärker vom angegebenen Kurs abgewichen war, räumte Knapp schließlich widerstrebend seinen Irrtum ein und überließ Schenk wieder die Führung. Zu diesem Zeitpunkt herrschte wenigstens kaum Lawinengefahr, denn die Schneemassen wurden vom Blizzard entweder an die Bergflanken betoniert oder vom festgefrorenen Untergrund restlos weggeweht.

18 NACH EINER WEITEREN HALBEN STUNDE und der Durchquerung eines Grabens tauchte wider Erwarten der Giebel einer Behausung im Lichtkegel von Schenks Helmlampe auf.

»Das ist …?«

»Die Planitzen-Hütte«, half Knapp dem ortsfremden Personenschützer aus. »Die Grußberg-Hütte, in der die Damen hoffentlich auf uns warten, ist nur wenige Schritte dahinter. Wir haben es tatsächlich geschafft, ich habe schon gar nicht mehr daran geglaubt. Und dass sich ein Donaustädter in den Bergen hier bewegt wie ein kanadischer Indianer, würde ich auch nicht glauben, hätte ich's nicht selbst erlebt.«

Schenk wandte sich zu seiner Begleiterin im Akja um. »Hast du das gehört, Lucilla? Wir sind da.« Während er und Knapp auf den letzten Metern noch einen Zahn zulegten, trug Schenk den offen geäußerten Zweifeln von Knapp Rechnung. »Es stimmt: Ich bin kein gebürtiger Wiener, sondern in Salzburg aufgewachsen. Schon als Kind war ich gern in den Bergen, aber beruflich hat's mich dann –«

»Also hattest du recht mit deinem Verdacht, Harry!«, rief Knapp, indem er sich nach seinem Vereinskameraden umwandte. »Herr Schenk ist gar kein Donaustädter, sondern Westösterreicher. Harry?«

Aber Harald Sertorius antwortete nicht.

»Er ist vorhin schon einmal kurz zurückgeblieben«, meldete sich stattdessen Havranek zu Wort. »Kurz darauf hatte ich allerdings das Gefühl, als sei er doch wieder hinter mir an den Holmen.«

»Heilig's Burenhäutl!«, fluchte Schenk wie ein echter Vorstadt-Wiener. »Mir kam es verdammt noch mal zuletzt auch so vor, als würden nur wir beide den Akja ziehen, aber ich dachte, Sertorius sei nur blau und würde sich deshalb vor der Arbeit drücken.«

Knapp fluchte ebenfalls, aber nur innerlich. Der Bodygard konnte mit dem Verschwinden von Sertorius nicht direkt in Verbindung gebracht werden, Schenk war immer an seiner Seite gewesen – im Gegensatz zu Lucilla Havranek. Waren beide, wofür man sie von Anfang an gehalten hatte? Auftragsmörder mit gefälschten Identitäten? Selbst die Verletzung der Frau stellte ihr nicht automatisch einen Persilschein aus. In ihrem Biwaksack hätte gut und gern ein ganzes Waffenarsenal Platz gehabt, wobei schon eine Pistole mit Schalldämpfer genügt hätte, um Sertorius aus dem Akja heraus diskret das Lebenslicht auszupusten – und gegebenenfalls auch ihm, Knapp.

»Eigentlich hab ich nicht damit gerechnet, dass Harry so

schnell die Nerven verliert und versucht, sich ins Tal abzusetzen«, gab er sich arglos. »Vielleicht begnügt er sich auch damit, in einer anderen Hütte unterzukriechen«, fügte er nachdenklich hinzu. »Sei's drum! Schauen wir erst einmal in unserer nach dem Rechten.«

»Aber er würde doch wohl kaum seine Frau zurücklassen«, wandte Schenk ein, der nicht recht an die Fluchtversion zu glauben schien.

»Seine Noch-Frau«, präzisierte Knapp düster. »Aber in letzter Konsequenz weiß ich natürlich auch nicht, was da zwischen den beiden abgeht. Ich renn ihm jedenfalls nicht nach, hab schließlich selber genug um die Ohren.«

Die Kraft des Blizzards hatte an Intensität wieder zugenommen, was jedoch kaum der Hauptgrund war, weshalb keiner der beiden Männer bereit war, den Abgängigen zu suchen. Sie waren ausgepumpt und am Ende ihrer Kräfte, aber was sie in erster Linie den Schutz der Hütte suchen ließ, war das tiefe Misstrauen, das sie einander entgegenbrachten.

Als sie die einigermaßen windgeschützte Vorderseite der Grußberg-Hütte erreicht hatten, pochte Knapp wuchtig mit der behandschuhten Faust gegen die Tür. »Hallo, wir sind zurück und haben Frau Havranek gefunden. Macht auf, es ist verdammt ungemütlich hier heraußen! Wie steht's bei euch? Seid ihr noch vollzählig?«

»Immer witzig, der Herr Bauamtsleiter«, meldete sich Barca Sertorius von drinnen. »Sag lieber etwas, Iris, damit dieser Kasperl nicht mit entsicherter Kanone hereinstürmt.«

»Du hast es grad nötig, über entsicherte Kanonen zu spotten«, ließ sich Freudenschuss nun vernehmen. »Wir sind noch wohlauf, ich hoffe, das gilt auch für euch«, wandte sie sich anschließend an die draußen Wartenden. Sie war eindeutig die Misstrauischere und Pragmatischere der beiden Frauen.

»Das lässt sich nicht mit Sicherheit sagen«, machte sich Knapp daran, häppchenweise mit den schlechten Neuigkeiten herauszurücken. »Jedenfalls haben wir es bis hierher geschafft, obwohl das mit einer Verletzten im Akja bei dem Sturm nicht gerade einfach war. Bedauerlicherweise ist uns Harry auf den letzten Metern abhandengekommen.« Als auf diese Meldung von drinnen keine Reaktion erfolgte, fügte er noch hinzu: »Ich muss gestehen, wir haben sein Verschwinden während des Rückwegs weder bemerkt noch eine Erklärung dafür anzubieten.«

»Was soll das heißen, Enzo?« Barca Sertorius' Stimme klang scharf, fast hysterisch – aber eben nur fast.

»Das soll heißen, dass sich dein Harry wahrscheinlich vertschüsst hat. Freilich ist der Versuch, sich bei null Sicht durch Sturm und Schnee ins Tal hinunterzukämpfen, mindestens ebenso lebensgefährlich, wie hier mit euch in der Grußberg-Hütte zu übernachten.«

»Du kannst es einfach nicht lassen, was? Und jetzt mach endlich die Tür auf, Iris!«

»Gleich, wenn ich noch die anderen Stimmen gehört habe.«

»Sagst du bitte etwas, Lucilla?«, forderte Schenk die Mannersdorf-Erbin auf.

»Was denn?«, lautete die geistreiche Gegenfrage.

»Okay, das genügt schon.« Freudenschuss sperrte auf und schob den Riegel zurück.

Der Einlass erfolgte nicht einen Augenblick zu früh, denn der Blizzard nahm eben einen neuen Anlauf, nicht nur die Menschen von der Tür, sondern die ganze Hütte wegzublasen. Schenk hatte in der Zwischenzeit mit seinem Klappspaten im Akkord den Schnee vor dem Eingang zur Seite geschaufelt, damit so wenig wie möglich davon in den Vorraum fiel und die Tür nach ihrem Eintritt wieder geschlossen werden konnte.

Nun hoben die Männer Lucilla Havranek aus dem Akja, wobei sie sofort Gefahr liefen, samt ihrer Schutzbefohlenen von den Böen umgeworfen und fortgerissen zu werden. Doch schließlich gelang es, die auf einem Bein Humpelnde der Obhut der Frauen zu überantworten, während es den Männern nicht erspart blieb, den Akja zum Hintereingang zu schleppen.

»Wir werden hinten erst entriegeln, wenn ihr euch neuerlich gemeldet habt, und zwar beide!«, rief ihnen Freudenschuss noch nach. »Und dann werden wir uns alle an den Tisch setzen und Klartext reden.« Sie traute weder dem Gespann Schenk/Havranek über den Weg, noch nahm sie Barca das Entsetzen über das

Verschwinden ihres Mannes ab, und schon gar nicht ließ sie sich vom ständigen Geplänkel zwischen ihr und Knapp beeindrucken.

19 WÄHREND SCHENK ZUM X-TEN MAL vergeblich versuchte, über Funk eine Verbindung zur Außenwelt herzustellen, ließen die Frauen die verletzte Lucilla Havranek auf der Längsseite der Eckbank Platz nehmen und halfen ihr aus der Kleidung. Freudenschuss tastete ihr linkes Bein ab, das an der Fessel stark angeschwollen war.

»Gebrochen scheint nichts zu sein«, meinte sie, sowohl an Havranek als auch an Schenk gewandt, der noch immer nachdenklich auf sein BOS-Funkgerät starrte. »Ich würd sagen, eine klassische Bänderzerrung. Wenn ich mich recht erinnere, haben wir sogar zwei Coolpacks in der Hausapotheke, Verbandszeug sowieso. Ich geh alles holen.«

Als sie mit der Rotkreuz-Box zurückkam, fiel ihr Blick auf die dunkelbraune Mähne der Mannersdorf-Erbin, die eben ihr Haarband abgenommen hatte. »Sie haben schöne Haare, Frau Havranek«, sagte sie. »Schönere als unsere Beauty Barca.«

»Die habe ich von meiner Mutter geerbt«, sagte die Wienerin freundlich, während Barca Sertorius das zu ihren Lasten gehende Kompliment mit einem säuerlichen Grinsen quittierte.

»Während du unseren Gast verarztest, könntest du uns vielleicht schildern, wie ihr beide die Zeit während unserer Abwesenheit totgeschlagen habt«, schlug Knapp vor, der sich schwer auf die Tischplatte stützte und vor Anstrengung nach jedem dritten Wort eine kurze Atempause einlegen musste. Er hatte sich bei dem Rettungseinsatz total verausgabt, mehr noch als Schenk. Dass er eine Dose Beck's in einem Zug leerte, wunderte niemanden.

»Was soll daran so interessant sein?«, fragte Barca Sertorius.

»Nun, Iris hat vorhin gesagt, wir alle sollten Klartext reden.«

»Der Herr Ingenieur möchte sicher wissen, ob eine von Ihnen die Möglichkeit hatte, die Hütte zu verlassen, ohne dass die andere es gemerkt hätte«, kürzte Schenk das Geplänkel ab.

»Also: Hat eine von Ihnen oder haben Sie beide während unserer Abwesenheit eine Zeit lang geschlafen?«

»Ich schon«, räumte die Ex-Lehrerin ein, während sie das Bein von Havranek faschte. »Ich habe mich oben im Lager für eine Stunde aufs Ohr gehauen, nachdem ich noch einmal alle Türen und die Dachluke überprüft hatte.«

»Ich habe mich ebenfalls hingelegt«, behauptete die Hotelmanagerin, »gleich nebenan in der Sennkammer. Und ob ihr es glaubt oder nicht: Trotz des Sturmgeheuls und trotz der Leichen im Scherm hab ich geschlafen wie ein Murmeltier. Ich bin erst aufgewacht, als Iris die knarrende Treppe runtergekommen ist.«

»Mir war nämlich so, als wäre die Schermtür geöffnet und wieder geschlossen worden. Also bin ich in den Flur hinuntergegangen«, erklärte Freudenschuss.

Schenk runzelte die Stirn. »Wann war das?«

»So gegen zwanzig Uhr rum, aber ich hab nicht auf die Uhr gesehen«, antwortete die Gefragte. »Jedenfalls sprang Barca plötzlich mit der Pistole im Anschlag aus der Kammer, sodass ich einen Moment lang glaubte, ich befände mich in einer Action-Klamotte. Hinten im Scherm war allerdings nichts Auffälliges zu bemerken. Vermutlich hab ich nur geträumt.«

Schenks Miene verdüsterte sich. »Was Ihre Wahrnehmung den Scherm betreffend anlangt, so kann ich dazu nur sagen, dass Sie oder Frau Sertorius durchaus die Möglichkeit gehabt hätten, die Hütte unbemerkt zu verlassen und wieder zurückzukehren. Dennoch werden in erster Linie Frau Havranek und ich mit dem Verschwinden von Herrn Sertorius in Verbindung gebracht.«

»Wundert Sie das etwa?«, fragte Barca spitz.

»Nein, aber Sie darf es ebenfalls nicht wundern, dass ich mich bemühe, diesen abwegigen Verdacht zu entkräften, und zwar nach Möglichkeit noch, ehe uns irgendwann in den nächsten Stunden der Schlaf übermannt.«

Die letzten drei Worte aus dem Mund von Lazis Doppelgänger klangen in Barcas Ohren seltsam, ja, sogar beunruhigend, aber sie äußerte sich nicht dazu.

»Bin wirklich gespannt, wie Sie das schaffen wollen«, übernahm Enzo Knapp. Sein süffisanter Ton ließ keine Zweifel darüber aufkommen, wen er für den Täter hielt, und eben dieses Präjudiz schien den Bodygard besonders zu ärgern.

»Durch einen Kassasturz, Herr Knapp. Wie Frau Freudenschuss fordere auch ich, dass alle die Karten auf den Tisch legen. Vieles deutet nämlich darauf hin, dass dieser erste Mord vor mehreren Jahren, der mittlerweile zwei Präventivmorde nach sich gezogen hat, der Schlusspunkt einer klassischen Beziehungskiste ist – und zwar einer, die mit Ihrem interaktiven Vereinsleben zu tun hat.«

»Interaktives Vereinsleben? Reden Sie immer so geschwollen?«, spöttelte die Hotelierin.

»Könnten nicht auch Geld, Prestigeverlust oder gar Existenzangst eine Rolle gespielt haben?«, brachte Freudenschuss gleich drei Alternativen für die Beziehungskiste ins Spiel, was Schenk aber nur ein Kopfschütteln abnötigte.

»Glaub ich nicht. Wenn das Motiv nur profane Geldgier wäre, würden Täter oder Täterin dann so skurrile Perchtenaccessoires wie Fichtenzapfen und Hexenbesen für nötig halten?«

»Wenn die Beigaben als Ablenkungsmanöver gedacht sind, durchaus«, warf Knapp ein, wobei er zunächst Schenk, dann aber auch Barca Sertorius vielsagend ansah.

»Natürlich besteht diese Möglichkeit immer«, räumte Schenk ein. »Schon der vom Täter betriebene Aufwand mit einem äußerst wirksamen Gift weist auf eine strategisch vorgehende Person hin, die es versteht, sich sehr geschickt zu tarnen, und die – wie von Herrn Knapp angedeutet – eventuell auch falsche Spuren legt. Haben Sie eigentlich schon überlegt, ob sich der oder die Gesuchte überhaupt in der Hütte befindet?«

»Das Thema hatten wir schon«, sagte Barca Sertorius kühl. »Sie wollen doch nur von sich ablenken, indem Sie einen weiteren externen Täter ins Spiel bringen.« Das war mehr als direkt.

»Ich möchte vor allem erfahren, was diesem Alptraum hier vorausgegangen ist und was Menschen veranlasst, völlig Unbeteiligte des mehrfachen Mordes zu bezichtigen«, parierte Schenk ebenso kalt. »Oder besser: Ich möchte, dass Sie es Frau Havranek erzählen, denn ich werde keine Zeit zum Zuhören haben. Ich gehe noch einmal raus.«

»Sie wollen Sertorius suchen?«, fragte Freudenschuss zweifelnd.

»Ich möchte mir Klarheit über sein Schicksal verschaffen. Kommt jemand mit? Frau Sertorius? Immerhin handelt es sich bei dem Vermissten um Ihren Mann.«

Die Angesprochene hob abwehrend die Hände. »Mich bringen keine zehn Pferde vor die Tür!« Und sehr doppelsinnig ergänzte sie: »Ein solches Risiko gehe ich nicht ein, außerdem lass ich mich ohnehin demnächst von Harry scheiden.«

»Na, das ist wenigstens eine klare Ansage. Herr Knapp, was ist mit Ihnen?«

»Ich sehe keine Veranlassung, Harry hinterherzurennen, und bei diesem Wetter schon gar nicht. Mir hat unser kleiner Ausflug gerade eben schon gelangt.«

»Ich werde Sie begleiten«, bot sich Iris Freudenschuss an, aber Schenk schüttelte den Kopf.

»Vielen Dank, Frau Freudenschuss, aber von wem, wenn nicht von Ihnen, sollten Frau Havranek und ich uns Aufklärung und Entlastung erwarten? Und beides sollte wohl am besten hier in der sicheren Hütte stattfinden.«

»Sicher?« Barcas süffisant hochgezogene Oberlippe entblößte eine Reihe gepflegter kleiner Raffzähne. »Harry schien sich hier nicht besonders sicher zu fühlen, sonst hätte er nicht die Flucht ergriffen.«

»Zu wenig geschützt, zu wenig geschätzt und für zu leicht befunden«, kalauerte Knapp, der einst als Verlobter von Barca zugunsten von Harald Kernbeißer abserviert worden war.

»Warum sind Sie so sicher, dass er abgehauen und nicht einem Anschlag zum Opfer gefallen ist?«, wollte der Ex-Polizist wissen.

»Weil der Schlüsselbund von Matthi verschwunden ist«, erwiderte Barca patzig. »Mit seinen Schlüsseln gelangt man unter anderem in die Planitzen-Hütte und weiß Gott noch wohin.«

»Das heißt, auch Harry käme als Täter in Betracht«, sprach Freudenschuss die zweite Möglichkeit aus, die seit der Rückkehr der Bergretter unausgesprochen in der Luft hing.

»Seit wann wissen Sie von den verschwundenen Schlüsseln?« Schenks Frage war nach wie vor an Barca Sertorius gerichtet, und für einen kurzen Moment schien ein ärgerlicher Ausdruck über ihr Gesicht zu huschen.

»Seit wir beraten haben, wohin wir die Leichen betten«, antwortete sie. »Ich war dafür, sie in die Nachbarhütte zu schaffen, deshalb hab ich nach den Schlüsseln gesucht, konnte sie aber nicht in Matthis Rucksack finden. Nachdem Iris, Enzo und Harry meinen Vorschlag ohnehin abgelehnt hatten, hab ich keine große Sache draus gemacht. Nun, jetzt wisst ihr es ja.«

»Jetzt wissen wir es ja?«, äffte Knapp sie nach. »Wärest du früher damit herausgerückt, hätten wir gleich die Spur der Schlüssel verfolgen können.«

»Verdächtigst du jetzt etwa auch Harry? Du spinnst ja total!« Barcas wegwerfende Handbewegung drückte mehr als jedes Wort aus, was sie von dem Gesagten hielt.

»So unmöglich, wie du es darstellst, ist das gar nicht, oder glaubst du, ich weiß nicht, wem Adrian das Original eures Ehevertrags ausgehändigt hat, das neben Lazis Schatzkarte im Spind von Iris lag?«

»So? Wem denn?«

»Moment mal!«, unterbrach Schenk, der sich bereits anzog, um die Hütte wieder zu verlassen. »Was für ein Original? Was für ein Ehevertrag? Wenn Frau Havranek und ich schon vor allen anderen als Kapitalverbrecher gehandelt werden, haben wir zumindest das Recht auf gleichen Informationsstand.«

Als Knapp realisierte, dass Freudenschuss Schenks Appell Folge leisten wollte, kam er ihr zuvor: »Harry ist ein Langfinger –«

»Ach, und du vielleicht nicht?«, fiel ihm Barca ins Wort, aber kleine Nadelstiche wie dieser brachten den Filou nicht aus dem Konzept.

»Der gute Harry hat vor mehr als drei Jahren nicht nur Freund Grankenbruch den Lageplan eines Goldschatzes gestohlen, sondern dabei auch das Original des Ehevertrags mitgehen lassen, den ihm Barca bei der Heirat aufs Auge gedrückt hat.«

»Aber den wird Frau Sertorius doch sicher bei einem Notar hinterlegt haben, oder?«, mischte sich nun zum ersten Mal Lucilla Havranek ein, die mit dem Affront, für eine Mörderin gehalten zu werden, erstaunlich gut zurechtzukommen schien.

Barca schüttelte den Kopf. »Leider nicht, das Dokument befand sich bei unserem Hausanwalt. Und dessen Sekretärin ist ein leicht zu beeindruckendes Mauerblümchen.«

Es war für die Wienerin nicht schwer, den Rest zu erraten. »Ich verstehe. Also hat Ihr Mann seinen Charme bei ihr spielen lassen.«

Barca nickte. »Sie muss für Harry den Vertrag aus dem Tresor genommen haben. Erst Monate später wurde offenkundig, dass auch alle digitalen Eintragungen unwiederbringlich gelöscht worden waren.«

»Sie sagen das so gelassen, als würde Sie das nicht im Geringsten aufregen«, warf Schenk ein.

»Sie hat den Wisch ja inzwischen längst wieder«, ätzte Knapp. »Adrian Manescu, ein ehemaliger Securitate-Offizier, hat Harry beide Papiere wieder abgejagt.«

»Aber in deinem Auftrag«, stellte Freudenschuss klar.

»Ja, verdammt noch mal! Und jetzt lege ich tatsächlich die Karten auf den Tisch. Mir stand damals wie heute das Wasser bis zum Hals, also hab ich mich zu der Dummheit hinreißen lassen. Aber Adrian hat mir nur die Karte gegeben, mit der ich ohnehin nichts anfangen konnte, weil ich die Zeichen und Eintragungen nicht verstand. Den Ehevertrag hat er jemand anderem ausgehändigt. Und dreimal darfst du raten, wem.«

»Du meinst Steff?«, vermutete die Künstlerin.

»Natürlich, und der hat ihn an Barca retourniert, nicht wahr?«

Die Angesprochene warf den Kopf in den Nacken und erwiderte den Blick ihres einstigen Verlobten mit unsäglicher Verachtung. »Und wenn es so gewesen wäre? Steff hat mir auch in anderer Hinsicht die Augen über meinen Mann geöffnet. Jahrelang glaubte ich, Steff habe sich an deiner minderjährigen Tochter Rike vergangen, weil Harry mir das eingeredet hat, wohl wissend, was eine solche Behauptung bei mir auslösen würde. Aber nicht ein Wort davon war wahr.«

»Und wer hat dir das verraten?«, fragte Freudenschuss.

»Adrian Manescu. Nicht nur Enzo und Julius haben nach Sarah Sedlacek, Fredegundes verheimlichter Tochter, geforscht, sondern auch er, nachdem er bei einem Schüsseltrieb durch eine unvorsichtige Bemerkung Enzos auf sie aufmerksam geworden war.«

»Also weiß auch Steff von der Existenz seiner Enkeltochter«, stieß die Hobbydetektivin nach.

Barca Sertorius nickte. »Und er scheint darüber weniger entsetzt zu sein, als Gunde wahrscheinlich befürchtet hat. Den Entschluss, sich scheiden zu lassen, hatte er zu dem Zeitpunkt ohnehin längst gefasst. Aber wir waren bei Manescu: Auf seiner Suche nach Sarah hat er natürlich Rike kontaktiert, die auf einen Abenteurer wie ihn und seine Connections voll abgefahren ist. Vermutlich auf Droge hat sie ihm gesteckt, dass ihr Vater dem guten Harry mit der Schmuddelgeschichte über Steff einen Mordsbären aufgebunden hat, den er sich auch noch hat bezahlen lassen.«

In diesem Moment heulte der Sturm besonders laut auf, als sei er über die Niedertracht Enzo Knapps ebenso empört wie die Insassen der Almhütte.

»Nämlich die Lüge, dass Steff die minderjährige Rike missbraucht haben soll«, ergänzte Iris nach einer kurzen Schrecksekunde an Barcas Stelle. »Und Harry tat, was Enzo erwartet hatte: Er setzte die Missbrauchskeule rigoros ein, verunglimpfte Steff als Kinderschänder und schlug so den chancenreichsten Mitbewerber um deine Gunst aus dem Feld.«

»Und die Taktik ist aufgegangen: Von einer Sekunde auf die andere war mir Steff so was von zuwider«, bestätigte Barca, während sie ihr Glas mit Wasser aus der Karaffe auf dem Tisch füllte, »und dabei hatte der Arme keine Ahnung, warum ich ihm so plötzlich die kalte Schulter zeigte.« Während sie trank, fixierte sie unverwandt ihren einstigen Verlobten. »Aber das ist leider noch nicht alles, nicht wahr, Enzo? Als du erfuhrst, wie sehr die Verleumdung eingeschlagen hatte, hast du noch einen draufgesetzt.«

»Das ist doch alles erstunken und erlogen«, wehrte sich Knapp. »Warum schießt du dich jetzt wieder auf mich ein? Merkst du nicht, dass wir hier gegeneinander ausgespielt werden sollen?«

»Trotzdem hast du noch einen draufgesetzt«, wiederholte Barca unbeirrt, »und Harry mit dem Coup, zu dem du ihn angestiftet hattest, nach unserer Heirat erpresst. Nun musste Harry erst recht tief in die Tasche greifen, damit ich nicht die schmutzige Wahrheit erfuhr. Auch das hat Rike Adrian erzählt – warum und bei welcher Gelegenheit, das entzieht sich jedoch meiner Kenntnis.«

»Du bist eine richtige Pottsau, Enzo«, entrüstete sich Freudenschuss.

Der zuckte geringschätzig die Achseln. »Wenn dir damit leichter ist?«

Die ehemalige Lehrerin schüttelte verständnislos den Kopf. »Aber warum wolltest du verhindern, dass Steff Barca heiratet? Du warst zu dieser Zeit doch ohnehin längst bei ihr abgemeldet, außerdem war Steff schon damals so etwas wie dein zweiter Arbeitgeber.«

»Damals ja, aber heute ist er es nicht mehr. Steff hat mir die inoffizielle Prokura in der Batjany AG entzogen und treibt seit Kurzem auch meine Ablöse als Bauamtsleiter in der Gemeinde voran.«

»Das beantwortet aber nicht die Frage von Iris«, schaltete sich Barca wieder ein und wandte sich dann direkt an die Genannte. »Enzo wollte mich auf keinen Fall als Chefin bei der Batjany AG haben, da sah er noch lieber den beeinflussbaren Harry an meiner Seite. Übrigens hat er ihn laut Rike Jahre später noch mit einer anderen Sache erpresst, diesmal anonym und ganz altmodisch per Brief. Die Gelegenheit dazu hat ihm leider dein Mann Till verschafft.«

»Till? Das glaub ich nie im Leben«, wies Iris den Vorwurf gegen ihren Mann entrüstet zurück.

»Ich hab ja nicht behauptet, dass er an der Erpressung beteiligt war. Aber in einer feuchtfröhlichen Runde, der auch Enzo angehörte, war Till entschlüpft, dass Harry sein Studium nur deshalb abgebrochen habe, um einer blamablen Zwangsexmatrikulation zuvorzukommen. Er soll sich die Prüfungsfragen fürs erste Staatsexamen auf sehr delikate Weise besorgt haben, leider bekam ein weiterer Nutznießer Muffensausen, und so drohte die Sache aufzufliegen.«

»Aber wie konnte Rike davon wissen?«, meldete Iris Freudenschuss Zweifel an. »Okay, über die erste Erpressung war sie zwangsläufig informiert, sie fungierte dabei ja als angebliches Opfer, doch warum sollte Enzo ihr auch den an Harry adressierten Erpresserbrief gezeigt haben?«

»Dazu kann ich leider nichts sagen. Vielleicht ist sie – wieder einmal auf der Suche nach Geld – zufällig auf ein einschlägiges Briefkonzept gestoßen«, mutmaßte Barca Sertorius drauflos.

»Nun, der Vorfall an der Grazer Uni lag da aber doch schon Jahre zurück und hätte so gesehen keine Rolle mehr spielen dürfen«, warf Havranek ein, den Blick wie die beiden anderen Frauen ständig auf Knapp gerichtet. »Wenn ich daran denke, wie viele Akademiker sich mit fragwürdig erworbenen Titeln schmücken, reden wir in diesem Fall doch eher von Peanuts. Weshalb also hätte Harald Sertorius für diese Jugendsünde noch Schweigegeld berappen sollen?«

»Aus Prestigegründen«, klärte Freudenschuss sie auf. »Die Mentalität und diverse Ehrenkodices der Innergebirgler sind Ihnen wahrscheinlich nicht so geläufig wie uns, Frau Havranek. Harry wird lieber ab und an einen Tausender abdrücken, als dass seine großbürgerliche Fassade einen Riss bekommt und er sich der Lächerlichkeit preisgibt.«

»Ich muss jetzt wirklich wieder los«, unterbrach Schenk, »sonst schaff ich es bis Mitternacht nicht zurück, denn in den nächsten Stunden wird der Blizzard wohl seinen Zenit erreichen. Für alle nur zur Information: Ich habe Frau Havranek schon bei unserer Ankunft hier eine Pistole zugesteckt, und sie kann durchaus damit umgehen.«

»Das überrascht mich jetzt aber«, sagte Knapp mit dem für ihn typischen zähnefletschenden Grinsen.

»Es geht um Deeskalation, Herr Knapp, nicht um das Gegenteil. Nur deshalb habe ich die Pistole erwähnt.« Schenk grinste ebenfalls, aber sein Blick blieb dabei kalt. Er streckte Havranek die Hand hin, die ihm die Kaltkompresse reichte, damit er sie zum Kühlen in den Schnee steckte. »Sie alle sollten nach Möglichkeit in der Rauchkuchl bleiben, bis ich zurück bin«, appellierte er schließlich noch an Iris Freudenschuss, die ihn zur Tür begleitete. »Verzichten Sie auf Alleingänge jeder Art. Ich selbst wage mich nur in dieses Inferno hinaus, weil ich das für unerlässlich halte. Und schließen Sie hinter mir bitte rasch die Tür.«

20 JACOBI SASS NOCH NICHT LANGE in dem feudal eingerichteten Gästezimmer, das ihm Amalie Möslbacher in der Villa Neuhauser für die Zeit des Sturms zur Verfügung gestellt hatte, aber obwohl gerade ihm die Geduld einer Katze nachgesagt wurde, machte ihm die tatenlose Warterei schwer zu schaffen. Als sich nach einer gefühlten Ewigkeit Feuersangs Rückmeldung durch ein Knacken im FuG 11b ankündigte, hätte er deshalb das Gerät um ein Haar vom zierlichen Rokoko-Schreibtisch gefegt, so überstürzt griff er danach.

»Ro 112 Alpha. Was spricht Anton Freudenschuss, Leo?«, fragte er, ohne weitere Funker-Formalitäten zu berücksichtigen.

»Ro 112 Eta. Ich war eben bei ihm zu Hause und sitze jetzt wieder im nahezu eingeschneiten Wagen, Oskar«, schickte Feuersang voraus. »Anton und sein Bruder Erich sind wieder zu Hause bei ihrem Vater. Ende.«

»Hat man Till Freudenschuss also schon wieder aus dem Schwarzacher Krankenhaus entlassen? Ende.«

»Ja, sein Anfall war nicht so schlimm, dass man ihn über Nacht hätte dabehalten müssen. Er hat sich übrigens nicht quergestellt, als ich Anton unter vier Augen befragen wollte. Wie auch – nach dem ganzen Zirkus, den er selbst um diesen Jour fixe initiiert hat. Ende.«

»Und? Was hat die Befragung ergeben? Ende.«

»Leider nichts, aber dafür hat Hans zwei Erfolge zu verbuchen: Auf der Toilette des Salzburger Hauptbahnhofs hat eine illegale Sig Sauer samt Schalldämpfer den Besitzer gewechselt. Obwohl es sich um eine offiziell abgemeldete, deaktivierte Waffe handelt, wurde bei ihr nicht der Schlagbolzen entfernt.«

»Die klassische anonyme Unterwelt-Knarre. Wenn ich die Daten richtig im Kopf habe, ist eine Waffe desselben Fabrikats auf die Hotelierin Barca Sertorius angemeldet. Nicht uninteressant, diese Parallele. Hast du Hans auch ausgiebig gelobt? Du weißt, wie empfindlich er reagiert, wenn man seine Arbeit nicht angemessen würdigt. Ende.«

»Klar, Chef, hab ich nicht vergessen. Aber er hat ja noch einen zweiten Treffer gelandet. Wie von dir verlangt und von Untersuchungsrichterin Zehentner genehmigt, hat er die digitale Korrespondenz der Verdächtigen in den Monaten vor Grankenbruchs Tod auf Betäubungsmittel-Bestellungen überprüft. Und siehe da, von einem Firmen-PC der Batjany AG wurde exakt zwei Monate vor Mariä Empfängnis eine kleine Menge Liquid Ecstasy geordert. Ende.«

»Das nenne ich mal fixe Arbeit. Aber du hast nicht rausbekommen, weshalb Anton sich so zurückgezogen hat, oder? Ende.«

»Nein, weder ob sein verändertes Verhalten etwas mit seinen Eltern zu tun hat, noch ob es einen anderen Grund gibt. Übrigens ist er nicht nur zu Beni Möslbacher auf Distanz gegangen, sondern auch zu Babs Bibernell, wobei Letzteres freilich nicht aus eigenem Antrieb geschah. Ende.«

»Nicht aus eigenem Antrieb? Da riech ich doch durch den Schneesturm hindurch den Hund, der da begraben liegt. Ende.«

»Selbst wenn deine Nase recht haben sollte, werden wir es heute nicht mehr schaffen, den Hund auszubuddeln. Denn der Grund, weshalb Babs den Kontakt zu Anton so stark reduziert hat, ist ihm ebenfalls nicht zu entlocken. Je mehr ich nachgehakt habe, umso zugeknöpfter wurde er. Fast hatte ich das Gefühl, als wollte er sich schützend vor jemanden stellen, allerdings weiß ich nicht, ob vor Babs oder vor seine eigenen Eltern. Und apropos Hund: Zu Beginn unseres Gesprächs, als er noch nicht ganz so auf der Hut war, hat er gemurmelt, man dürfe ja nicht einmal über die Geschichte mit dem Hund reden. Ende.«

»Über die Geschichte mit dem Hund?« Verblüfft vergaß Jacobi das obligate »Ende«.

»Anton hat sich leider weder durch gutes Zureden noch durch Drohungen dazu bewegen lassen, konkreter zu werden. Ende.«

»Durch Drohungen? Leo, Anton ist noch ein Kind! Ende.«

»Beruhig dich. So arg war das schon nicht. Hab nur gesagt, ich würde seine wenig hilfreiche Haltung uns gegenüber vielleicht in seiner Schule erwähnen. Ende.«

»Also, Leo, hilfreich wäre zum Beispiel –«

Noch ehe sein Vorgesetzter und Freund den Satz beenden konnte, hatte Feuersang wieder den »Senden«-Knopf gedrückt. »Ich weiß, Oskar, du hättest gern, dass ich zum Gasthaus ›Hahnenkar‹ hinauffahre und mir Babs Bibernell vornehme, aber bei allem, was recht ist: Das wäre Selbstmord. Nicht einmal mit einem Skidoo wäre die Fahrt im Moment möglich, und zu Fuß …? Dazu verkneif ich mir lieber jeden Kommentar. Ende.«

Doch der Oberst antwortete nicht mehr. Die Verbindung war unterbrochen. Die Ablehnung seiner noch nicht einmal ausgesprochenen Bitte hatte Jacobi geärgert, aber Feuersang kannte seinen Chef und hatte noch einen Trumpf im Ärmel.

»Hast du es dir bezüglich der Fahrt zu den Bibernells doch anders überlegt? Ende«, fragte Jacobi, als sich sein Assi wenig später wieder meldete.

»Nein«, kam es lapidar aus dem FuG 11b, »aber ich kann dir etwas anderes anbieten, was uns vielleicht weiterhilft. Ganz zufällig habe ich von den Kollegen hier erfahren, dass der Aufsichtsjäger Bibernell über PMR-Funk verfügt –«

»Das weiß ich schon, Leo«, unterbrach ihn der Chef ungnädig, »aber langsam solltest auch du geschnallt haben, dass wir keine Verbindung in die Rastötze kriegen. Ende.«

»Den Oberlehrer kannst du dir abschminken, Oskar. Wenn Bibernell nämlich ein solches Gerät hat, dann hat wer wahrscheinlich auch eines, na? Ende.«

»Falls ich grad zu grob war, Leo, dann nimm es mir bloß nicht krumm«, säuselte Jacobi, statt die Einserfrage zu beantworten. »Du kennst mich ja, so wie möglicherweise auch die Hofgasteiner Kollegen die Frequenz kennen, die Bibernell und seine Frau gewöhnlich verwenden, was meinst du? Ende.«

»Allerdings kennen sie die, Oskar. Sie haben bereits Verbindung mit Agathe Bibernell aufgenommen und sie darauf eingestimmt, dass du dich gleich bei ihr melden wirst. Ende.«

»Ich herze und küsse dich, Alter. Sollte uns dieser Kontakt weiterbringen, schmeiß ich für dich und die Gasteiner Kollegen eine Runde, wenn der Einsatz hier erledigt ist. Und jetzt gib mir den Code durch. Ende.«

21 NACHDEM SCHENK EIN WEITERES MAL in dem heulenden schwarzen Malstrom verschwunden war, kehrte Iris Freudenschuss mit äußerst gemischten Gefühlen zu den anderen an den Tisch zurück. Wem konnte sie trauen? Den ansässigen Gasteinern oder den Fremden? Knapp wohl am wenigsten, der sicher nicht zufällig von den Frauen in einem taktisch klug gewählten Halbkreis umrahmt wurde: Lucilla Havranek saß mit gestrecktem linken Bein auf der längeren Seite der Eckbank, an jenem Platz, den noch vor wenigen Stunden Fredegunde Batjany eingenommen hatte. Ihr halb offener Rucksack befand sich in Griffweite zu ihrer Rechten. Knapp selbst hockte an der Stirnseite der beiden zusammengerückten Tische, links von ihm hatte Barca Sertorius auf einem der grob gezimmerten Stühle Platz genommen, während Iris Freudenschuss sich am anderen Tischende ihm gegenüber setzte. Falls Knapp der Gesuchte war, konnte er so eingerahmt einen offenen Angriff kaum wagen. So schnell er den auch starten mochte, eine der Frauen würde ihn todsicher erwischen.

Allerdings war diese *conditio sine qua non* auf jeden am Tisch anwendbar, schoss es der Künstlerin durch den Kopf, und gleichzeitig wurde ihr bewusst, was Schenk mit dem Appell, zusammenzubleiben und Alleingänge zu unterlassen, gemeint hatte: Nur in der Gruppe war der Einzelne stark und bis zu einem gewissen Grad auch sicher – selbst wenn sich der Mörder unter ihnen befinden sollte.

Schließlich war es auch Freudenschuss, die als Erste wieder das Wort ergriff: »Da wir im Moment ohnehin nichts anderes tun können, werden wir noch einmal alle Vorkommnisse rund um Lazis Tod reflektieren, unabhängig davon, ob Frau Havraneks Identität vielleicht eine andere ist als die angegebene. Denn was würde das jetzt noch ändern? Schlimmer kann es ja sowieso nicht mehr werden, oder etwa doch?« Bei den Worten lief ihr unwillkürlich ein Schauer über den Rücken. »Wann sind Sie geboren, Frau Havranek?«, fragte sie übergangslos.

»Am 6.6.1973 im Wiener AKH«, antwortete die Gefragte leicht befremdet, langte dann aber ohne Hast in eine Seitentasche ihres Rucksacks, zog einen Ausweis und einen Illustriertenausschnitt in einer Plastikfolie heraus und hielt beides Freudenschuss hin. »Hier ist mein Personalausweis, und diese Journalseite zeigt mich auf einer Soiree. Der Rucksack ist ein Geschenk von einer Schulfreundin, von ihr stammt auch der Ausschnitt.«

Die Schriftführerin des Perchtenvereins blickte kurz auf den Ausweis, nickte und reichte ihn an Barca Sertorius weiter, um dann das leicht vergilbte Papier zu entfalten. »›Lucilla Havranek, die Mannersdorf-Erbin, im Kreise von Freundinnen bei der Eröffnung der neuen Großbäckerei in Wiener Neustadt‹«, las sie vor. »Ja, das sind unverkennbar Sie, Frau Havranek, in einem raffinierten Partyfummel, wenn auch etwas jünger als heute. Die fünf anderen Mädchen starren Sie da ziemlich bewundernd an.«

»Tja, Geld macht eben sexy.« Natürlich war es Knapp, der sich den Kalauer nicht verkneifen konnte, aber das Illustriertenfoto sorgte tatsächlich für spürbare Entspannung in der Runde. Eine Ausweiskarte konnte man ohne Weiteres fälschen, ein altes, aber gestochen scharfes Foto mit Kommentar aus einer bekannten Zeitschrift nicht so leicht.

Freudenschuss war so erleichtert, dass sie die plumpe Bemerkung von Knapp unwidersprochen durchgehen ließ und wieder zum Thema kam: »Ehe wir jetzt die Causa Grankenbruch von dessen Tod bis zur Ermordung von Gunde und Matthi heute Nachmittag durchgehen, möchte ich noch kurz darauf zurückkommen, was du, Barca, heute bei deinem Streit mit Gunde gesagt hast.«

»Nämlich was?«, fragte die Angesprochene vorsichtig.

»Du sagtest: ›Wenn ich erpresst werde, kann ich auch in die Mottenkiste greifen.‹ Anschließend erwähntest du noch Wappler, die sich an dir abputzen wollten, und mit den Wapplern, also sozialen Absteigern, kannst du doch nur Enzo oder eventuell deinen Mann nach einer allfälligen Scheidung gemeint haben.«

»Oder Gunde«, ergänzte Barca. »Sie war drauf und dran, alles zu verspielen, was sie sich … erworben hatte.«

»Nun, jetzt hat sie jedenfalls tatsächlich alles verspielt. Sie ist Opfer eines gemeinen Mordanschlags geworden.«

Barca lehnte sich auf ihrem Stuhl zurück. »Ich weiß, dass ich mich jetzt verdächtig mache, aber es stimmt: Jemand versucht seit letztem Dezember, mich per SMS zu erpressen. Sollte ich Steffs Avancen nicht zurückweisen, würde der Tod meines Großvaters neuerlich untersucht und Vaters Suizid an die Öffentlichkeit gezerrt werden.«

»Aber hätte Gunde, falls sie die Erpresserin war, diese Drohung denn wahr machen können?«

»Ich weiß es nicht genau, aber möglich wäre es gewesen. Und abgesehen von den Gerüchten in den Medien hätte das unter Umständen wirklich unangenehm für meine Mutter und mich werden können, wenn zum Beispiel Harry Gundes Behauptungen gestützt hätte. In einer psychisch labilen Phase ist mir nämlich in Harrys Beisein entschlüpft, ich würde mich auch gern mit Rohypnol umbringen, weil es so einfach sei.«

»Also hast du gemeinsam mit deiner Mutter deinen Großvater gezwungen, das Rohypnol zu trinken?«

Barca Sertorius schwieg.

»Oder hat er es unwissentlich getrunken?«

Wieder keine Antwort.

»Wie man sieht, kommt man bei manch wundem Punkt nicht recht weiter«, klinkte sich nun Havranek in das Zwiegespräch ein. »Also ersuche ich Sie, Frau Freudenschuss, die Tragödie Grankenbruch Punkt für Punkt bis zum heutigen Tag noch einmal durchzugehen. Wenn man so einschneidende Erinnerungen Revue passieren lässt, kommen einem dabei oft neue, vielleicht auch aufschlussreiche Gedanken.«

»Wir haben ihn nicht direkt gezwungen«, sagte Barca plötzlich mit glasigem Blick. »Mutter hat das Rohypnol ins Seniorenheim mitgenommen und es vor ihn auf den Tisch gestellt. Sie hat ihm nicht gedroht, etwa seine und unsere Schande öffentlich zu machen, sondern nur gesagt: ›Du weißt, was du zu tun hast.‹ Und mein Großvater, der leider auch mein biologischer Vater war, wusste tatsächlich, was er zu tun hatte.« Dann weinte Barca – endlich, nach so vielen Jahren der Verdrängung. Weinte, wie die Anwesenden selten eine Frau hatten weinen sehen. Es dauerte mehrere Minuten, bis sie sich wieder einigermaßen unter Kontrolle hatte.

Knapp hatte die Unterbrechung genutzt, um endlich die Outdoormontur gegen leichtere Kleidung zu tauschen, während Freudenschuss zum x-ten Mal versucht hatte, über ihr Mobiltelefon eine Verbindung zur Außenwelt zu bekommen – mit immer demselben negativen Ergebnis.

Enttäuscht begann sie schließlich mit ihrem Bericht. Doch obwohl dessen Kernstück, die Schilderung von Grankenbruchs Persönlichkeit und der Beziehungen der Perchtenvereinsvorstände zueinander, ihr zügig von den Lippen ging und sie ganz besonders darauf ihre Hoffnung gesetzt hatte, ergaben sich keine neuen Gesichtspunkte. Alles war bereits hundertmal durchgekaut, jeder Mosaikstein an den ihm zugedachten Platz gerückt worden, und noch immer wollte sich kein stimmiges Bild ergeben. Zudem schien sich trotz der tödlichen Bedrohung, die über ihnen schwebte, allgemeine Müdigkeit breitzumachen, wie das häufige Gähnen bestätigte.

Lediglich Knapps boshaftes Statement, Lazi habe exakt vier Monate vor seinem Tod, also Anfang August, nicht nur Barca und Valerie, sondern auch Iris den Weisel gegeben, brachte im wahrsten Sinne des Wortes etwas Farbe in die Diskussion: Iris Freudenschuss errötete vor Verlegenheit, aber eine neue Spur schien sie trotzdem nicht darzustellen.

Knapp gab auf eine diesbezügliche Frage Havraneks bereitwillig Auskunft, über das Techtelmechtel zwischen Iris und Lazi von Valerie Neuhauser informiert worden zu sein. Als sich Lazi so abrupt von der Gattin des Lotto-Generaldirektors trennte und sie ihm deshalb Vorhaltungen machte, habe er sich nicht nur jene Abhör-Nummer geleistet, sondern auch betont, dass Barca und Iris nicht besser dran seien als sie, denn er habe all seine Affären gründlich satt.

Dass Iris nun ebenfalls zu Lazis abgelegten Geliebten gezählt hatte, bestätigte zwar den von Barca gehegten Verdacht und warf zudem die Frage auf, ob und wie sie mit der Zurückweisung fertiggeworden war, aber solche Erwägungen lieferten noch lange keinen Hinweis auf den Initiator des Rastötzener Alptraum-Szenarios. Irgendwann war man dann schließlich bei den Ereignissen des Tages angelangt.

»Wenn ich das richtig verstehe, haben zwei Männer ihren Lebensentwurf von Grankenbruch bedroht gesehen, Frau Sertorius«, brachte sich die Mannersdorf-Erbin nach langer Zeit wieder in den Diskurs ein. »Ihr Mann Harald und Ihr Langzeitverehrer Stefan Batjany, wobei allerdings Herr Sertorius das ungleich stärkere Motiv gehabt hätte, Ihren Geliebten zu töten, schließlich stand für ihn ja nicht nur die Ehe auf dem Spiel.«

»Hättest du dich denn für Lazi tatsächlich scheiden lassen, Barca?« Das Flattern von Iris' Augenlidern verriet hochgradige Nervosität.

»Das kann ich nach so langer Zeit nicht mehr eindeutig beantworten«, wich Barca aus. »Nur so viel: Harry hätte sich bestimmt nicht mit der vertraglich vorgesehenen Abfindung zufriedengegeben, Stichwort: Rohypnol.«

»Steff und ich sind zwar heute nicht mehr die besten Freunde«, knüpfte Knapp gedehnt an, »aber ich kann mir beim besten Willen nicht vorstellen, dass ein Pragmatiker wie er einen so blutigen Zirkus aufführt, um erst den Rivalen Lazi zu beseitigen und drei Jahre später die unbequeme Gattin – noch dazu, wo er dank Adrian doch jetzt sehr gute Karten für eine Scheidung in der Hand hatte.«

»Eine Scheidung, die seine Frau nicht wollte und möglicherweise auch mit mehr als einem Druckmittel hätte verhindern können«, erinnerte Havranek.

»Also bleiben von den Vereinsvorständen nach wie vor Harry, Steff und du, Enzo, als Verdächtige übrig, wenn wir unsere aus Bergnot geretteten Gäste einmal außen vor lassen«, resümierte Freudenschuss.

Knapp tippte sich mit allen zehn Fingern gegen die Brust. »Warum denn ich? Lazi hatte nichts gegen mich.«

»Aber vielleicht wusste er etwas über dich – wie ja auch Gunde und Matthi nicht nur Steff hätten lästig werden können, sondern vor allem dir. Vielleicht aber handelst du gar nicht aus eigenem Antrieb? Vielleicht hat dich jemand für die schmutzige Arbeit bezahlt, für jene damals an der Gadaunerer Schlucht und heute hier in der Grußberg-Hütte?«

»Was noch Absurderes fällt dir nicht ein, oder? Wo sind denn die konkreten Motive, wo die Beweise?«

»Wer, von Steff mal abgesehen, wäre denn finanziell wohl so gut aufgestellt, um dir über deine permanente Geldverlegenheit hinwegzuhelfen?«, spann die Amateurdetektivin ihren Gedanken weiter, als hätte Knapp überhaupt nichts gesagt. »Doch nur Valerie. Die grässliche Todesart von Gunde und Matthi könnte durchaus ein Hinweis auf sie sein, schließlich hat sie einige Semester Pharmakologie und Toxikologie studiert und war wie Gunde eine Zeit lang bei Biopharm beschäftigt, bis sie sich ihren Goldfisch geangelt hat – und sie war mit allen drei Todesopfern befreundet.«

»Ich bin jedenfalls voll deiner Meinung, dass Giftmorde eher Frauensache sind«, räumte Knapp ein, wobei er mit dem Klischee ganz offensichtlich ihre Hypothese breiter aufstellen wollte.

»Sollte diese Anspielung auch mir gelten«, meldete sich prompt Barca, »dann nimm bitte zur Kenntnis, dass ich weder dich noch Harry noch sonst irgendeinen Mann jemals so geliebt habe wie Lazi. Ich hätte ihm nie etwas antun können – nicht einmal im Affekt. Und dass sein Mörder beziehungsweise seine Mörderin auch Gunde und Matthi umgebracht hat oder hat umbringen lassen, das steht ja inzwischen wohl außer Frage.«

Knapp winkte ab. »Einen solchen Schluss sehe ich zwar nicht als zwingend an, aber darüber hinaus werde ich mich dazu nicht mehr äußern. Ich weiß nur, dass ich nicht der Mörder bin. So, und jetzt werde ich wieder nach draußen gehen.«

»In den Blizzard?« Havranek wirkte ein wenig irritiert. »Aber warum denn jetzt und nicht vorhin mit Marco?«

»Ein Missverständnis. Ich glaube, Enzo meint damit, dass er wieder mal aufs Häusl muss. Er hat eine hartnäckige Gastritis.«

Die Kuckucksuhr über der Anrichte zeigte dreiundzwanzig Uhr, als Knapp Richtung WC ging.

»Iris, du fragst uns schon seit Stunden Löcher in den Bauch, aber was ist eigentlich mit dir?«, wollte Barca Sertorius jetzt wissen. »Stimmt es, dass du vor etwa vier Jahren eine größere Erbschaft gemacht hast?«

»Ich wüsste nicht, was das mit der aktuellen Situation zu tun hätte«, wich die Befragte einer direkten Antwort aus.

»Nun, dann formulier ich es mal anders: Mir wurde heute wiederholt unterstellt, ich hätte mit Lazi irgendwo neu anfangen wollen. Kann es nicht vielleicht sein, dass du infolge des unverhofften Geldsegens ähnliche Pläne geschmiedet hast? Schließlich ist es nach Enzos Meldung vorhin nun kein Geheimnis mehr, dass Lazi für dich mehr war als nur ein hilfsbereiter Vereinskollege. Hast du ihm ein konkretes Angebot gemacht? Und ist möglicherweise eben deshalb der lammfromme Till zum reißenden Tiger mutiert? Schließlich weiß jeder, wie sehr er an dir hängt.«

Iris Freudenschuss schüttelte ungläubig den Kopf. »Von allen heute schon geäußerten Hypothesen ist das sicher die wirklichkeitsfernste. Es stimmt, ich hatte eine kurze Affäre mit Lazi, es hat sich während unserer gemeinsamen Projekte so ergeben. Und vielleicht hat Till das sogar geahnt, aber er hat hundertprozentig nichts mit Lazis Tod und dessen aberwitzigen Folgen zu tun. Im Gegenteil: In seinem Eifer, mich vom Jour fixe abzuhalten, hat er sich sogar an das LKA Salzburg gewandt. Ein gewisser Oberst Jacobi hat mich angerufen –«

»Oskar Jacobi, der Chef des Referats für Gewaltverbrechen?«, unterbrach die Touristikmanagerin ungläubig. »Was wollte er von dir?«

»Er wollte mir nachdrücklich klarmachen, welche Gefahren sich durch mein Detektivspielen für mich und euch alle ergeben können.« Leise fügte sie hinzu: »Leider hatte er mit seinem Appell keinen Erfolg.« Sie fuhr sich mit beiden Händen über ihr Gesicht, als wollte sie etwas wegwischen. »Frau Havranek hat vorhin sinngemäß gesagt, beim Rekapitulieren von Ereignissen kämen einem zuweilen Gedanken, die sich zuvor partout nicht einstellen wollten. So ging es mir grad eben. Es ist wegen Valerie …«

Ein kurzes, aber deutlich vernehmbares Geräusch auf dem Dachboden, ähnlich einem metallischen Scheuern, ließ die Sprecherin innehalten. Auch die beiden anderen Frauen lauschten bewegungslos.

»Was war das?« Barca runzelte nervös die Stirn. »Enzo sitzt doch hinten im Flur auf dem Thron, oder ist er doch zum Bettenlager raufgestiegen?«

»Ich habe den Treppenabsatz im Blickfeld«, sagte Havranek, »da ist niemand hinauf.«

»Vielleicht war's ja der Sturm, der an einem Sparren gerüttelt hat«, meinte Iris Freudenschuss. »Ich muss ohnehin rauf, ich hab heute meine Eutyrox noch nicht genommen.« Die ehemalige Lehrerin litt an Hashimoto-Thyreoiditis, einer relativ weit verbreiteten chronischen Schilddrüsenentzündung, die eine tägliche Medikation verlangte.

»Pass ja auf«, sagte Barca plötzlich impulsiv. »Bist du auch bewaffnet?«

Freudenschuss fühlte sich von der überraschenden Besorgnis seltsam berührt. »Schon, aber wer sollte denn da oben sein? Oder anders formuliert: Wie sollte jemand bei diesem Orkan aufs Dach gekommen sein und die verriegelte Luke von außen geöffnet haben?«

»Aufs Dach kommt man vom Hang durchaus einfach«, sagte Barca. »Schon eine relativ kurze Leiter oder ein ambitionierter Sprung aus dem Stand würde genügen.«

»Aber auch dann stünde man vor der verschlossenen Luke«, widersprach Freudenschuss.

»Wir sind zweifellos total überreizt«, warf die Mannersdorf-Erbin ein. »Von einer Gefahr zu wissen, aber nicht, von wem sie ausgeht, das ist einfach unerträglich. Ich merke schon an mir selbst, wie mich das mitnimmt. Trotzdem würde auch ich da nur mit schussbereiter Waffe raufgehen.«

Mehr um die anderen als sich selbst zu beruhigen, zog Freudenschuss ihre Smith & Wesson 360 Kit Gun, einen handlichen Revolver, unter ihrer Joggingjacke hervor. Dann schaltete sie am Fuß der Treppe die Beleuchtung für das Bettenlager an, blickte noch einmal lächelnd über die Schulter zurück und stieg schließlich Stufe um Stufe hinauf. »Es ist niemand da, allerdings ist die Luke am südseitigen Dach einen Spaltbreit offen. Es pfeift fürchterlich!«, rief sie Richtung Rauchkuchl, kaum dass sie auf dem Dachboden angelangt war.

Unmittelbar darauf ließ das charakteristische Husten von schallgedämpften Pistolenschüssen Barca Sertorius und Lucilla Havranek zusammenzucken.

22 »BIBERNELL HIER«, ertönte es aus der Membran des Funkgeräts. »Spreche ich mit Herrn Oberst Jacobi vom LKA Salzburg? Ende.«

Der Klang der dunklen und gleichzeitig angenehm warmen Frauenstimme elektrisierte Jacobi, und ihm wäre dabei wohl kaum der Gedanke an ein Heimchen am Herd respektive an die Wirtin einer Waldschänke gekommen, hätte Till Freudenschuss bei ihrem Gespräch nicht eben jenes Bild von Agathe Bibernell entworfen.

»Am Apparat, Frau Bibernell«, bestätigte er, während er versuchte, es sich auf dem zierlichen Polstersessel vor dem Rokoko-Schreibtisch so gut es ging bequem zu machen. »Vielen Dank, dass Sie uns für ein paar Auskünfte zur Verfügung stehen. Ende.«

»Wieso denn ich? Ich dachte, Sie wollten mit meiner Tochter sprechen? Ende.«

Es hätte nicht des feinen Sensoriums des Terriers für seelische Verwerfungen bedurft, um die Nervosität der Frau zu bemerken, und Jacobi nahm sich vor, dem Grund für diese Nervosität nachzuspüren. Vorläufig wollte er sich jedoch an sein Vernehmungskonzept halten. »Stimmt, ich möchte tatsächlich zunächst ein paar Takte mit Babs reden. Könnten Sie sie mir bitte ans Gerät holen? Ende.«

»Sie steht neben mir, ich übergebe. Ende.«

»Herr Oberst? Barbara Bibernell am Apparat. Ende«, meldete sich eine sympathische Mädchenstimme ein wenig atemlos.

»Hallo, Babs, ich darf doch ›Babs‹ zu dir sagen, oder? Ende.«

»Klar, Herr Oberst. Also, was wollen Sie von mir wissen? Ende.«

»Du hast seit einiger Zeit kaum noch Kontakt zu deinem langjährigen Freund Anton Freudenschuss. Könntest du mir den Grund dafür nennen? Ende.«

Mit geringfügiger Verzögerung folgte die Gegenfrage: »Hat er das so gesagt? Ende.«

»Babs, ich bin der Bulle, also stelle ich auch die Fragen. Können wir uns darauf einigen? Ende.«

»Von mir aus. Ich wollte Anton nicht verletzen, aber schließlich bin ich schon dreizehn, und was mich zurzeit am wenigsten interessiert, sind kleine Jungs. Das ist alles. Ende.«

»Die Geschichte mit dem Hund hat also nichts damit zu tun?«, ließ Jacobi postwendend den ersten Versuchsballon steigen.

»Mit Edda? Hat er das behauptet?« Barbara Bibernell klang irritiert, aber der Ermittler ließ ihr keine Zeit, ihre Gedanken zu ordnen.

»Was war mit Edda? Wem gehört sie? Ende.«

»Gehörte. Edda war unsere Brandlbracke«, war wieder die Mutter von Barbara zu vernehmen. »Mein Mann hat sie erschossen, weil –«

»Bitte lassen Sie Ihre Tochter antworten, Frau Bibernell. Ende«, wies Jacobi die Einmischung scharf zurück, nachdem er den »Senden«-Knopf gedrückt hatte. »Also, Babs, was war mit eurer Edda? Ende.«

»Sie soll einen eitrigen Lauf gehabt haben, der nicht mehr heilen wollte, deshalb will Vati sie erschossen haben. Ende«, meldete sich das Mädchen mit fast trotzigem Unterton zurück.

»Du sagst das so, als würde sich die Angelegenheit ganz anders verhalten. Ende.«

Plötzlich war die Verbindung unterbrochen, und Jacobis Versuche, sie wiederherzustellen, blieben zunächst erfolglos.

Erst nach Minuten war das Mädchen wieder am Apparat. »Mutti wollte nicht, dass ich weiterrede, aber ich hab mir das Funkgerät geschnappt, bin damit auf mein Zimmer gerannt und hab mich eingeschlossen. Jetzt können wir reden. Ende.«

»Warum hat dein Vater den Hund erschossen, Babs? Ende«, fragte er nun, sorgsam darauf bedacht, ihre Mitteilsamkeit wieder in die gewünschte Richtung zu lenken.

»Jedenfalls nicht wegen eines afligen Laufs, den hätte ich doch bemerkt. Sie war kerngesund. Vielleicht hat sich Edda bei der Jagd danebenbenommen, und Vati hat sie deshalb in einem Wutanfall getötet. Kann ich mir jedenfalls gut vorstellen. Ende.«

»Ist dein Vater öfter unbeherrscht? Versteh mich bitte recht, ich will dich nicht über deine Familie aushorchen, die Fragen haben lediglich mit meiner Arbeit an einem Fall zu tun. Ende.«

»Vati ist schon seit ein paar Jahren manchmal unausstehlich. Manchmal schlägt er Mutti sogar, was er früher, als Lukas und ich noch klein waren, nie getan hat. Vor einigen Wochen wäre es am Wochenende beinahe wieder mit ihm durchgegangen. Der Auslöser war allerdings Lukas, und es ging interessanterweise um Eddas Tod. Lukas wollte so wie Sie jetzt den wahren Grund dafür wissen. Vati schnauzte ihn an, es würde reichen, wenn er ihn wüsste, und wenn wir Außenstehenden gegenüber auch nur ein Wort über Edda verlören, würde es Prügel setzen. Ende.«

»Und? Hat Lukas das widerspruchslos hingenommen? Ein Fünfzehnjähriger lässt sich heutzutage von seinem Erzeuger doch nicht mehr maßregeln. Ende.«

»Sie kennen unseren Vater nicht, Herr Oberst. Lukas ist gewiss keine Lusche, aber hätte er aufgemuckt, hätte er sich todsicher im Krankenhaus wiedergefunden. Als Mutti sich dann auch noch einmischte, hätte sie sich tatsächlich beinahe eine gefangen, hätte sich Lukas nicht schützend vor sie gestellt. Es war sowieso voll krass, was Lukas sich an diesem Tag getraut hat. Aber sein Mut wurde insofern belohnt, als dass Vati ihm das erstaunlicherweise durchgehen ließ. Das heißt, er hat Lukas nicht geschlagen, aber dafür etwas ziemlich Schreckliches gesagt. Ende.«

»Nämlich was? Ende.«

»›Merkt euch das‹, hat er gesagt, ›wenn einer von euch die Familie zerstört, sterben alle. Das ist mein Ernst.‹ Könnten Sie so etwas zu Ihren Kindern oder Ihrer Frau sagen, Herr Oberst? Ende.«

»Sicher nicht«, sagte Jacobi. »Wo ist dein Bruder im Augenblick? Ende.«

»Er sollte eigentlich, wie immer am Wochenende, heute Abend nach Hause kommen. Er kam aber nicht, und im Internat der Höheren Land- und Forstwirtschaftlichen Schule in Elixhausen ist er auch nicht. Ende.«

»Wo sonst könnte er noch sein? Ende.«

»Keine Ahnung. Wir können ihn seit zwei Tagen nicht auf seinem Handy erreichen. Ende.«

»Okay, Babs, das war's fürs Erste. Vielen Dank für deine Offenheit, das war gewiss nicht einfach für dich. Lässt du mich jetzt wieder mit deiner Mutter sprechen? Ende und aus.«

»Natürlich, Ende.«

Wenig später war neuerlich Agathe Bibernell am Gerät.

»Ist Ihre Tochter noch in der Nähe? Ende«, fragte Jacobi.

»Nein, ich habe sie hinausgeschickt, nachdem sie sich derart danebenbenommen hat. Ende.«

»Frau Bibernell, wo befindet sich Ihr Sohn Lukas? Ende.«

»Mein Gott, was hat Babs denn nun schon wieder für einen Unsinn verzapft? Lukas ist im Internat in Elixhausen und liegt mit Grippe im Bett. Ich habe bei der Internatsleitung angerufen. Sein Handy ist kaputt, deshalb hat er uns so lange nicht angerufen. Und damit Sie nicht die total falschen Schlüsse ziehen, werde ich mit einer anderen wichtigen Info auch nicht länger hinterm Berg halten. Ende.«

»Das wäre wünschenswert, Frau Bibernell, außerdem machen Sie mich jetzt wirklich neugierig. Ende.«

»Nach einem zufällig mitangehörten Gespräch muss ich annehmen, dass entweder mein Mann jemanden erpresst oder er selbst von jemandem erpresst wird. Ich vermute eins seiner Weiber, einen seiner Vereinskollegen oder auch seinen Dienstgeber, Stefan Batjany, dahinter. Ende.«

»Geht's nicht ein bisschen präziser? Ende.«

»Nein, Sie werden gleich wissen, warum. Im Mai vergangenen Jahres habe ich Matthi Proviant ins Nassfeld gebracht. Da es in der Nacht davor geschneit hatte, konnte ich nicht ganz an das Batjany-Jagdhaus heranfahren. Als ich mich also der Blockhütte zu Fuß näherte, sah ich, dass die Tür offen stand, und hörte, wie drinnen jemand debattierte. Ende.«

»Ich nehme an, Sie haben etwas von dem Gespräch verstanden? Ende.«

»Allerdings. Matthi sagte deutlich vernehmbar: ›Du glaubst, Bedingungen stellen zu können? Ausgerechnet du? Denk doch nur an einen gewissen Spind im Golfclub. In deiner Situation stünde dir eher Zurückhaltung an.‹ Ende.«

»Das war alles?« Jacobi ließ sich seine Enttäuschung durchaus anmerken. »War der Gesprächspartner ein Mann oder eine Frau? Ende.«

»Das kann ich nicht sagen, denn sein Gegenüber blieb stumm. Außerdem ging ich schleunigst einige Schritte zurück und beschloss, mich durch lautes Rufen bemerkbar zu machen. Daraufhin trat mein Mann vor die Hütte, schnappte sich gleich die Kraxe, die immer neben dem Eingang stand, und ging mit mir zum Suzuki hinunter. Dort befüllten wir die Trage, und er schickte mich anschließend nach Hause. Er wollte wohl, dass ich den Unbekannten nicht sah. Ende.«

»Haben Sie den Wagen des geheimnisvollen Fremden gesehen? Ende.«

»Neben dem Ford Ranger, dem Dienstfahrzeug von Matthi, stand irgendein Jeep, aber ich kenn mich mit diesen SUVs und Geländefahrzeugen nicht besonders gut aus. Es könnte der Wagen von Steff Batjany oder der von Enzo Knapp gewesen sein. Ende.«

»Nicht der Range Rover von Harald Sertorius? Ende.«

»Auch möglich. Ende«, tönte es nicht eben aufschlussreich aus der Membran des FuG 11b.

»Und diese Geschichte soll ich Ihnen jetzt abnehmen? Wieso nur habe ich das komische Gefühl, dass Sie das alles erfinden, um sich oder Ihren Sohn aus der Schusslinie zu nehmen? Ende.«

»Glauben Sie doch, was Sie wollen. Aber was ich im Nassfeld gehört habe, ist kein Produkt meiner Phantasie. Ende.«

»Welche Haarfarbe haben Sie eigentlich, Frau Bibernell?«

Die Angesprochene war durch die unerwartete Frage derart irritiert, dass sie erst nach einiger Zeit antwortete: »Dunkelblond, aber warum? Ist das für Ihre Ermittlungen von Bedeutung? Ende.«

»Und wie groß sind Sie?«

»Eins zweiundsiebzig«, war die zögerliche Antwort. Agathe Bibernell wurde immer nervöser. »Wollen Sie vielleicht auch noch mein Gewicht und meine Körbchengröße wissen?«

»Danke, aber mir kam in den Sinn, dass Lazarus Grankenbruch etwa gleich groß war wie Sie.«

»Unsinn! Lazi war eins dreiundachtzig, wir haben …« Sie verstummte entsetzt, als sie merkte, welch banalem Trick sie aufgesessen war.

»Sie haben selbst mit dem Maßband nachgemessen?«, ergänzte Jacobi phantasievoll. »Haben Sie wirklich?«

Die Antwort blieb aus.

»Wie lang vor Lazis Tod ging das zwischen Ihnen beiden schon?«, hakte er nach. »Und verzichten Sie bitte auf Ausflüchte und hysterische Beteuerungen, ich bin kein Anfänger.«

»Sie liegen trotzdem falsch, Lazis genaue Größe weiß ich von Iris. Die war schrecklich in ihn verliebt.«

»Sie aber auch, Frau Bibernell, Sie auch!«

»Das … das ist doch vollkommener Unsinn, so etwas kommentiere ich gar nicht.«

»Frau Bibernell«, sagte Jacobi sanft, als die Frau am anderen Apparat ganz unvermittelt in hemmungsloses Schluchzen ausbrach. Er wartete geduldig.

»Wie … wie sind Sie darauf gekommen? Ende«, fragte sie, nachdem sie sich wieder einigermaßen gefasst hatte.

»Sie haben bis jetzt weder meinen Mitarbeiter noch mich auf den Jour fixe in der Rastötze angesprochen, obwohl Sie als Frau eines der Vereinsvorstände über die Brisanz des Treffens Bescheid wissen müssen. Das fand ich sehr eigenartig. Und als ich vorhin zum ersten Mal Ihre Stimme hörte, ahnte ich auch gleich, woher der Wind wehte. Ende.«

»Meine Stimme? Was ist mit meiner Stimme? Ende«, fragte sie heiser.

Jacobi musste grinsen. »Im Moment hört sie sich vielleicht nicht danach an, aber wenn Sie nicht gerade von Weinkrämpfen geschüttelt werden, hat Ihre Stimme einen Klang, der auf Männer äußerst anziehend wirkt, besonders auf solche wie Grankenbruch. Hat er Sie nie daraufhin angesprochen?«

Wieder ließ die Antwort auf sich warten. »Doch. Das hat er – oft sogar«, seufzte sie schließlich, »soweit dieses Adverb auf ein paar Wochen Glück anwendbar ist. Manchmal hing Lazi förmlich an meinen Lippen, wenn ich etwas erzählte, und einmal sagte er scherzhaft, er wüsste nun, was Odysseus beim Gesang der Sirenen empfunden haben musste.«

»Mit diesen paar Wochen meinen Sie die Novemberwochen vor drei Jahren?«

»Nein, wir sind uns zum ersten Mal Anfang August nähergekommen, und schon Ende September haben wir die Beziehung wieder beendet, obwohl es mir das Herz zerrissen hat.«

»Eine kurze Sommerliebe?«

»Wenn Sie es so nennen wollen. Aber das Risiko, Matthi könnte dahinterkommen, war einfach zu groß. Außerdem hat auch eine Hotelierin ständig versucht, ihn zurückzugewinnen.«

»Sie meinen Barca Sertorius?«

»Ja, und zwar bis zu Lazis letzten Tagen, freilich ohne jemals etwas von uns beiden erfahren zu haben. Ende.«

»Sie sagen das mit einem Unterton, als hätte Ihnen die Vorstellung, Barca Sertorius könnte Bescheid wissen, Angst gemacht. Ende.«

»Das stimmt«, antwortete Agathe Bibernell unverblümt. »Wenn es um Lazi ging, musste man bei Barca auf alles gefasst sein.«

»Aha. Und Ihr Mann hat also ebenfalls nichts gemerkt?«

»Wo denken Sie hin? Der hätte uns doch auf der Stelle erschlagen. Niemand hatte auch nur die geringste Ahnung: Barca nicht, Valerie nicht und auch meine Freundin Iris nicht. Keine meiner Vorgängerinnen bei Lazi. Matthi weiß bis heute nichts von … von …«

»Von Ihrer Affäre?«, half Jacobi aus.

»Es war keine Affäre. Auch nicht für Lazi, der ja bekanntlich kein Kostverächter war. Er hat sich von allen seinen Gspusis noch am gleichen Tag verabschiedet, als das mit uns begann, ohne dass ich das von ihm verlangt hätte. Ich habe nie etwas gefordert und wahrscheinlich gerade deshalb in diesen wenigen Wochen so viel von ihm erhalten, das mir bis an mein Lebensende nicht mehr weggenommen werden kann.«

»Ich denke aber, dass Sie doch etwas von ihm gefordert haben müssen, nämlich sein Einverständnis zur Beendigung Ihrer Liaison«, warf Jacobi ein, der ebenso wie seine Gesprächspartnerin längst auf die Gegensprech-Signale verzichtete. »Oder hat er die Beziehung von sich aus beendet?« Seine Frage war verletzend und provokant, doch sein Jagdinstinkt zwang ihn, sie zu stellen.

»Ich weiß, was Sie denken, Herr Oberst – vermutlich weil ich mich vorhin missverständlich ausgedrückt habe. Wir haben die Beziehung beendet, weil ich es so wollte, ja, aber wir litten beide schrecklich darunter. Gewiss, Lazi war ein Schürzenjäger, und wenn er betrunken war, konnte er auch schon mal verbal entgleisen –«

»Auch Ihnen gegenüber?«

»Nein, mir gegenüber nie. Er verstand mich und meine Ängste und akzeptierte meine Entscheidung. Sein Einfühlungsvermögen unterschied ihn ohnehin von allen Männern, die ich in meinem bisherigen Leben getroffen habe.«

Jacobi verkniff sich die Bemerkung, dass vielleicht gerade das die Masche von Grankenbruch gewesen war, mit der er die Frauen um den Finger gewickelt hatte, und seine Zurückhaltung wurde tatsächlich belohnt. Nur wenige Augenblicke später brachen endgültig sämtliche Schleusen bei Agathe Bibernell, und sie begann, sich alles von der Seele zu reden, alles, was sie über das Chaos wusste, das der ermordete Lehrer im Privatleben seiner Vereinskollegen angerichtet hatte. Und wo ihr Wissen nicht ausreichte, hielt sie auch mit Vermutungen nicht hinterm Berg. Jacobi hörte fasziniert zu, ohne sie ein einziges Mal zu unterbrechen.

23 »IRIS!!« Barca fuhr bei den beiden gedämpften Schüssen so abrupt vom Sessel hoch, dass das Möbel nach hinten kippte, und war Sekunden später mit der Sig Sauer in den Händen an der Treppe zum Dachboden.

»Nicht, Frau Sertorius!«, rief Frau Havranek. »Gehen Sie bloß nicht da hinauf! Sie wären wahrscheinlich die Nächste …«

Die Warnung ließ die wehrhafte Managerin und Jägerin innehalten, sie blieb am Treppenabsatz zum Obergeschoss stehen.

»Iris?«, rief sie stattdessen noch einmal, aber Freudenschuss antwortete auch diesmal nicht.

»Verdammt, verdammt, warum hab ich sie nicht begleitet?« Barcas Seelenstriptease kurz zuvor hatte ihrer Psyche scheinbar gutgetan. »Enzo, wo bleibst du denn? Hast du nicht gehört, dass geschossen wird?«

»Ich komm ja schon«, ertönte Knapps Stimme aus dem WC. »Soll ich mich etwa anscheißen, nur weil Iris aus Hysterie auf Ratten oder Siebenschläfer ballert?«

»Mit Schalldämpfer? Hab schon bessere Witze gehört.«

Zum dritten Mal erklang das metallische Geräusch.

»Ich glaub, dort oben versucht jemand zu fliehen«, flüsterte Havranek gepresst. »Vielleicht sollten Sie es jetzt doch wagen raufzugehen? Aber seien Sie bloß vorsichtig.«

Ein gut gemeinter, wenn auch überflüssiger Rat. Barca schlich in den weichen Hüttenpatschen bereits wie eine Katze nach oben, wobei sie es wohlweislich vermied, auf die zwei knarrenden Stufen in der Treppenmitte zu treten.

Auch Knapp stolperte nun in Hemd und Hose aus dem Klosett, wobei er noch rasch seine Gürtelschnalle fixierte. Für die Jogginghose hätte er den Leibriemen zwar nicht benötigt, aber auch er trug ein Gürtelholster, aus dem er in diesem Moment eine Walther P99 zog. Ehe er die Treppe hinter seiner Jugendliebe hinaufschlich, linste er angelegentlich zu Havranek hinüber. Doch deren rechte Hand war unter der Tischplatte verborgen, was ihn allerdings nicht wirklich überraschte.

Zweifellos litt Barca Sertorius an einigen mentalen Defiziten, aber ein Mangel an Mut zählte nicht dazu. »Gib mir Deckung«, zischte sie Knapp über die Schulter zu, dann zögerte sie an der offenen Tür zum Matratzenlager nicht länger. Sie hechtete in den Raum, rollte auf dem Bretterboden ab, als gehörten derartige Übungen zu den täglichen Obliegenheiten einer Hotelmanagerin, und nahm augenblicklich wieder Schussposition ein. Knapp war hinter ihr nachgerückt und hielt seine Walther auf die Dachluke gerichtet.

Doch nichts passierte. Außer ihnen und der einstigen Lehrerin, die bewegungslos mit dem Gesicht nach oben vor ihrem Bettenplatz lag, war niemand im Raum. Auf der grünen Sweatjacke von Freudenschuss hatte sich ein faustgroßer Blutfleck ausgebreitet, ihre offene Kosmetiktasche stand daneben auf der Matratze.

Barca Sertorius erhob sich, den mittigen Stützpfeiler des Dachbodens ständig im Auge, und überprüfte sofort die niedrige Tür zum angrenzenden Verschlag. Das Vorhängeschloss war arretiert, die Halterung aus VOEST-Stahl solide genug, dass sie auch dem Versuch Knapps standhielt, sie mit Brachialgewalt zu öffnen, wogegen die Dachluke im Gegensatz zu Iris' letzten Worten nicht nur einen Spaltbreit, sondern sperrangelweit offen stand, und der Schnee zentnerweise ins Hütteninnere zu fallen schien. Knapp löste die Verriegelung und zog den mit dickem Drahtglas versehenen Lukendeckel zu.

Die eng nebeneinanderliegenden Einschusslöcher, die von zwei Magnum-Patronen in die linke Brust der Gemeuchelten gestanzt worden waren, die blicklosen Pupillen und der offene Mund sprachen für sich. Um den Exitus festzustellen, musste man kein Arzt sein. Vermutlich war Freudenschuss an ihrem Schlafplatz kniend von dem seltsamen Geräusch aufgeschreckt worden und hatte sich umgewandt, wobei ihr der Mörder zweimal aus kurzer Distanz ins Herz geschossen hatte.

Noch mehr als die ultimative Tatsache des Todes entsetzten die abergläubische Barca aber die Hörner eines Ziegenbocks, die aus der Bluse der Erschossenen unter der Sweatjacke herausragten. Ihre unteren Enden waren so in ihren BH geklemmt, dass die gewundenen Hörner auf pittoreske Weise ihre Wangen einrahmten.

»Das Zeichen der Hobergoaß«, stellte Knapp fest, der jetzt ebenfalls neben der Leiche stand, nachdem er die Dachluke auch noch verriegelt hatte. Weitere Erklärungen konnte er sich sparen. Barca wusste natürlich, dass die Hobergoaß als der gefährlichste Dämon unter den Perchten galt. Da sie wie fast alle archaischen Perchtengestalten als Doppelwesen angelegt war, wurde sie manchmal sogar mit den beiden Böcken des Donnergottes Thor in Verbindung gebracht. Jedenfalls galt es unter Insidern als unstrittig, dass, wer die Hobergoaß lästerte, in absehbarer Zeit mit dem sicheren Tod zu rechnen hatte.

»Der Meuchler hält sich für allmächtig«, flüsterte die Hotelierin mit weit aufgerissenen Augen.

Knapp zuckte mit den Schultern. »Oder er glaubt einfach nicht an diesen Hokuspokus, setzt ihn aber in Szene, um Leute wie dich aufs falsche Gleis zu locken. Jedenfalls muss er sehr kaltblütig sein, wenn er sich nur wenige Meter von uns entfernt die Zeit nimmt, sein Opfer so zu dekorieren, ehe er sich davonmacht.«

»Also steht deiner Meinung nach fest, dass ein bestellter Killer am Werk ist, der uns aus welchen Gründen auch immer der Reihe nach wegputzen und dabei diesen Zirkus inszenieren soll?«

Knapp nickte. »Vielleicht sogar mehr als einer. Ich weiß, ich stehe auch auf deiner Verdächtigenliste, aber da ich nun einmal nicht der Gesuchte bin, halte ich diese Erklärung für die einzig logische. Oder hast du eine bessere auf Lager?« Er machte mit dem Kinn eine bezeichnende Bewegung in Richtung Rauchkuchl.

Selbst unten am Tisch sitzend hatte Havranek den letzten Teil des Dialogs mitbekommen. Als die beiden oben im Bettenlager nun plötzlich flüsterten, wusste sie, dass sie handeln musste.

Lautlos und behänder, als man es einer verwöhnten und noch dazu verletzten Großstadtpflanze zugetraut hätte, glitt sie hinter dem Tisch hervor und hüpfte auf einem Bein bis in den Vorraum, wo sie die Außentür aufsperrte und den Riegel zurückschob.

Die dabei verursachten Geräusche entgingen Barca Sertorius trotz aller Aufregung nicht, und sie interpretierte sie durchaus richtig. Vom körpereigenen Adrenalin aufgeputscht, sprang sie in waghalsigen Sätzen die steile Treppe hinunter, kam aber dennoch zu spät. Havranek befand sich bereits wieder in der Rauchkuchl, nur noch ihre dunkle Mähne war hinter der Mauerecke zu erkennen – zusammen mit der unverwechselbaren Mündung ihrer Glock-Pistole. Wie angewurzelt verharrte Barca am Fuß der Treppe.

»Gehen Sie wieder rauf auf den Boden!«, befahl die Wienerin.

»Und wenn nicht?«, fragte die Gasteiner Hotelierin mühsam beherrscht zurück, glaubte sie doch, nun endlich klar zu sehen.

»Seien Sie nicht kindisch, Frau Sertorius. Schenk und ich haben mit den Morden an Ihren Kollegen nicht das Geringste zu tun. Zwingen Sie mich nicht, in Notwehr auf Sie zu schießen und so dem wirklichen Täter auch noch in die Hände zu arbeiten.«

»Und wer ist Ihrer Meinung nach der wirkliche Täter?«

»Nun, vielleicht derjenige, der Sie eben auf mich gehetzt hat? Oder Ihr Mann, der so plötzlich verschwunden ist? Oder jemand, der heute gar nicht bei Ihrem Jour fixe vertreten war? Ich weiß es doch selbst nicht, aber ich weiß ganz sicher, dass ich Sie beide erst dann in die Rauchkuchl lassen werde, wenn Sie sich wieder halbwegs beruhigt haben.«

24 IN DIESEM AUGENBLICK klopfte es an der Außentür. »Hallo, Schenk hier. Macht mir bitte jemand auf?«

»Der Riegel ist schon zurückgeschoben, du musst die Tür nur aufdrücken!«, rief Havranek. »Ich kann dir im Moment nicht öffnen.«

Barca Sertorius beschloss, es nicht auf einen Schusswechsel ankommen zu lassen. Langsam, Schritt für Schritt, stieg sie die Treppe wieder empor, während die Hüttentür vorsichtig geöffnet und gleich wieder geschlossen wurde.

Trotz der angespannten Situation hatte Schenk das Coolpack draußen im Schnee nicht vergessen und war seiner Schutzbefohlenen nun beim Wechseln des Verbands behilflich, während sie ihn in aller Kürze auf den letzten Stand der Ereignisse brachte. Aber auch er schien Neuigkeiten mitgebracht zu haben.

»Auf dem Dachboden gefangen«, übte Barca Sertorius währenddessen gallebittere Manöverkritik.

»Auch kein Ruhmesblatt für uns beide, aber immerhin leben wir noch«, resümierte der Pragmatiker Knapp, während er die Smith & Wesson von Freudenschuss an sich nahm.

»Damit haben Sie verdammt recht, Herr Knapp!«, rief Schenk zu ihm hinauf, der die letzten, etwas lauter gesprochenen Worte gehört hatte. »Von den sechs Teilnehmern am Perchten-Jourfixe leben offensichtlich nur noch Sie beide. Frau Sertorius, es ist schrecklich, aber Ihr Mann scheint auf dem Rückweg vom

Broatlab nur wenige Meter vor der Planitzen-Hütte ermordet worden zu sein. Wahrscheinlich durch einen schallgedämpften Schuss aus kurzer Distanz in den Hinterkopf, unhörbar für uns bei dem Sturm. Mein aufrichtiges Beileid.« Der Ex-Polizist hielt einen Moment inne, wartete auf eine Reaktion vom Dachboden, aber vergebens. »Der Killer hat den Ermordeten zur Planitzen-Hütte geschafft«, setzte er seinen Bericht schließlich fort, »ihn vor die Tür gesetzt und ihm eine Wilderer-Sturmhaube über den Kopf gestülpt. Nach meiner zunächst vergeblichen Suche bin ich auf dem Rückweg ganz zufällig auf die Leiche gestoßen, weil ich während einer besonders heftigen Turbulenz in den Windschatten der Hütte geflüchtet bin. Um ein Haar wäre ich auf sie getreten. Sie war bereits steif und fast vollkommen zugeschneit.«

Schenk machte einen Schritt Richtung Treppe. »Ich weiß, ich hätte den Leichnam nicht dort sitzen lassen sollen, Frau Sertorius, aber ich wollte schnellstmöglich zurück. Und wie man sieht, waren meine Befürchtungen nicht grundlos, schließlich hat sich auch hier so einiges ereignet. Die Hütte drüben ist übrigens winterfest versperrt, und in dem vereisten Türschloss hat schon monatelang kein Schlüssel mehr gesteckt.« Der Seitenhieb galt natürlich Knapp, aber noch während sich die so plötzlich verwitwete Barca fragte, warum Schenk das erwähnte, wechselte der das Thema. »Ich habe die Sturmhaube mitgebracht, auf ihrer Innenseite ist Blut von der Kopfwunde.« Auf die Anmerkung, dass er ja nachweislich nicht der Mörder von Sertorius sein konnte, verzichtete er. »So, und ehe wir weitere Einzelheiten besprechen, lassen Sie mich jetzt bitte zu Frau Freudenschuss, vielleicht lebt sie ja noch.«

»Sie ist tot! Toter als Iris kann man gar nicht sein«, brach es da aus der sonst so disziplinierten Hotelkauffrau heraus. Immerhin ließ sie Schenk auf den Dachboden, wo er geflissentlich die beiden Pistolen übersah, die auch dann auf ihn gerichtet blieben, als er Freudenschuss auf Lebenszeichen untersuchte und die Einschüsse in ihrer Brust begutachtete.

Die schnoddrige Feststellung von Barca Sertorius stellte sich nur als allzu berechtigt heraus: Der Mörder hatte bei der Initiatorin des unheilvollen Jour fixe ganze Arbeit geleistet. Der vordere

Ventrikel von Freudenschuss musste von mindestens einem der großkalibrigen Geschosse so schwer verletzt worden sein, dass selbst bei unverzüglicher professioneller Hilfe keine Rettung mehr möglich gewesen wäre.

»Sie ist tatsächlich eben verstorben«, bestätigte nun auch der Ex-Polizist und erhob sich, nachdem er die Bockshörner aus dem zweckentfremdeten BH gezogen hatte, aus seiner knienden Stellung. Nachdenklich begutachtete er den Gesichtsausdruck der Toten. Das ungläubige Staunen hatte er bisher meist an Leichen gesehen, die durch einen Schuss in den Kopf getötet worden waren, was hier definitiv nicht der Fall gewesen war. »Wo ist ihr Revolver?«

»Den habe ich in Verwahrung genommen«, sagte Knapp, »und daran wird sich auch nichts ändern, bis die Kiberer da sind.«

Schenk ließ ihm seinen Willen, einen offenen Streit um die Waffe konnte er jetzt am wenigsten brauchen. »Wissen Sie, wo Frau Freudenschuss ihr Handy aufbewahrt hat, Frau Sertorius?«, fragte er stattdessen. »Bei sich hatte sie es jedenfalls nicht.«

»Ich dachte, in der rechten Innentasche ihrer Sweatjacke?«

»Nun, da ist es eben nicht. Übrigens konnte ich auch bei Ihrem Gatten kein Handy finden.«

»Woraus Sie welchen Schluss ziehen?«

»Dem Mörder liegt natürlich daran, dass keinerlei Nachrichten seiner Opfer die Außenwelt erreichen, auch nicht post mortem. Apropos: Unter allen Opfern war Iris Freudenschuss wohl diejenige, von der er sich am meisten bedroht gefühlt hat, würden Sie das auch so sehen?«

Barca Sertorius, an die die Frage gerichtet war, nickte geistesabwesend. »Ja, Iris soll schon vor Wochen einen Tipp von einem Insider erhalten haben. Von da an war die Jagd nach Lazis Mörder für sie ein kategorischer Imperativ. Ungeachtet der Wetterprognose hat sie uns zu diesem Jour fixe regelrecht vergattert und sich sogar mit Stefan Batjany angelegt, als der seine Teilnahme abgesagt hat. Dass sie dem Mörder trotz ihres Eigensinns und des dadurch bewirkten Desasters sehr nah gekommen ist, beweist nicht zuletzt das Symbol der gefährlichsten aller Perchten. Und die Art und Weise, wie die Hörner das Gesicht von Iris umrahmt haben, das war doch wie eine Reverenz, die Jäger erlegtem wehrhaften Wild erweisen. Alle anderen Symbole waren nur als Spott für die Mordopfer gedacht, so auch die Wildererhaube, die mein Mann laut Ihren Angaben aufgehabt haben soll.«

»Er hat sie aufgehabt, Frau Sertorius, und ich war's ganz sicher nicht, der sie ihm über den Kopf gestülpt hat. Was bedeutet die Haube Ihrer Meinung nach?«

Schenk hatte mit einer schnippischen Entgegnung gerechnet, sodass ihn die konstruktive Antwort überraschte: »Der Wilderer galt schon immer als Symbolfigur der Auflehnung gegen das Jagdprivileg des Adels, der dem Volk nicht einmal in Kriegs- und Notzeiten ein temporäres Jagdrecht zubilligen wollte. Harrys Brandmarkung als Wilderer dürfte allerdings mit Volksheldentum herzlich wenig zu tun haben und erfolgte ganz bestimmt auch nicht wegen illegaler Abschüsse oder kritikwürdiger Jagdmethoden.«

»Sondern?«

»Sondern weil er sich im Lauf seines Lebens wiederholt genommen hat, was ihm nicht zustand. Ich glaube, darauf wollte sein Mörder hinweisen.« Wieder klang mehr Bitterkeit als Trauer über den Verlust des Gatten aus ihren Worten. »Schon als BWL-Student hat er versucht, sich den Prüfungserfolg durch Betrug zu erschleichen«, setzte sie leise fort, »und später hat er sich listig in mein Herz gestohlen, indem er Steff Batjany verunglimpft hat. Als er vor drei Jahren Gefahr lief, mich an Grankenbruch zu verlieren und damit auch – was für ihn viel schmerzlicher gewesen wäre – seinen Status, hat er Lazi die Schatzkarte entwendet, um den ihm erwachsenden Schaden mit dem erhofften Goldfund wenigstens teilweise auszugleichen.«

»Um den Schatz hat sich inzwischen wohl Herr Knapp gekümmert – oder der ominöse Herr Manescu«, provozierte Schenk, aber mit solchen Schüssen ins Blaue konnte man den Puls des Bauamtsleiters kaum beschleunigen.

»Es ist durchaus möglich, dass Adrian die Karte fotografiert hat, ehe er sie mir gegeben hat«, sagte er gelassen. »Aber aus reiner Freundschaft hat er mir den Gefallen ohnehin nicht getan.«

Schenk winkte ab. »Wie auch immer: Wir werden das jetzt

ebenso wenig klären können, wie wir die Leiche von Herrn Sertorius noch in dieser Nacht bergen werden, ohne dem Mörder abermals einen Elfmeter aufzulegen. Aber wir können Frau Freudenschuss in den Scherm hinunterschaffen. Sie kann hier nicht liegen bleiben, denn wir alle sollten sicherheitshalber hier oben unsere restliche Nachtruhe verbringen.«

»Alle zusammen? Bei Ihnen ist wohl ein Sparren locker!« Barcas Verbindlichkeit von vorhin war wie weggeblasen.

»Gut, dann schlafen Sie eben unten in der Kammer und erleben den Morgen als Leiche«, blieb ihr Schenk nichts schuldig. »Los, fassen Sie gefälligst mit an.« Die Aufforderung galt Knapp, der ihr nur widerwillig Folge leistete.

Gemeinsam hüllten die beiden Männer die Leiche in mehrere Decken der Bettenlager. Während des heiklen Transports über die Treppe nach unten versuchte der Bodygard, den anderen beiden noch einmal klarzumachen, warum er für den gemeinsamen Schlafplatz war. »Der Meuchler befindet sich noch in der Nähe, vermutlich hat er sich bereits vor dem Sturm irgendwo ein sicheres Biwak gegraben, worauf die offene Dachluke und auch der Mord an Sertorius hindeuten würde. Ganz sicher jedenfalls verfügt er nach wie vor über Möglichkeiten, unbemerkt hier einzusteigen, wobei er es logischerweise vorzieht, uns einzeln zu massakrieren. Im offenen Kampf mit uns allen würde er voraussichtlich den Kürzeren ziehen. Langsam, langsam!«

Knapp, der die Tote an den Füßen zu tragen hatte, stieg die Treppe rasch rückwärts hinunter, um die Gänsehaut erzeugende Tätigkeit schnell hinter sich zu bringen. Im Flur angelangt, setzten sie die makabre Last kurz ab.

»Eines ist jedenfalls klar«, resümierte Schenk, »solange sich das Wetter nicht bessert, solange hält der Mörder weiterhin die besseren Karten in der Hand.«

»Eine Besserung tritt aber frühestens morgen Vormittag ein«, merkte Knapp an, wodurch er sofort wieder argwöhnische Blicke auf sich zog.

»Eben deshalb müssen wir zusammenbleiben. Gefahr droht uns jetzt nämlich auch durch unser Schlafbedürfnis. Also muss mindestens einer von uns wach bleiben, besser noch zwei, während die anderen beiden sich ausruhen. Ihr Misstrauen uns gegenüber, Frau Sertorius, erlaubt ohnehin nur eine Variante.«

»Und die wäre?«

»Nun, ich werde als Erster zwei Stunden oben auf dem Dachboden schlafen, weil ich nach all den Strapazen kaum noch die Augen offen halten kann. Lucilla wird währenddessen Wache halten – und vermutlich auch Sie, Frau Sertorius, oder eben Sie, Herr Knapp, denn ich kann mir nicht vorstellen, dass Sie beide zur selben Zeit neben uns schlafen wollen. Nach zwei Stunden wird gewechselt. Falls einer von Ihnen tatsächlich vorhat, sich aus lauter Misstrauen gegen alle und jeden hier nebenan in der Kammer einzuschließen, kann ich davon nur dringend abraten, denn vermutlich ist der Killer genau darauf vorbereitet.«

»Vorbereitet? Inwiefern?«

»Nun, umsichtig, wie er ist, könnte er etwa geruchloses Gas über eine bereits gelegte Leitung in die Kammer einströmen lassen. Kohlendioxid und verwandte Gase sind leicht zu beschaffen, aber schwerer als Luft. Umso wichtiger ist es, im oberen Geschoss zu schlafen.«

»Die Gefahr droht uns ja nicht jetzt um Mitternacht und unmittelbar danach«, meldete sich nun aus der Rauchkuchl Havranek zu Wort, die ebenso wie die Gasteiner ihre Pistole weggesteckt hatte, »sondern in der Morgendämmerung, wenn das Schlafbedürfnis am größten ist.«

Im Scherm betteten Schenk und Knapp die in Decken geschlagene sterbliche Hülle von Iris Freudenschuss auf den gestampften Lehmboden, nachdem die beiden Kufern bereits als Totenbahren in Verwendung waren. Trotz der matten Beleuchtung fielen dem Ex-Polizisten Fußspuren in jenen Schneehaufen auf, die beim Öffnen der Hintertür hereingefallen waren. Die Spuren konnten nicht von ihm und Knapp stammen, denn sie beide hatten, als sie vom Broatlab gekommen waren, den Scherm mit Schneeschuhen betreten. Er behielt die Beobachtung vorläufig für sich.

»Was du tust, Barca, bleibt natürlich dir überlassen«, sagte Knapp, nachdem die Männer in die Rauchkuchl zurückgekehrt waren und sich zu den Frauen an den Tisch gesetzt hatten. »Ich jedenfalls werde unten in der Kammer schlafen«, sein gehässiger

Blick in Richtung Schenk und Havranek erübrigte eine Begründung, »und dir würde ich das auch empfehlen. Mit Gasanschlägen rechne ich zwar nicht, aber sei's drum: Wenn du willst, lass ich eine Kerze in Bodennähe brennen, und wenn wir uns die Wache teilen, kann jeder mindestens zwei Stunden schlafen. Und morgen wird der gottverdammte Sturm im Laufe des Tages hoffentlich so weit abklingen, dass wir bei ausreichender Sicht zurück ins Tal touren können. Möglicherweise haben wir dann auch wieder eine Handyverbindung.«

Sogar an dem dickfelligen Filou Knapp schien die Tortur der vergangenen zwölf Stunden Spuren hinterlassen zu haben – äußerliche und vermutlich ebenso innerliche. Klar war auch, dass spätestens seit dem Mord an Iris Freudenschuss die Zeit der Diskussionen vorbei war, dazu hatte sich das gegenseitige Misstrauen zu sehr verfestigt. Jetzt ging es nur mehr ums nackte Überleben.

»Ich werde oben bei Herrn Schenk und Frau Havranek schlafen«, sagte Barca Sertorius zur Verblüffung aller, obwohl sie Minuten zuvor noch Schenks Geisteszustand in Zweifel gezogen hatte. »Allerdings nur, wenn das Licht für den Rest der Nacht angeschaltet bleibt.«

»Selbstverständlich bleibt das Licht an, Frau Sertorius«, versicherte Schenk. »Würden wir es ausmachen, würden wir den Killer ja regelrecht einladen.«

Die Hotelkauffrau nickte beruhigt. »Okay. Dann möchte ich meine Position jetzt noch einmal klarstellen. Selbst wenn Sie beide nicht diejenigen sind, die Sie vorgeben zu sein«, sie blickte Lucilla Havranek dabei direkt in die Augen, »so kann ich mir Sie doch nur schwer als jene apokalyptische Ausgeburt vorstellen, die meine Freunde und Bekannten auf dem Gewissen hat. Diese Ausgeburt muss nämlich, und das hat auch Iris immer betont, ein Insider sein.«

»Das heißt gar nichts«, hielt Knapp dagegen, da er ahnte, worauf Barca hinauswollte. »Auftragsmörder könnten, wie der Name schon sagt, die Perchtensymbole laut entsprechender Anweisung ebenso platziert haben wie unsereins. Und mit Insiderinformationen könnte ihr Auftraggeber sie auch versorgen.«

»Das alles hatten wir doch schon«, antwortete sie prompt, »wobei wir uns einig waren, dass nur Steff oder Valerie über so viel Geld verfügen, um Profis für eine derartige Schlachtorgie zu kaufen.«

»Und? Was spricht plötzlich gegen diese These?«

»Die begleitende Perchtensymbolik! Die Beigaben waren jedes Mal auf das Opfer abgestimmt und gleichzeitig so aufwendig und kurios, dass sie zu einem nüchternen Geschäftsmann wie Steff einfach nicht passen, was du Minuten vor Iris' Ermordung übrigens noch genauso gesehen hast. Und schließlich hat Steff mir neulich auf einer Party ganz aufgeräumt zugeraunt, dass er die lange geplante Scheidung nun halbwegs glatt über die Bühne bringen kann.«

»Sie meinen, wenn er eine sizilianische Scheidung plant, würde er so etwas nicht sagen?«, brachte es Schenk auf den Punkt.

»Richtig. Steff war guter Dinge – trotz der Schwierigkeiten, die du ihm eingebrockt hast, Enzo, und die ihn jetzt zwingen, sein Unternehmen drastisch zu verkleinern. Aber auch das bringt ihn nicht an den Bettelstab, und mit Lazis Tod hat er auch nicht das Geringste zu tun, das hat er mir jedenfalls glaubhaft versichert.«

»Aha. Und das nimmst du ihm ab?« Zum ersten Mal ließ Knapp eine gewisse Nervosität erkennen.

»Ja, diesmal glaube ich ihm. Ich werde es Harry wohl über den Tod hinaus nicht verzeihen können, dass er Steff mir gegenüber so denunziert hat und dadurch meinem Leben eine wesentlich andere Richtung gegeben hat. Und jetzt sag mir noch einmal, dass du dir Steff als Mehrfachmörder oder als dessen Auftraggeber vorstellen kannst.«

Nicht zum ersten Mal an diesem Abend fletschte Knapp die Zähne wie ein in die Enge getriebenes Raubtier. »Das kann ich durchaus immer noch«, fauchte er die Frau an, die er vor wenigen Minuten noch auf seine Seite zu ziehen gehofft hatte. »Jetzt sogar noch viel begründeter, nachdem ich kapiert habe, warum du ihn so glühend verteidigst und dich auf einmal in die Obhut von Schenk und Havranek begibst. Als die angebliche Mannersdorf-Erbin nämlich vorhin darauf verzichtet hat, dich abzuknallen, obwohl sie dazu die Möglichkeit gehabt hätte, ist dir blitzartig klar geworden, dass dir die beiden kein Haar krümmen werden. Und warum? Weil sie im Auftrag von Steff hier sind.«

»Es hat wohl wenig Sinn, Ihnen diesen haarsträubenden Unsinn ausreden zu wollen«, mischte sich Havranek in den Diskurs ein. »Also versuche ich es erst gar nicht. Trotzdem möchte ich Sie daran erinnern, welchen Namen Iris Freudenschuss genannt hat, ehe das Geräusch auf dem Dachboden sie zu ihrem Mörder hinauflockte.«

»Welchen denn?«, fragte Schenk, der zu diesem Zeitpunkt nicht in der Hütte gewesen war.

»Sie sagte, beim Rekapitulieren der Ereignisse sei sie wieder auf Valerie Neuhauser gekommen«, kam Barca Sertorius einer Antwort Havraneks zuvor.

»Ich nehme an, sie bezog sich dabei auf die Ereignisse vor drei Jahren?«, fragte der Ex-Polizist.

»Das ist doch alles ausgemachter Mumpitz«, maulte Knapp. »Valerie hat ein ebenso sicheres Alibi wie ich, auch wenn ich in dieser Nacht in Zell am See war: Matthi ist bei ihr gewesen. Heute Mittag, als wir vor der Hütte geraucht haben, hab ich ihn damit konfrontiert, dass er in der strittigen Zeit nicht zu Hause gewesen sei. Ich hatte ihn wegen eines Jagdgastes von Zell aus übers Festnetz daheim angerufen, ihn aber nicht erreicht. Er hat nur genüsslich gekontert, dass auch mein Alibi nichts wert sei, weil nämlich er die ganze Nacht bei Valerie verbracht habe.«

»Und das sagst du erst jetzt, du Hornochse?«, rief Barca fassungslos. »Lazi hat Valerie gedemütigt und abserviert –«

»So wie dich und andere auch«, ätzte Knapp gehässig, aber Barca ging nicht darauf ein.

»Valerie kann sich jederzeit jedes nur erdenkliche Gift beschaffen«, spann sie den Gedanken weiter. »Was, wenn Matthi nur als Reserve-Alibi gedacht war, falls jenes, das Valerie und du euch gegenseitig gegeben habt, aus irgendeinem Grund platzen sollte?«

Knapp, der sich noch ein Beck's geholt und die Dose geräuschvoll geöffnet hatte, setzte diese nach einem ausgiebigen Schluck ab und rülpste ungeniert. »Und? Selbst wenn Matthi gegebenenfalls als Reserve-Alibi hätte herhalten sollen: Was beweist das schon?«

»Sie, Frau Sertorius, vermuten also, dass die gefährlichsten

Mitwisser gleich zu Beginn des Treffens ausgeschaltet wurden?«, wandte sich Havranek an die Gasteinerin. »So konnten sie zu vorgerückter Stunde nicht mehr die Nerven verlieren und plaudern.« Für eine verwöhnte Jetsetterin kombinierte sie außergewöhnlich schnell.

»Valerie und Gunde waren Jugendfreundinnen und Kommilitoninnen, sie kannten viele Geheimnisse voneinander«, bestätigte Barca.

Schenk schüttelte den Kopf. »Aber wenn man einen Mord plant, weiht man auch die beste Freundin nicht ein.«

»Die nicht, aber vielleicht einen Liebhaber«, widersprach Havranek, und fast hatten die anderen den Eindruck, als wüsste sie, wovon sie redete.

Doch die Hotelierin schüttelte den Kopf. »Beim Mord an Lazi wird es keinen Mitwisser gegeben haben«, hielt sie dagegen. »Wenigstens zunächst nicht. Valerie kann Lazi vor dem ›Winklhofer‹ abgefangen und ihm vorgeschlagen haben, ihn in seinem Wagen nach Hause zu fahren. Dann hat sie dem noch vom Vortag Angesäuselten in einem mitgebrachten Drink irgendwelche K.-o.-Tropfen verabreicht, die später nicht mehr nachzuweisen waren, und ihn anschließend zum Katapult chauffiert.« Barca starrte an die Hüttenwand, als würde sie dort die Szene auf der Faschingberg-Lichtung sehen.

»Gut und schön, aber wie hätte Valerie ihn ohne Hilfe auf die Katapultschaufel hieven können?«, fragte Knapp spöttisch, blitzte mit dem Macho-Argument jedoch bei Barca ab.

»Du als einer ihrer Liebhaber müsstest doch am besten wissen, welches Energiebündel Valerie ist. Außerdem hat sie eine Ausbildung als Rotkreuz-Helferin, sie weiß, wie man bewusstlose Personen vom Boden auf eine Bahre oder in einen Wagen hievt.«

»Die Gattin des Lotto-Generaldirektors eine Rotkreuz-Helferin?« Schenk war es, der sich diesen chauvinistischen Schnitzer leistete und damit bewies, dass auch er nicht frei von Vorurteilen war. Die Strafe folgte auf dem Fuß.

»Warum, bitte«, fragte die Mannersdorf-Erbin äußerst ungnädig, »darf die Frau eines Generaldirektors denn keine Ausbildung als Rotkreuz-Helferin haben?«

»Valerie hat die Ausbildung während ihrer Studienzeit gemacht«, sekundierte Barca Sertorius ihrer Geschlechtsgenossin. »Damals war sie das Gspusi eines Primars und Uni-Dozenten, aber das gehört wohl jetzt nicht hierher.«

Schenk winkte ab. »Schon gut, Frau Sertorius. Wenn also die Dame keine Hilfe benötigte und demzufolge keine Tatzeugen fürchten muss, warum dann das doppelte Alibi? Und warum die Serie an Folgemorden?«

»Vielleicht wollte sie besonders schlau sein«, meldete sich Knapp wieder zu Wort, »hat aber gerade dadurch Matthi auf ihre Spur gebracht, weil sie in dieser Nacht zunächst ihn zu sich zitiert, der Polizei gegenüber aber doch wieder dem Alibi-Arrangement mit mir den Vorzug gegeben hat. War nicht ständig die Rede davon, Iris hätte einen Tipp erhalten? Und hat nicht Matthi selbst kurz vor seinem Tod eine kryptische Bemerkung über falsche Alibis gemacht?«

Das Schweigen der anderen bewies, dass Enzos Argumentation diesmal mehr Anklang fand als zuvor. Schenk wollte trotzdem langsam zu einem Ende der Diskussion kommen. »Selbst wenn an dieser – wie ich zugebe – schlüssigen Theorie etwas dran sein sollte, hilft uns das im Moment nicht weiter«, sagte er und erhob sich vom Tisch. »Für uns sollte zunächst nur eines Priorität haben: die zweite Nachthälfte zu überleben. Deshalb werde ich jetzt ein weiteres Mal alle denkbaren Ein- und Ausstiege der Hütte kontrollieren. Den Damen würde ich empfehlen, inzwischen zu ihrem Nachtlager hinaufzusteigen. Überprüft dabei auch noch einmal die Tür zur Habie und natürlich die Dachluke. Und dann sollten wir wirklich versuchen, wenigstens ein paar Stunden lang zu schlafen. Lucilla, du übernimmst die erste Wache. Wenn ich hier unten fertig bin, bringe ich dir auch ein frisch gekühltes Coolpack mit. Herr Knapp, Sie bleiben bei Ihrer Entscheidung, hier unten zu schlafen?«

»Allerdings.«

»Wie Sie wollen. Es ist schließlich Ihre Haut, die Sie zu Markte tragen. Da aber jetzt jede Kleinigkeit darüber entscheiden kann, ob am Ende der Mörder oder wir die Oberhand behalten, muss ich einfach noch fragen, ob Sie es für besonders klug halten, in Ihrem Zustand Bier zu trinken? Selbst die beste Aktivkohle zeigt bei einem Diarrhö-Patienten nach Alkoholkonsum kaum Wirkung.«

»Sie können mich mal.«

»Kein besonders attraktives Angebot bei Ihrer Gastroenteritis, Herr Knapp.«

25 DA SCHENK AUF SEINEM KONTROLLGANG in allen Räumen Licht einschaltete, begann auch der Dieselgenerator im Keller wieder zu laufen. Wie schon am Nachmittag ging den Hüttengästen das so plötzlich auftretende Geräusch durch Mark und Bein, und während das Brummen allmählich mit dem Heulen des Blizzards verschmolz, wurde ihnen bewusst, wie dünnhäutig sie in den letzten Stunden geworden waren.

Schenk überprüfte die Türen und Fenster gleich zweimal, konnte aber keinerlei Spuren von Manipulation an ihnen feststellen. Schließlich kehrte er in die Rauchkuchl zurück und legte noch einmal Holz im Herd nach, ehe er den zwei Frauen ins Obergeschoss folgte.

Barca Sertorius hatte sich ihr Nachtlager gleich neben dem Treppenaufgang eingerichtet. Schenk ging zu Havranek, die unter dem Giebel mit dem Rücken zur Hüttenwand auf ihrer Matratze saß, von wo aus sie die neuralgischen Punkte Stiegenaufgang, Dachluke und die Tür zur Habie trotz der schwachen Leuchtkraft der Fünfundzwanzig-Watt-Glühbirne am Firstbalken im Auge hatte.

Schenk kniete sich auf das Fußende der Matratze, legte das Coolpack, das er während seines Rundgangs in den Schnee gelegt hatte, um die geschwollene Fessel seines Schützlings und umwickelte sie fest, aber nicht allzu straff mit Mullbinden. »Ist hier oben alles, wie es sein soll?«, fragte er.

Sie nickte. »Die Tür zum Speicher und das Vorhängeschloss sind nach wie vor abgeschlossen. Die Dachluke wäre nur mit

Werkzeug und großem Zeitaufwand von außen aufzubrechen. Und wie sieht's unten aus?«

»Ich habe alle Räume überprüft. Die Innenriegel an den Haustüren sind jetzt so fest verkeilt, dass man sie von außen wohl aufschließen, aber selbst mit ausgeklügelten Tricks nicht entriegeln könnte. Knapp hat sich bereits unten in der Sennkammer eingeschlossen. Morgen oder besser bei Tagesanbruch sollten wir zur Sicherheit auch die Tür zur Habie aufbrechen und dahinter nachsehen.« Er stand auf und ging zur bezeichneten Tür. Nachdenklich betastete er das Vorhängeschloss und die massiven Beschläge.

»Enzo hat es vorhin mit Gewalt versucht, aber ohne Werkzeug ist da wohl nichts zu machen.« Barca Sertorius, die Schenk aus nächster Nähe beobachtet hatte, lächelte unsicher.

Schenk kehrte schweigend zu seiner Matratze zurück, an deren Stirnseite er Rucksack und Schutzhelm deponiert hatte. Er zog die leichten Touring-Skischuhe aus und legte sich dann in voller Outdoor-Adjustierung neben Havranek. Zwei, drei Minuten später ließen seine ruhigen Atemzüge erkennen, dass er eingeschlafen war. Seine Chefin griff sich eine der dicken grauen Rosshaardecken, die in Reichweite unter dem Dach gestapelt waren, und deckte ihn fürsorglich damit zu.

»Danke, Lucy«, murmelte er, ohne richtig aufzuwachen.

»Ihr Bodygard scheint großes Vertrauen in Sie zu setzen«, kommentierte die Hotelmanagerin die Szene. »Er schläft, und die Millionenerbin wacht. Sollte es nicht eher umgekehrt sein?«

»Versuchen Sie doch auch zu schlafen«, empfahl ihr Havranek, ohne auf die Stichelei einzugehen. Obwohl sie in normaler Lautstärke gesprochen hatte, war das leise Schnarchen von Schenk absolut gleichmäßig geblieben. »Vielleicht ist es bald wichtig, ausgeruht zu sein.«

»Genau diesen Rat hat Iris am frühen Abend auch befolgt«, entgegnete Barca Sertorius sarkastisch. »Genützt hat es ihr wenig.«

Ihr Defätismus ermunterte Havranek erst recht nicht zu einer Fortsetzung des Gesprächs, und auch Sertorius schien es, kaum dass sie es begonnen hatte, wieder beenden zu wollen.

»Es würde wohl mehr als zynisch klingen, uns mit den Leichen im Scherm eine gute Nacht zu wünschen, nicht wahr?«, meinte sie. »Ich erspar es uns also besser und baue stattdessen darauf, dass wir morgen früh noch am Leben sind.«

»Das hoffe ich auch«, sagte Havranek.

Schließlich kehrte doch relative Ruhe im Bettenlager ein, wobei man wohl die eisernen Nerven von Marco Schenk haben musste, um bei dem an- und abschwellenden Getöse außerhalb der Hütte und dem ständigen Knirschen und Ächzen im Dachgebälk zu schlafen.

Ob auch Barca Sertorius irgendwann eingeschlafen war, konnte Havranek von ihrem Platz aus aufgrund der matten Beleuchtung nicht sagen. Sie selbst fühlte sich nach einer Stunde auf ihrem Posten noch immer fit und munter – und durchaus in der Lage, weiter über den Schlaf der anderen zu wachen. Jedenfalls glaubte sie das.

Zum wiederholten Mal sah sie auf ihre Armbanduhr. Fünf vor zwei. Im Notbiwak auf dem Broatlab hätte sie zwar ausreichend Zeit gehabt, sich nach der kräfteraubenden Tour über die Schmalzscharte auszuruhen, aber jetzt erinnerte ihr Körper sie daran, dass es ihr in dieser Atmosphäre nagender Ungewissheit nicht möglich gewesen war, sich auch nur eine Minute zu entspannen. Müdigkeit und Apathie ergriffen von ihr Besitz – nicht allmählich, wie sich etwa jenes Gefühl der Unwirklichkeit in ihr breitgemacht hatte, hervorgerufen durch die Morde und die Isolation, sondern unvermittelt, als würde jemand von einem Augenblick auf den andern einen Schalter in ihrem Kopf umlegen.

Immer öfter und in immer kürzeren Abständen nickte sie ein. Ließen Angst und schlechtes Gewissen sie aus dem Schlummer hochschrecken, so schalt sie sich ebenso oft eine realitätsverweigernde Närrin, die trotz eines sehr realen, im Hinterhalt lauernden Meuchelmörders ihrem Schlafbedürfnis nachgegeben hatte.

Daher war sie fast erleichtert, als um drei viertel drei morgens im Erdgeschoss eine Tür ging und Knapp heraufrief: »Ich bin's! Tut mir leid, aber ich muss dringend wieder aufs Häusl.«

Auch Barca Sertorius schien plötzlich hellwach zu sein und setzte sich auf. Die beiden Frauen hörten noch eine andere Tür im Flur gehen, vermutlich die zum WC, danach außer dem Rumoren des Sturms nichts mehr.

Wann Knapp das stille Örtchen wieder verließ, bekam Havranek nicht mehr mit. Nur wenige Minuten nach seiner Meldung sackte ihr das Kinn wieder auf die Brust, und sie versank in einen tiefen Schlaf, ohne ihren Bodygard zur Wachablöse geweckt zu haben.

26 BENOMMEN ERWACHTE SIE, war zunächst völlig desorientiert und begriff erst im Nachhinein, dass jemand sie mehrmals an der Schulter gerüttelt hatte. Schenk kniete neben ihr.

»Da stimmt was nicht«, flüsterte er. »Ich habe nicht mehr gehört, wie Knapp vom Klo kam und in die Sennkammer zurückging.«

Havranek blickte schuldbewusst auf ihre teure Taucheruhr. Fünf vorbei!

Schenk schüttelte den Kopf. »Keine Angst. Er hat mich durch sein Rufen geweckt, und ich bin dann gleich wach geblieben, du brauchst schließlich deinen Schlaf«, erklärte er leise. »Fast zwei Stunden sind seither vergangen. So lang sitzt man auch mit Diarrhö nicht auf dem Lokus, jedenfalls nicht durchgehend. Ich werde jetzt runtergehen. Behalte du währenddessen die Sertorius im Auge.«

Havranek nahm es Schenk nicht ab, dass er erst jetzt, nach Stunden, aktiv wurde, aber sie verzichtete darauf, ihre Zweifel zu äußern.

»Was ist los?«, zischte Barca Sertorius alarmiert, als Schenk auf dem Weg zur Treppe an ihr vorbeihuschen wollte. Ihr war nicht entgangen, dass er Schutzhelm und Rucksack geschultert hatte und seine Bergschuhe in der linken Hand trug.

»Haben Sie Knapp von der Toilette kommen hören?«, fragte Schenk ebenso leise zurück.

»Nein, ich muss wohl auch wieder eingeschlafen sein«, gab sie Bescheid.

»Auch? Also haben Sie bemerkt, dass Frau Havranek eingenickt war?«

»Eingenickt?«, höhnte die Hotelierin. »Die hat gerüsselt wie ein Dachs, das war trotz des Sturms mühelos zu hören. Da Sie, Herr Schenk, ja angeblich auch noch geschlafen haben, wollte ich nach dem Kurzauftritt von Enzo wach bleiben, was mir aber leider nicht gelungen ist.«

Es war Schenks Miene nicht zu entnehmen, ob er ihr das glaubte. »Bleiben Sie bitte hier oben, Frau Sertorius«, sagte er. »Wenn ich etwas Verdächtiges bemerke, rufe ich. Sollte ich mich nicht mehr melden, müssen Sie beide leider selbst aktiv werden. Ich schalte jetzt das Licht aus: Schließlich will ich beim Hinuntergehen keine Zielscheibe abgeben. Aber ich werde es so bald wie möglich wieder anmachen, versprochen. Am besten gehen Sie jetzt zu Frau Havranek hinüber und bleiben hinter dem Holzpfeiler in Deckung.«

Kaum war Barca Sertorius der Aufforderung nachgekommen, erlosch das Licht, und die beiden Frauen hockten in absoluter Finsternis auf der Matratze. Die nächsten Minuten stellten ihre Geduld und ihren Mut auf eine harte Probe. Noch immer orgelte der Orkan wie hundert synchron heulende Wolfsrudel, und obwohl die Intensität inzwischen hörbar nachgelassen hatte, erschwerte die Klangwolke die Wahrnehmung anderer Laute in der unmittelbaren Umgebung.

War Schenk nun unter diesem kakophonischen Schutzschirm ins Erdgeschoss hinuntergeschlichen, oder stand er noch am Treppenabsatz? Was auch immer er unternahm: Sie hörten nichts davon, konnten nur seinen Worten trauen – oder eben nicht.

Nach einer schier endlosen Zeitspanne ging das Licht auf dem Dachboden wieder an, und jemand öffnete die vordere Eingangstür, die kurz darauf wieder geschlossen wurde. Dann waren sie mit sich und der paradoxen Stille innerhalb der Hütte wieder allein und warteten auf irgendein Zeichen von Schenk. Vergeblich. Kälte machte sich breit, die Frauen zitterten, im Herd unten musste die letzte Glut längst erloschen sein.

Nach weiteren Minuten unschlüssigen Zauderns ergriff Havranek schließlich die Initiative. »Marco hatte recht: Da stimmt etwas ganz und gar nicht. Ich denke, es bleibt uns nichts anderes übrig, als selbst nachzusehen. Je länger wir warten, umso mehr Zeit hat der Killer, sich neu zu positionieren und die nächste Attacke vorzubereiten.«

Barca blickte sie misstrauisch von der Seite an. »Ist dieser militärische Jargon in der Wiener Upperclass zurzeit angesagt? Und wer hat Ihnen überhaupt geflüstert, dass es sich nur um einen Killer handelt und dass diese Person ein Mann ist?«

Havranek, die eine Stablampe aus ihrem Rucksack hervorgeholt hatte, blieb eine Antwort schuldig und näherte sich der Treppe. Im Erdgeschoss brannte kein Licht, weshalb sie die Lampe einschaltete und gleichzeitig das Dachbodenlicht wieder ausmachte. Langsam ließ sie den Lichtstrahl nach unten wandern. An der Position der Taschenlampe sah Barca, dass Havranek dabei am Boden lag. Dann war auch dieser Lichtschein weg, es herrschte abermals totale Dunkelheit und Totenstille.

Die Touristikmanagerin mochte zwar seit ihrer Pubertät an einer bipolaren Störung leiden, aber eines war sie mit Sicherheit nicht: beschränkt. Eine millionenschwere Großbürgerliche, die durch einen haarsträubenden Zufall zur falschen Zeit in eine alptraumhafte Szenerie wie diese hier geriet, mochte man sich noch vorstellen, aber nicht eine, die dann trotz Verletzung in dieser extremen Situation agierte wie Havranek. Noch während sie dazu Überlegungen in eine bestimmte Richtung anstellte, ging im Erdgeschoss die Beleuchtung an.

»Sie können runterkommen!«, rief Havranek von unten herauf. Da Barca sie trotz ihrer Verletzung nicht über die Treppe hinunterhinken gehört hatte, musste sie unter Zuhilfenahme von Händen und Gesäß auf einem Bein lautlos hinuntergekrochen sein. »Die Haustür ist wieder versperrt, und ich habe jede andere Tür im vorderen Trakt im Blickfeld.«

Trotz der tiefen Temperaturen drang der Gasteinerin plötzlich kloakenhafter Gestank in die Nase. »Was stinkt da so bestialisch, und wo ist Schenk?«, fragte sie misstrauisch, kam der Aufforderung letztendlich aber nach.

Die Wienerin hob vielsagend die Achseln. »Ich weiß weder das eine noch das andere. Die Schneeschuhe von Marco sind jedenfalls weg, auch ein Paar Skistöcke fehlt. Vielleicht sollten wir erst mal nach Knapp sehen, aber dazu müssen Sie mir jetzt Deckung geben, Barca. Ich werde die Sennkammer überprüfen, dann das WC und dann den Wirtschaftsraum – in der Reihenfolge. Sie werden währenddessen mit Ihrer Sig Sauer im Anschlag die anderen Türen im Auge behalten.«

»Ach, auf einmal vertrauen Sie mir?« Die Gasteinerin klang eher verbittert als erleichtert.

»Wer hat denn wem schon seit unserer ersten Begegnung misstraut und damit dem wahren Mörder in die Hände gespielt?« Trotz des Vorwurfs war der Gescholtenen nicht entgangen, wie überraschend widerspruchslos sich die selbstbewusste Touristikmanagerin in den letzten Minuten ihren Anordnungen gefügt hatte. Und das, obwohl es wenige Stunden zuvor noch beinahe zum Showdown zwischen ihnen beiden gekommen wäre.

Havranek überprüfte die unversperrte Sennkammer, traf dort niemanden an, hüpfte auf einem Bein zur Toilette und öffnete die Tür. Sofort wurde der Gestank unerträglich.

Auf der WC-Muschel saß Knapp – mit heruntergelassener, vollgekoteter Hose und durchtrennter Kehle. Augen und Mund waren aufgerissen, das Gesicht grotesk verzerrt, zur tartareischen Fratze versteinert. Aus der klaffenden Schnittwunde am Hals war das Blut literweise ausgetreten, war über seine Kleidung und die weißen Fliesen gelaufen und hatte sich auf dem Boden mit Urin vermischt. Der Nassraum erinnerte an ein Schlachthaus, das blutverschmierte Jagdmesser lag noch neben dem rechten Fuß der Leiche. Und von alldem hatten sie auf dem Dachboden nichts gehört.

Auch dieses Opfer war vom Mörder beinahe schon erwartungsgemäß mit einem pittoresken Perchtenaccessoire versehen worden: Aus Knapps erstarrter Faust ragte das Miniaturmodell einer mehrgliedrigen Streckschere.

Barca Sertorius starrte wie paralysiert über Havraneks Schulter auf die Leiche. »Der Störschneider«, flüsterte sie leise. »Eine der beliebtesten Figuren beim Perchtenlauf. Mit seiner meterlangen Streckschere schnappt er aus dem Hinterhalt ahnungslosen Zuschauern die Hüte vom Kopf, die Insignien ihrer bürgerlichen

Rechtschaffenheit, und lässt sich dann die Rückgabe in bar vergüten.«

»In etwa so, wie Knapp sich von Ihrem Mann Harald und von Gunde Batjany die Bewahrung der bürgerlichen Fassade hat vergüten lassen«, stellte Havranek den Bezug zwischen Opfer und Symbol her, dann fasste sie Miniaturschere und Messer mit Taschentüchern an und reichte sie an Barca mit der Bitte weiter, beides zur Wilderer-Sturmhaube und den Bockshörnern auf der Anrichte zu legen.

»Wenn sich die Möglichkeit bot, dunkle Punkte im Leben seiner Mitbürger zu Geld zu machen, lief Enzo zu großer Form auf, und Harald und Gunde waren sicher nicht die Einzigen, die er abgezockt hat«, fühlte Barca sich genötigt anzumerken. »Aber hat er deshalb ein solches Schicksal verdient? Ich kenne die Schere übrigens. Sie war Bestandteil einer Holzpuppe, die den Störschneider darstellte und in Lazis Arbeitszimmer auf einem Tischchen stand. Seine Schüler hatten sie ihm geschenkt, deshalb auch der besondere Ehrenplatz. Und auch das Messer kenne ich: Es hat Iris gehört.« Barcas eben noch klare Stimme war bei den letzten Worten leise und zittrig geworden.

Der aus dem WC strömende Geruch ließ beide Frauen mittlerweile mit dem Brechreiz kämpfen, sodass Havranek die Tür wieder schloss. »Die Leiche von Knapp bleibt, wo sie ist. Später kann die Kriminaltechnik hier ihre Arbeit tun«, befand sie, ohne auf Barcas Exkurs einzugehen. »Zur kleinen Notdurft müssen wir von jetzt an eben vor die Hütte gehen – Sturm hin oder her.«

»Das können wir auch einfacher haben, im Scherm befindet sich ein weiterer Abfluss, auch wenn dort die anderen Leichen liegen. Aber wie gehen wir jetzt weiter vor? Ich meine, der Mörder wird –«

»Er wird uns nicht überrumpeln, solange wir nur die Ohren steifhalten und nicht wie Knapp vorhersehbare Fehler begehen. Wir holen uns jetzt Wasser und etwas zu essen, und dann bleiben wir in der Rauchkuchl und rühren uns nicht vom Fleck, bis der Sturm weitgehend abgeklungen ist. Ich denke, wir setzen uns so wie gestern, so ist es taktisch am klügsten.«

Mit entsicherten Pistolen und gegenseitiger Rückendeckung

holten die Frauen Wasser, Brot, Schinken und Käse aus dem Kaskeller und kehrten unbehelligt in die Rauchkuchl zurück. Während Barca Sertorius im Herd Feuer machte, behielt Havranek die Türen im Flur im Blickfeld. Vorläufig blieb alles ruhig.

Beim deftigen Notfrühstück kam die Wienerin wieder auf das Perchtensymbol zu sprechen. »Der Mörder hat sich also Zutritt zu Grankenbruchs Wohnung verschafft und die Schere bis heute aufbewahrt.«

»Aber warum tut ein Mörder so was?«, fragte Sertorius kopfschüttelnd. »Ein derart markantes Indiz hätte ihn doch jederzeit verraten können.«

Auch Havranek hatte nur eine Vermutung parat. »Möglicherweise hat er oder sie in der Schere eine Art Trophäe gesehen und sie an einer vermeintlich sicheren Stelle versteckt.«

»Und jemand hat sie dort entdeckt«, riet die Hotelierin. »Exakt dieser Jemand, der Iris den mehrfach erwähnten Tipp gegeben hat, ohne einen bestimmten Namen zu nennen.«

Ihr Gegenüber verzog den Mund zu einem traurigen Lächeln. »Sie haben mit einem Satz die ganze Tragik dieses Treffens umrissen. Das Dilemma jener Person, die den Mörder zwar nicht davonkommen lassen wollte, sich aber scheute, mit dem Finger auf ihn zu zeigen, hat Frau Freudenschuss überhaupt erst veranlasst, Amateurdetektivin zu spielen.«

»Und damit ist sie dem Mörder in genau jene Falle gegangen, in die sie ihn so gern gelockt hätte«, ergänzte Barca lapidar.

Havranek, die sich Schinkenspeck und Käse auf eine Scheibe Brot schlichtete, nickte. »Genau so ist es. Während ihm das wechselseitige Misstrauen in der Runde sehr gelegen kam, führte das Bemühen von Iris Freudenschuss, jeden zum Reden zu bringen, schnurstracks zur Katastrophe.«

»Das hört sich logisch an«, sagte Barca. »Haben Sie mich noch immer in Verdacht?«

Havranek beobachtete interessiert die Kohlensäurebläschen, die in ihrem Mineralwasser aufstiegen. »Zusammen mit Ihrem ehemaligen Verlobten hätten Sie durchaus die Möglichkeit gehabt, so ein Ding durchzuziehen. Knapp war in Geldnot, und für Sie wär es ein Klacks gewesen, den Spieß einmal umzudrehen, ihn mit seinen Malversationen auf Linie zu bringen, während Sie mit einem dicken Scheck winkten.«

»Das hätte bei Enzo vielleicht sogar funktioniert«, räumte die Hotelkauffrau gelassen ein, »aber trotzdem wären wir zu den Morden nicht fähig gewesen.«

»Kein Mensch weiß, zu welchen Taten er unter gewissen Bedingungen in der Lage ist, Barca. In Kenntnis dieser Binsenweisheit sind Marco und ich bis heute früh auf Distanz zu Ihnen geblieben. Für Sie wäre es auch ein Leichtes gewesen, Frau Batjany und Bibernell zu vergiften.«

»Ach?«

»Ja, zu dem Zeitpunkt hatte der Mörder das Überraschungsmoment nämlich noch auf seiner Seite, aber nach diesen Morden waren Ihr Ehemann und Iris Freudenschuss gewarnt und auf alles gefasst. Als dann auch noch Marco auftauchte, hätte das für jeden Killer, also hypothetisch auch für Sie beide, Stress bedeutet. Da eröffnete die Notwendigkeit, mich zu retten, plötzlich ganz neue Möglichkeiten, allerdings nicht für Knapp, denn Marco hielt sich während der gesamten Rettungsaktion ständig neben ihm auf. Sie jedoch hätten währenddessen Zeit und die Gelegenheit gehabt, die Hütte durch das Kammerfenster oder durch den Scherm zu verlassen, uns auf unserem Rückweg vor der Planitzen-Hütte abzupassen, Ihren Gatten zu ermorden und ungesehen in die Grußberg-Hütte zurückzukehren. Ähnliches gilt mit jeweils vertauschten Rollen auch für den Mord an Frau Freudenschuss.«

Die frischgebackene Witwe konnte die Theorie nachvollziehen, legte aber gleich den Finger auf ihren wunden Punkt. »Und wie hätte Enzo unbemerkt vom Häusl auf den Dachboden und wieder retour gelangen sollen?«

»Wir Frauen waren durch Ihren Stutenkampf mit Iris Freudenschuss um den verblichenen Lazi ziemlich abgelenkt«, glaubte sich Havranek zu erinnern. »Knapp hätte anstelle der WC-Tür auch die Tür zum Wirtschaftsraum oder die zur Sennkammer öffnen können, uns wäre das kaum aufgefallen. Aber zugegeben, er hätte schon sehr flink sein müssen, um Iris Freudenschuss von der Dachluke aus zu erschießen und dann rechtzeitig wieder zurück zu sein.«

»Und um mich des lästigen Mitwissers zu entledigen, hätte ich ihn dann umgebracht, als Sie eingeschlafen waren?«, entwickelte Barca mit leicht sarkastischem Unterton die Hypothese weiter.

»Nein«, sagte diese ruhig, »Marco wurde wach, als Knapp nach uns rief, um mitzuteilen, dass er auf die Toilette muss, hat mich aber weiterschlafen lassen und gewartet, bis auch Sie wieder eingeschlafen waren. Als er mich dann viel später weckte, war er vermutlich längst unten im Flur gewesen und hatte die Leiche auf dem WC entdeckt. Er hat also schon ein wenig früher als ich gewusst, dass Sie Knapp nicht umgebracht haben konnten. Wenn aber nicht Sie selbst, Barca, die Urheberin all dieser Scheußlichkeiten sind, kann das Konzept des Mörders nur vorsehen, dass Sie als Letzte dran glauben werden. Als Selbstmord getarnt, erschossen mit der eigenen Waffe.«

Über der Nasenwurzel der Gasteinerin bildete sich eine senkrechte Falte. »Na klar, ein Mensch mit psychischen Problemen lässt sich auch leichter als irrer Serien- und Selbstmörder inszenieren als ein sogenannter Normalo.«

»Mhm«, bestätigte Havranek mit vollem Mund, um etwas später zu ergänzen, »und selbstverständlich werden Sie nicht abtreten, ohne ein schriftliches Geständnis auf Ihrem Smartphone hinterlassen zu haben.«

»Aber so dumm ist doch kein Kriminalbeamter dieser Welt, den Braten nicht sofort zu riechen.«

»Darauf würde ich nicht wetten«, sagte Havranek trocken. »Außerdem war ich noch nicht fertig. Die Strategie jener Person steht und fällt natürlich mit ihrem Alibi für den heutigen Tag. Aber sie hat alles durchgeplant, steht kurz vor ihrem makabren Ziel, das sie sich gesteckt hat, und wird alles daransetzen, es auch zu erreichen.«

In der folgenden Gesprächspause hörten sie plötzlich wieder das Ticken der Kuckucksuhr, das viele Stunden lang vom Toben des Blizzards verschluckt worden war. Sieben Uhr, aber noch immer war kein Morgen in Sicht. Zwar schwächelte der Orkan bereits, doch die Schneewechten, die er vor sich hertrieb, waren immer noch dicht genug, um das Tageslicht kaum durchdringen zu lassen.

»Wie lange mag Enzo schon tot sein?«, fragte Barca Sertorius.

»Die Blutlache am Boden des WCs war schon teilweise angetrocknet, anscheinend wurde er getötet, nachdem er sich bei uns bemerkbar gemacht hat. Wie ihn sein Mörder allerdings überrumpeln konnte, ist mir schleierhaft.«

»Aber wenn Schenk, Sie und ich ihn nicht umgebracht haben, wer war es dann?«

Die Frau, die sich als Lucilla Havranek ausgewiesen hatte, hob die Schultern und ließ sie wieder fallen. »Keine Ahnung.«

»Sagen Sie mir dann wenigstens, wo Schenk ist? Und weichen Sie bitte nicht wieder aus. Bei dem Schlussszenario, das Sie eben entworfen haben, muss ich die Wahrheit erfahren.«

Lucilla Havranek nahm einen Schluck von ihrem Gasteiner Wasser, wohl um etwas Zeit zu gewinnen, und schien sich dann einen Ruck zu geben. »Wir sind von der Prämisse ausgegangen, dass der Sturm in den Morgenstunden nachlassen würde. Marco hat vorgeschlagen, es allein zu versuchen und mich bei Ihnen zurückzulassen.«

»Was allein zu versuchen?«

»Auf den Schneeschuhen ins Tal zu touren, um die Polizei zu verständigen. Wenigstens bis zum ›Annencafé‹ sollte er es schaffen und schon auf dem Weg dorthin über BOS-Funk Kontakt bekommen. Da im Broatlab die Verbindung fast geklappt hätte, vermutet Marco einen Störsender hier in der Hütte oder in der näheren Umgebung.«

Barca Sertorius drehte das Wasserglas in ihrer Hand hin und her. »Ein Bodygard, der seinen millionenschweren Schützling verlässt? Schon ziemlich unglaubwürdig, finden Sie nicht? Es sei denn, der Schützling ist selbst so wehrhaft, dass er die Stellung hält, bis der Partner mit der Kavallerie zurückkehrt. Ist es nicht so, Frau Oberleutnant Melanie Kotek?«

Kotek seufzte. »Seit wann wissen Sie es?«

»Noch nicht lange. Aber schon, als Sie gestern zur Tür hereingetragen wurden, war mir klar, dass ich Sie von irgendwoher kenne. Der Trick mit dem alten Illustriertenfoto hat mich allerdings dann doch ganz schön irritiert. Wie haben Sie das gemacht? Eine Montage?«

»Das war kein Trick. Der Ausweis ist natürlich gefälscht, aber nicht das Foto. Lucilla Havranek, Millionenerbin, ist meine Schulfreundin. Sie ist tatsächlich auf dem Foto abgebildet, das Mädchen links von mir. Als die Aufnahme entstand, hat sie wie die anderen Mädchen auf mich und mein freizügiges kleines Schwarzes gestarrt.«

»Ich verstehe. Jeder Betrachter, der Havranek zuvor noch nie gesehen hat, bezieht den Text auf die junge Frau, der die allgemeine Aufmerksamkeit gilt, nämlich auf Sie. Sie haben sich nur den Fehler des Bildredakteurs zunutze gemacht.«

Kotek nickte. »Das Foto hat schon einmal bei einer verdeckten Ermittlung gute Dienste geleistet. Aber wie haben Sie mich schließlich doch durchschaut?«

Barca Sertorius antwortete nicht sofort. Sie glaubte, irgendwo in der Hütte ein Geräusch gehört zu haben, und verharrte einen Moment lang in lauschender Pose. Als es still blieb, wandte sie sich wieder der Beamtin zu. »Zu Beginn haben Sie noch sehr überzeugend die zu beschützende Millionenerbin gegeben, aber von Stunde zu Stunde haben sich Ihr Verhalten und vor allem Ihre Art, Fragen zu stellen, geändert. Und als ich dann gestern nach der Ermordung von Iris durchzudrehen drohte, Sie mich aber ganz cool zu beruhigen suchten, da kam ich auf meinen Anfangsverdacht zurück: Entweder ist sie eine Profikillerin oder Polizistin. Bei der Polizei gibt's zwar durchaus den einen oder anderen hübschen Feger, doch Schönheiten wie Sie sind wohl eher die Ausnahme von der Regel. Und da sich die Medienvertreter nach der Klärung des Falls Wegener fast um Sie geprügelt haben, war es nur meinem maroden Nervenkostüm zuzuschreiben, dass ich Sie nicht schon früher erkannt habe. Herr Schenk sagt mir allerdings nichts.«

»Major Lorenz Redl, mein Partner«, klärte Kotek sie auf. »Die Initialzündung zu diesem Einsatz lieferte übrigens tatsächlich Till Freudenschuss, der vorgestern bei Oberst Jacobi interveniert hat. Jacobi hat daraufhin zwar Staatsanwalt Rothmayer zur Wiederaufnahme des Falls Grankenbruch veranlasst, es aber nicht geschafft, Frau Freudenschuss davon abzubringen, den Jour fixe abzuhalten. Deshalb meinte er, wir sollten wenigstens undercover vor Ort sein. Aber nur als scheinbar unbeteiligte Privatpersonen hätten wir eine Chance, Grankenbruchs Mörder – so es ihn denn gab – zu enttarnen. Als Jacobi jedoch den Wetterbericht vom Sonnblick-Observatorium sah, verwarf er die Idee wieder.«

»Und warum sind Sie dann doch hier?«

»Ich hab mich gegen Jacobi und Major Redl durchgesetzt. Wir hofften, es noch rechtzeitig vor dem Wettersturz über die Schmalzscharte zu schaffen, was uns aber leider nicht gelang. Der Blizzard hat uns einen Strich durch die Rechnung gemacht, meine Verletzung ist echt.«

»Allerdings hat Ihre Undercover-Nummer die Morde auch nicht verhindern können«, stellte Barca Sertorius stirnrunzelnd fest. »Möglich, dass wir offiziellen Ermittlern nichts erzählt hätten, aber die Anwesenheit von Polizei hätte den Mörder doch immerhin zur Zurückhaltung genötigt.«

»Hinterher ist man immer klüger«, verwahrte sich Kotek gegen die Kritik. »Übrigens hätten wir die ersten beiden Morde auch dann nicht verhindern können, wenn mir das Missgeschick mit der Bänderzerrung nicht passiert wäre. Aber Sie selbst würden ganz sicher nicht mehr leben, wenn Major Redl und ich dem Mörder nicht dazwischengekommen wären.«

Bei der Bemerkung über die Bänderzerrung hatte sie eigenartigerweise nicht auf das betroffene Bein gedeutet, sondern sich fahrig an den Kopf gegriffen. »Es ist eben nicht so einfach, die Pläne eines Killers zu durchschauen, der selbst unter Stress nicht darauf verzichtet, seine Opfer mit skurrilen Perchtensymbolen zu dekorieren«, fuhr sie mit schwerer Zunge fort. »Und erst recht nicht, diese Pläne zu durchkreuzen – egal ob nun undercover oder offiziell. Er hätte auf jeden Fall weitergemacht, denn er musste vor allem Iris Freudenschuss stoppen, die kurz vor ihrem Tod doch noch auf die richtige Spur gestoßen ist.«

»Auf die Spur von Valerie Neuhauser? Glauben Sie das wirklich?«

»Ich meinte eher … die Spur des Giftes, der wir …« Melanie Kotek konnte nicht mehr weitersprechen.

Barca Sertorius blickte wie hypnotisiert auf die beiden Wassergläser auf dem Tisch. In einem befand sich klares Quellwasser, im anderen stiegen Kohlensäurebläschen auf. »Sie ... Sie trinken Mineralwasser?«, stotterte sie.

»Wieso denn nicht?«, kam stockend die Gegenfrage. »Die kontaminierten Flaschen ... sind doch längst aussortiert ... und beiseite...« Der Satz blieb unvollendet. Die Kriminalbeamtin sank vornüber, stieß dabei das Trinkglas um und rutschte wie eine Marionette, deren Schnüre man losgelassen hatte, von der Bank und unter den Tisch.

27 »FRAU KOTEK! MELANIE!« Barca war weiß wie eine gekalkte Wand geworden. Sie sprang auf und riss den Tisch zur Seite, um zur Vergifteten zu gelangen, als sie im Flur eine Tür zufallen hörte. Die Tür zum Wirtschaftsraum!, schoss es ihr durch den Kopf. »Adrian, bist du das?«

»Nein, falsch geraten, meine Liebe«, sagte eine Stimme, die ihr nur allzu bekannt war. »Du brauchst dich um die Bullen-Schickse nicht mehr bemühen, sie wird in den nächsten Minuten sterben. Ich habe alle Flaschen Mineralwasser vergiftet.«

»Ich ... ich kann das einfach nicht glauben.« Wie in Zeitlupe wandte sich die Hotelierin um und schrie vor Entsetzen auf.

»Na, na, jetzt beruhige dich, du abergläubische Nudel«, sagte Matthäus Bibernell. »Ich habe nur in die medizinische Trickkiste gegriffen, aber das war auch nötig, um mein Ding in Ruhe durchziehen zu können.«

»Dein Ding?«

Bibernell kam näher. Er trug noch immer die Kleidung, in der man ihn in den Schlafsack gehüllt und auf den Kufern gelegt hatte: graue Thermohose und ein grünes, leicht verschmutztes Jagdhemd. Das Schulterhalfter, das sie der vermeintlichen Leiche abgenommen und im Scherm aufgehängt hatten, hatte er sich wiederbeschafft. »Das Abblasen des Feme-Gerichts, das Iris für den Mörder eures geliebten Lazi inszenieren wollte. Und jetzt setz dich dort auf die Eckbank«, befahl er unvermittelt.

»Du hattest ziemlichen Schiss vor Iris«, wandte Barca ein, ohne der Aufforderung Folge zu leisten. Noch immer bleich wie Sackleinen gewann sie trotz des neuerlichen Schocks ihre Fassung zusehends zurück. Bibernell war bewaffnet und ein ebenso guter Pistolen- wie Gewehrschütze, aber er war nicht so reaktionsschnell wie sie, die vielfach prämierte Sportschützin. Auch jetzt war sein Blick zu langsam, um ihren Bewegungen zu folgen. Doch auch als sie bereits ihre Sig Sauer in beiden Händen hielt und damit auf seine Brust zielte, zuckte er nicht einmal mit der Wimper.

»Lass das, Mädel«, sagte er fast gemütlich. »Hältst du mich wirklich für so blöd, mich auf ein Pistolenduell mit dir einzulassen, ohne Vorsorge getroffen zu haben?« Ohne Hast griff er nach der Waffe in seinem Schulterhalfter und wollte sie herausziehen.

Barca sah noch, dass es nicht seine übliche Steyr Mannlicher M war, dann drückte sie zweimal ab.

»Aua!« Die Platzpatronen hatten trotz der geringen Distanz kaum Spuren auf Bibernells Hemd hinterlassen. Als er Barcas verständnislosen Blick sah, hielt er seine Pistole hoch, sodass sie sie von der Seite betrachten konnte. »Na, ist der Groschen endlich gefallen?«

Es war eine Sig Sauer mit Schalldämpfer-Gewinde am Lauf. Einige eitle Jäger und Jägerinnen benutzten derartige Waffen, um den unter Schützen verpönten Fangschuss notfalls diskret setzen zu können. Auch Barcas Pistole hatte einen so gefrästen Lauf, was Jagdkamerad und Gelegenheitsliebhaber Matthi natürlich bekannt war.

»Das hier ist deine, Liebling.« Er wusste, wie sehr sie den Kosenamen hasste, aber jetzt bestimmte er die Regeln. »Ich habe sie bei unserer Gymnastikstunde am Dienstag, während du auf dem Klo warst, mit jener vertauscht, mit der du mich eben abknallen wolltest, und mit ihr Harry und Iris erschossen.«

»Du Scheusal!«

»Danke. Aber die Waffe war ohnehin nur für Plan B gedacht. Eigentlich hatte ich gehofft, möglichst viele von euch mit den vergifteten Getränken ins Jenseits zu befördern. Enzo, der Dosenbier-Trinker, war als Mörder und Selbstmörder vorgesehen, und vor dem Hintergrund seiner Erpressungen und sonstigen Malversationen wäre er als solcher fraglos durchgegangen.«

»Schön ausgedacht.«

»Tja, hat aber leider nur bei Gunde funktioniert, weil Iris zu vorsichtig war und niemanden sonst von Wein, Bier oder Mineralwasser hat trinken lassen. Deshalb musst du jetzt die Rolle übernehmen, die ich Enzo zugedacht hatte – nicht zuletzt deshalb, weil Till ja unbedingt die Polizei aufscheuchen musste, was meine Dramaturgie dementsprechend durcheinandergewirbelt hat.«

»Und wie wäre es weitergegangen, wenn du uns alle fünf auf einmal erwischt hättest?«

Bibernell lachte ärgerlich auf. »Tja, dann hätte es so ausgesehen, als wäre ich gleich nach meinen Taxi-Diensten wieder ins Tal zurückgefahren, weil ich mich mit Enzo gestritten hatte. Valerie hätte nur bestätigen müssen, dass ich schon am Vormittag bei ihr aufgetaucht sei, aber das war nun leider nicht mehr möglich. Letztlich aber passt du mit deinem kleinen Dachschaden auch recht gut ins Mörderprofil, und ich denke, die Ermittler werden das ebenso sehen und dein Geständnis kaum in Zweifel ziehen.«

»Wer von uns beiden den größeren Sparren locker hat, Matthi, ist dir wohl hoffentlich klar. Von welchem Geständnis redest du überhaupt?«

»Von dem Geständnis, das sie auf deinem Handy finden werden, Liebste. In dem du schilderst, dass du das Aus der Affäre mit Lazi nicht akzeptieren konntest und ihn in einem Anfall von Raserei erschlagen hast.«

»So ein Blödsinn, das wird doch niemand glauben.«

»Das sagst du, aber alle, die Lazi und dich erlebt haben, werden das anders sehen. Um deine Tat zu vertuschen, hast du dann die Legende vom Perchtensprung inszeniert. Zwar warst du der gerechten Strafe bisher entgangen, konntest dir aber der Diskretion deines Mannes und Mitwissers nicht mehr sicher sein. Schließlich hätten dich seine Vorhaltungen mit den Jahren zermürbt, und zu guter Letzt sahst du dich auch durch die Hartnäckigkeit von Iris genötigt, endlich reinen Tisch zu machen. Nach vollbrachter Tat wolltest du von der Hütte verduften und den Ermittlern später ein Alibi auftischen. Aber dann kamen dir leider Schenk und Kotek dazwischen.«

»Ungefähr so hat auch Kotek die Strategie des Mörders skizziert.«

»Trotzdem hat ihr die ganze Klugscheißerei nichts genützt, da sie den richtigen Täter nicht kannte. Hätte sie sich nicht eingemischt, hätte sie nicht dran glauben müssen, aber so ist auch sie zu einem Teil meines Plans geworden.«

Matthis unmissverständliche Geste mit der Pistole zwang Barca Sertorius, ein paar Schritte zurückzuweichen, dann trat er rasch an den Tisch heran, den sie zuvor ein Stück weit zur Seite gerückt hatte, bückte sich zu der ins Koma gefallenen Polizistin und nahm ihr die Glock ab.

»Du bist wahnsinnig, total wahnsinnig«, fuhr Barca auf. »Jetzt auch noch Polizistenmord! Damit kommst du doch nie durch. Koteks Kollege, Major Redl, wird bald im Tal sein. Er verdächtigt Valerie bereits, und von ihr wird die Spur schnurstracks zu dir führen. Oder wer sonst hätte dir ein so exklusives Gift besorgen können? Welches von beiden war es denn jetzt? Tetrodotoxin oder Maitotoxin?«

Bibernell betrachtete sie wie ein Insekt, das er am liebsten sofort erschlagen hätte. »Es war Tetrodotoxin«, sagte er endlich. »Iris war wirklich ziemlich gut im Raten. Ich hatte echt Schiss, dass sie beim Googeln über Tetrodotoxin auch schon mal auf dessen Bedeutung bei karibischen Zombie-Ritualen gestoßen sein könnte. Und jetzt setz dich endlich hin.«

»Warum denn Schiss?«, fragte sie und ließ sich auf die Bank fallen. Vor der Hütte schlief in diesen Minuten der Sturm endgültig ein. Das Verstummen des Heulens erzeugte in Barca ein widersinniges Gefühl von Verlust. Würde sie den blauen Himmel noch einmal wiedersehen? Höchstwahrscheinlich nicht.

»Weil ich auch meinen aufwendigen Plan B bereits gefährdet gesehen habe«, erwiderte Bibernell unwirsch.

»Plan B? Weil wir nicht wie Gunde zum Giftbecher gegriffen haben?« Barcas Sarkasmus war mehr als tollkühn. Dem sechsfachen Mörder süffisant zu kommen, konnte die letzte Dummheit sein, die frau sich geleistet hatte.

Aber Matthi Bibernell war schon wieder vollkommen entspannt. Das war seine Stunde, er, der immer mit milder Herablassung von den anderen Vereinsvorständen behandelt worden war – nicht zuletzt von seinen Sex-Gespielinnen –, hatte jetzt endlich das Heft in der Hand. Bestens gelaunt genoss er seine unumschränkte Macht. »Nachdem Iris infolge einer gezielt gestreuten Info bereits vor Wochen den Rachefeldzug gegen Lazis Mörder ausgerufen hatte, wäre es sehr blauäugig gewesen, nicht mit eurer Vorsicht zu rechnen«, erklärte er gönnerhaft, wobei er die Sig Sauer ins Futteral steckte und die Glock schussbereit in der Hand behielt. »Für den Fall, dass ich mit Plan A also nicht gleich den erwünschten Erfolg haben sollte, wollte ich mir die Wirkungsweise von Tetrodotoxin zunutze machen und es beim Jour fixe einsetzen. Mein eigener vorgetäuschter Gifttod sollte zudem meine Chancen erhöhen, euch der Reihe nach auszuschalten, und so ist es ja schließlich auch gekommen.«

»Wie bist du nur auf etwas derart Abgefahrenes verfallen?«

»Die Idee dazu ist mir schon vor Jahren in Valeries Bett gekommen«, erklärte Bibernell so unbefangen, als wäre er nach einem Kochrezept gefragt worden. »Wir redeten über Voodoo, und sie erzählte mir von einer historischen Begebenheit, bei der karibische Magier mit diesem speziellen Bluff auf ihre Landsleute Macht ausgeübt hatten. Auf mein Drängen hin hat sie mir schließlich das Gift besorgt. Sie hat es unter Gundes Namen *ad usum proprium* bestellt und den Batjany-Bauhof als Empfängeradresse angegeben. Dort hab ich das Paket bei der Sekretärin avisiert, und als es schließlich in der Post vom Bauhof landete, habe ich vorgegeben, es Gunde zu bringen«, fuhr er fort. »Schon ein Milligramm Tetrodotoxin ist für einen achtzig Kilo schweren Erwachsenen unbedingt tödlich. Es war nicht einfach, die Flüssigkeiten zu kontaminieren, das Zeug lässt sich in Wasser nämlich nur schwer auflösen, in Alkohol schon bedeutend besser.«

»Valerie ist deine Komplizin?«

»Sagen wir mal so: Sie vermutete schon etwas, als ich damals von ihr verlangte, zu verschweigen, dass ich die Nacht vom 8. auf den 9. Dezember bei ihr verbracht hatte. Schließlich benötigt man für einen Fußmarsch von der Lichtung an der Gadaunerer Schlucht bis zu ihrem Haus nur eine halbe Stunde. Ein idealer Ausgangspunkt.«

»Aha, und hat sie dir auch das Gegengift besorgt?«

»Es gibt für TTX kein Gegengift. Die Dosis macht die Wirkung aus. In meinem Wieselburger waren nur null Komma vier Milligramm, eine Menge, deren Wirkung ich schon zweimal an mir selbst getestet hatte – unter Valeries Aufsicht natürlich.«

»Du hättest bei den Versuchen sterben können.«

»Was deiner Meinung nach wahrscheinlich die beste aller Möglichkeiten gewesen wäre, nicht wahr? Aber wie heißt es so schön? *No risk, no fun!*«

»Und wie wirkt diese verminderte Dosis nun?«

»Das hast du doch hautnah miterlebt: Es kommt zum Atemstillstand – Puls und Herzschlag sind nicht mehr wahrnehmbar, jedenfalls nicht ohne Stethoskop.«

»Jetzt erinnere ich mich auch wieder, dass das Stethoskop in Gundes Arzttasche gefehlt hat. Iris ist das nicht aufgefallen, und als Enzo später in die Tasche schaute, hatte er nur Augen für den Hexenbesen.«

»Exakt so war es gedacht.«

»Also musste Gunde als Erste sterben, weil sie Toxikologin war. Wäre sie relativ nüchtern geblieben, hätte sie die Zusammenhänge erraten und den Scheintod als Fake entlarven können.«

»Du hast's erfasst. Wiederbelebende Maßnahmen greifen in diesem komatösen Zustand zunächst nicht, also wird man sogar von medizinisch gebildeten Laien für tot gehalten. Äußerst praktisch. Nebenbei gesagt haben auch schon Ärzte Personen für tot erklärt, die etwas später quietschlebendig von der Bahre geklettert sind.«

»Doch du wolltest auf Nummer sicher gehen.«

»Du sagst es. Aber zurück zur niedrigsten noch wirksamen Dosis, die ich durch die Einnahme von Aktivkohle zusätzlich entschärft hatte.«

»Daher stammte also der schwarze Fleck auf deinem Hemd?«

»Was tut das jetzt noch zur Sache? Entscheidend war vielmehr, dass mein Organismus bereits wenige Stunden nach dem Selbstversuch die Lähmung überwand, das Herz wieder normal zu schlagen begann und ich mich wieder einigermaßen fit fühlte. Einen längeren Zeitraum in diesem Zustand hätte ich wegen der Kälte und der mir gesetzten Frist ohnehin nicht in Kauf genommen.«

»Der dir gesetzten Frist?«

»Nun, auch ein Schneesturm dauert schließlich nicht ewig. Ehe die ersten Polizeihubschrauber aufsteigen konnten, musste hier alles erledigt sein. Einen Vierundzwanzig-Stunden-Scheintod hätte ich mir also kaum leisten können. Meine Auferstehung gestern Abend erfolgte ohnehin schon im letzten Moment. Ein paar Minuten später, und ich hätte die Expedition zum Broatlab glatt verpasst.«

»Aber als Schenk, also Major Redl, plötzlich vor der Tür stand, da hast du noch im Schlafsack gelegen.«

»Stimmt, aber als er mir ins Gesicht sah, war ich schon wach. Ich bekam mit, dass ein Fremder in der Hütte Zuflucht gesucht hatte und man ausrücken wollte, um eine weitere Person zu bergen. Als Harry, Enzo und der Undercover-Bulle dann den Scherm verlassen hatten und Iris zu dir in die Rauchkuchl gegangen war, habe ich deshalb zunächst darauf verzichtet, zur Habie raufzuklettern, sondern bin –«

»Zur Habie? Aber die Tür zu dieser Rumpelkammer befindet sich doch auf dem Dachboden und ist außerdem doppelt versperrt.«

»Da haben selbst die schlauen Kiberer Bauklötze gestaunt, als es Iris erwischte und sich niemand erklären konnte, woher die tödlichen Schüsse gekommen waren, nicht wahr? Aber man sollte eben genauer hinschauen, wenn's ums eigene Leben geht. In der rechten Hälfte des Scherms befinden sich, ebenso wie in der linken, jeweils zwei Vieh-Boxen, deren Ecken aus Stützpfeilern für den Bretterboden der Habie darüber bestehen. Einer der Pfeiler auf der Bergseite hat Trittkerben, über die man zu einer Falltür gelangt.«

»Durch solche Klappen hat man früher das Heu von oben in den Scherm geworfen.«

»Richtig, und obwohl man heute kaum noch Viehfutter in der Habie lagert, hat man die traditionelle Bauweise auch bei der letzten Hüttenrestauration beibehalten. Wie man sieht, ist mir die Tradition zugutegekommen.«

»Also hättest du Iris schon …« Barca Sertorius hielt mitten im Satz inne.

»Ich hätte sie schon erschießen können, während die Männer weg waren, meinst du?«

»Ja. Schließlich schlief sie oben im Bettenlager und –«

»Sie schlief nicht. Ihr schlechtes Gewissen, euch alle in diese Bredouille gebracht zu haben, hielt sie wach. Sie hätte das Öffnen der Habietür gehört und war zudem eine gute Schützin. Das Risiko war zu diesem Zeitpunkt eindeutig zu groß.«

»Aha, da hast du lieber das Risiko auf dich genommen, hinauszuschleichen und einen der zurückkehrenden Männer zu erschießen. Aber wie konntest du ihnen bei den Sichtverhältnissen draußen auflauern, ohne zufällig über sie zu stolpern?«

»Der Graben hinter der Planitzen-Hütte ist wegen der Latschenfelder nur an einer bestimmten Stelle halbwegs kommod zu überqueren. Dort stehen ein paar verkrüppelte Fichten und Zirben, anhand derer man sich leidlich orientieren kann. Es war also anzunehmen, dass der Weg der Gruppe sie dort vorbeiführen würde. Der Schein ihrer Helmlampen war früh genug zu sehen – trotz des Schneegestöbers.«

»Aha, und Harry hat es erwischt, weil er der Schlussmann war?«

»Man merkt, dass deine regelmäßigen Besuche beim Psychiater Früchte tragen.«

»Was sollten die Perchtensymbole?«, fragte Barca Sertorius, den unqualifizierten Anwurf ignorierend.

»Sie dienten der Verwirrung, nichts anderem.«

»Aber während du Gunde, Harry und Enzo mit den Symbolen nur verspottet hast, wirkten die Hörner der Hobergoaß an Iris, ja, wie der Bruch im Äser eines Wildes.«

Bibernells selbstgefälliges Grinsen hatte etwas Diabolisches an sich, als er sich nun herabließ, seinem letzten Opfer die Diskrepanz zu erklären. »Iris war ja nicht auf den Kopf gefallen. Den Tipp vom Insidermord an Lazi hatte sie von meiner Frau erhalten, weshalb sie auch mich verdächtigte, obwohl sie mein Motiv nicht kannte. Als gute Jägerin übereilte sie allerdings nichts, gab sich ahnungslos und wartete darauf, dass ich einen Fehler beging. Erst mein Scheintod ließ ihre Logik jäh in sich zusammenstürzen.«

Als er nach kurzem Innehalten fortfuhr, wirkte er plötzlich ernst. »Trotzdem stand ihr die Ehrung zu, denn sie war die Einzige unter euch, die mir wirklich gefährlich geworden ist, was ich mit dem Bocksgehörn ausdrücken wollte.«

»Was ist mit dem Schlafsack? Niemand von uns hat gemerkt, dass deine Leiche verschwunden war.«

»Polster, Decken und ein Ball lagen schon seit Donnerstag in der Kufern bereit. Ich wusste, dass du darauf bestehen würdest, die Leichen in einen der Nebenräume zu schaffen oder überhaupt aus der Hütte zu entfernen. Ich rechnete sogar damit, in der Planitzen-Hütte aufgebahrt zu werden, also musste ich dafür sorgen, dass ich die Schermtür mit einem Draht von außen entriegeln konnte – was ich auch getan habe, nachdem die Sache mit Harry erledigt war. Wegen des Trubels um die verletzte Kotek und wohl auch wegen des Sturms habt ihr nichts von mir gehört. Mein ganzer Plan B war darauf aufgebaut, von der Habie aus operieren zu können.«

Barca Sertorius schämte sich für ihren Wiedergänger-Aberglauben, mit dem sie eigentlich gar nicht so weit danebengelegen hatte.

»Und während ihr im Laufe des Abends noch einige Male ahnungslos am ausgestopften Schlafsack vorbeigestolpert seid«, setzte Bibernell fort, »habe ich von oben eure Gespräche in der Rauchkuchl mitverfolgt.«

»Du konntest in der Habie hören, was wir unten gesprochen haben?«, fragte Barca ungläubig.

»Klar. Die Tür war nur angelehnt.«

»Aber das Vorhängeschloss?«

»Die Tür geht nach innen auf, also schließt man zunächst auf, um den Sperrriegel nicht zu beschädigen, und zieht dann die Angelbolzen so weit heraus, dass die Tür faktisch nur noch am Vorhängeschloss hängt. Der Flur wirkt schallverstärkend bis unters Dach, meine Liebe. Deshalb konnte auch die Kotek hier unten hören, was du mit Enzo oben gesprochen hast.«

»Und du ebenfalls, denn du warst ja gleich nebenan.«

»Allerdings. Erinnere dich nur: Iris hat hier am Tisch Nachlese über ihre Ermittlungsarbeit gehalten, nachdem ich ja als Verdächtiger nicht mehr verfügbar war. Als sie Interesse an Valerie zeigte, war ich also gewarnt.«

»Du hast die Tür absichtlich geräuschvoll aus den Angeln gehoben, um das Gespräch zu unterbrechen und einen von uns beiden hinaufzulocken.«

»Ein günstiger Moment. Redl war noch draußen im Schneechaos unterwegs, Enzo saß auf dem Lokus, und die Kotek war durch ihre Verletzung gehandicapt. Nur du und Iris wart in der Lage nachzusehen. Dass Iris auf den Dachboden stieg, sah ich als einen Wink des Schicksals. Als sie mir den Rücken zuwandte und sich bückte, um ihre Tabletten zu nehmen, fuhr sie bei dem Geräusch der sich öffnenden Habietür herum und bekam die zwei Kugeln in die Brust.«

Bibernell hörte sich an, als würde er ein unbedeutendes Jagderlebnis kommentieren. »Ich huschte rasch zur schon geöffneten Dachluke und klappte sie weit auf, um euch zum Grübeln zu bringen, dann versperrte ich die Habietür wieder hinter mir und drückte die Bolzen in die geölten Angeln.«

Bibernells Kaltherzigkeit hätte Barca die wiedergewonnene Fassung beinahe erneut verlieren lassen, und sie hätte um ein Haar trotz der auf sie gerichteten Pistole etwas sehr Unsinniges getan. Doch sie beherrschte sich. »Was war mit Enzo? Wie konntest du ihn so lautlos überwältigen? Er ist doch größer und kräftiger als du.«

»Ein Kinderspiel. Ich hab ihn auf dem WC erwartet, wusste ja, dass er es irgendwann aufsuchen würde. Als er das Licht anmachte, war er so paralysiert von meinen Anblick, dass er den Hieb mit der Pistole nicht kommen sah. Den Bewusstlosen setzte ich auf die WC-Muschel und schnitt ihm die Kehle durch. Das war's.«

»Du bist ein Monster!«, rief Barca mit erstickter Stimme, während ihre Hand an den Hals flog. »Was haben dir Enzo, Gunde, Harry und Iris nur so Schreckliches angetan, dass du ein derartiges Blutbad anrichten musstest? Von der Kotek will ich erst gar nicht reden.«

»Das mit der Polizistin war so nicht beabsichtigt, aber leben lassen durfte ich auch sie nicht. Alle anderen haben ihr Schicksal redlich verdient.«

»Hältst du dich für eine Art Gott, Matthäus Bibernell, dass du glaubst, über Leben und Tod befinden zu können? Im Ernst: Du musst verrückt sein. Nur ein Verrückter denkt sich eine so makabre Nahtod-Nummer aus, um im Schutz dieser Tarnung peu à peu ein halbes Dutzend Menschen abzuschlachten.«

Bibernell spielte nachdenklich mit Barcas Pistole. »Möglicherweise bin ich sogar verrückt, mag sein, ich weiß es nicht. Sehr wohl aber weiß ich, dass ich Gefängnismauern nicht aushalten würde. Also musste ich etwas unternehmen, und bei einem Verhältnis von fünf gegen einen war ein kühler Kopf gefragt.«

»Ein kühler Kopf zum Morden!«

»Allerdings. Ich weiß, es klingt kitschig, aber ich brauche nun einmal die Freiheit, den Wald, die Almen, die Berge. Ein anderes Leben kommt für mich nicht in Frage.«

»Und du hattest so viel Vertrauen zu Valerie?«

»Zu ihr nicht, aber zu ihrer Geilheit. Valerie hätte von sich aus niemals auf meinen Schwanz verzichtet.«

Barca, die selbst nicht nur einmal mit Matthi intim geworden war, fragte sich verbittert, warum sie nie gemerkt hatte, mit was für einem Psychopathen sie sich da eingelassen hatte. Nach einer Weile beklemmenden Schweigens, in der jeder ahnte, was der andere dachte, zwang sie sich weiterzureden. »Du hast Lazi ermordet. Selbst wenn du es noch immer leugnen solltest, so beweisen es diese beiden Tage doch mit grauenhafter Deutlichkeit.«

Bibernells Antwort bestand zunächst aus gleichgültigem Achselzucken. »Warum sollte ich leugnen, dass ich nachgeholt habe, was die Mutter dieses Hundsfotts gleich nach seiner Geburt versäumt hat?«, fragte er schließlich.

»Warum hasst du Lazi eigentlich so? Selbst jetzt noch, nach seinem Tod. Er hat dir doch ebenso wenig in den Weg gelegt wie deine anderen fünf Opfer. Oder war der Grund etwa, dass ich ihn geliebt habe und du in dieser Zeit abgemeldet warst?«

Bibernells moosgrüne Augen glühten zornig auf. »Das ist so typisch für dich. Wie immer hältst du dich für den Mittelpunkt der Welt. Schon damals hast du in unerträglicher Selbstgefälligkeit geglaubt, Lazi sei von Adrian umgebracht worden – deinetwegen und in Steffs Auftrag. Und derselben Logik folgend, hast du bis zu dieser Stunde vermutet, Adrian hätte auch die anderen vier beseitigt – zuvorderst Gunde, weil sie sich nicht scheiden lassen wollte, und die anderen, weil sie als mögliche Zeugen ein Risiko darstellten. Übrigens will Steff dich gar nicht mehr. Er ist längst an der Stadträtin Paula Faber dran, die ihm wohl in mehrfacher Hinsicht die Stange hält und nach Kräften bemüht ist, sein wackeliges Bau-Imperium zu stützen.«

»Schon gut, ich hab's ja verstanden: Du hast dich also von mir ebenso herabgesetzt und benutzt gefühlt wie von Gunde. Aber wenn nicht ich der Grund für deinen Hass war, wer oder was dann?«

Der Blick des Mörders ging unvermittelt ins Leere, abermals zogen sich zäh die Sekunden, ehe er sich zu einer Antwort entschloss. »Ich habe vorhin erwähnt, dass Agathe Iris informiert hat, jemand aus dem Vorstand habe Lazi auf dem Gewissen. Du erinnerst dich?« Wieder blitzten seine Augen auf.

»Natürlich«, beeilte sich Barca Sertorius zu bestätigen. »Iris hat sich gebetsmühlenartig auf diesen Insidertipp berufen, sich aber nie den Namen des Informanten entlocken lassen.«

»Weil ihr Agathe den Schwur abgepresst hat, ihre Identität unter keinen Umständen preiszugeben, da sie sonst um ihr Leben fürchten müsste.«

»Wie kannst du dann davon wissen? Wenn sie solche Angst vor dir hatte, wird sie dir ja ihren Verdacht kaum auf die Nase gebunden haben.«

»Das brauchte sie gar nicht, ich konnte eins und eins auch so zusammenzählen. Jedenfalls hat Iris ihr Versprechen gehalten, wobei allerdings dazugesagt werden muss, dass sie das ganz sicher nicht getan hätte, hätte sie die ganze Wahrheit gekannt.«

»Die ganze Wahrheit?«

»Weißt du noch, wann Lazi dir den Laufpass gegeben hat?«, fragte Bibernell scheinbar zusammenhanglos.

Ungeachtet der akuten Lebensgefahr, in der sie schwebte, errötete Barca wie ein Schulmädchen. »Am 9. August vor dreieinhalb Jahren, den Tag vergess ich nie«, sagte sie dennoch mit fester Stimme.

»Und Iris hat ihn wohl auch nicht bis zu ihrem Tod vergessen, denn ihr und Valerie hat er damals ebenfalls telefonisch mitgeteilt, dass er nicht mehr interessiert sei. Und nun rate mal, warum.«

Beim Blick in das wutverzerrte Gesicht des Vielfachmörders dämmerte der Touristikmanagerin eine ganz und gar unglaubliche Erkenntnis. Energisch schüttelte sie den Kopf. »Nein, das glaube ich nicht, das ist ganz und gar unmöglich!«

»Ist es das tatsächlich? Nun, ich hab's zuerst auch nicht geglaubt. Am Anfang war es nur der Hund. Ich hatte unsere Edda so erzogen, dass sie anschlägt, wenn hausfremde Personen unser Grundstück betreten. Als Lazi einmal eine Aussendung des Perchtenvereins persönlich bei uns vorbeibrachte – übrigens zu einem Zeitpunkt, an dem ich gar nicht zu Hause sein sollte –, da wedelte diese blöde Töle, statt ihn zu verbellen. In diesem Augenblick schöpfte ich zum ersten Mal Verdacht. Vor allem, weil Agathe damals jedes Mal wie ein Holzklotz im Bett lag, wenn ich sie nur anrührte. Sie verhielt sich, als würde ich einen chirurgischen Eingriff an ihr vornehmen wollen.«

»Und dann?«

»Dann hab ich ihr eine Falle gestellt. Ich sagte ihr, ich würde zwei Tage im Nassfeld verbringen und kaum vor dem Wochenende zurück sein. Mir war klar, dass sie sich am ehesten in unserer Jagdhütte am Luadaoscht über den Rauchberg-Mahdern treffen würden, wenn wirklich was zwischen ihnen lief. Dort konnten sie sich sicherer fühlen als in Lazis Wohnung oder bei uns zu Hause.«

»Und? Hat die Falle funktioniert?«

»Nicht beim ersten Mal. Agathe war extrem vorsichtig, aber ich musste ja öfter ins Nassfeld. Beim zweiten Mal war es dann so weit.«

»Du hast sie auf der Hütte erwischt und nicht gleich umgebracht? Warum diese Zurückhaltung?«, höhnte Barca. Sie wusste, dass sie nur deshalb noch am Leben war, weil sich Bibernell seiner Taten brüsten wollte.

»Ich habe die zwei durchs Fenster beobachtet«, zischte er hasserfüllt. »Sie saßen zwar nur Händchen haltend am Tisch, aber ich konnte das Glück in Agathes Augen kaum ertragen. In fünfzehn Ehejahren hat sie mich nie so angesehen. Im ersten

Moment wollte ich reinstürmen und beide erschießen, aber ich konnte mich grad noch rechtzeitig bremsen. Ein kurzer Moment der Angst, das wäre nicht ihre gerechte Strafe gewesen.«

»Außerdem hättest du lebenslang einsitzen müssen, und deine Kinder wären damit Vollwaisen geworden«, ergänzte Barca. »Also hast du dir einen anderen Plan überlegt, und mittlerweile wissen wir ja auch, welchen.«

»Richtig. Ich hab unbemerkt die Fliege gemacht und auf den geeigneten Zeitpunkt für meine Rache gewartet, über die ich mir schon beim Abstieg im Großen und Ganzen klar war.« Bibernell hielt einen Augenblick lang inne. Wie eine Katze, die an der tödlich verwundeten Maus das Interesse zu verlieren beginnt, beobachtete er sein letztes noch lebendes Opfer.

»Lazi hat damals ständig vom Perchtensprung erzählt«, setzte er dann fort, »außerdem wusste ich, dass er zu Mariä Empfängnis nach dem zwei Tage dauernden Krampuslauf in doppelter Hinsicht blau sein würde. Auf diesen beiden Parametern beruhte mein Plan. Lazi musste sterben, und Agathe sollte darunter leiden.« Er grinste. »Um mich schon vorher ein wenig abzureagieren, hab ich Edda, das treulose Vieh, erschossen und behauptet, sie hätte einen eitrigen Lauf gehabt. Nicht einmal die Kinder glaubten mir, und da sie die wahren Zusammenhänge nicht kennen, denken sie wahrscheinlich noch heute, dass Edda als Jagdhund versagt hat.«

»Aber Agathe ahnte die Zusammenhänge, nicht wahr?«

»Ja, und deshalb kann nur sie die Informantin von Iris gewesen sein. Sie ahnte etwas, war sich aber ebenso wenig sicher wie Valerie. Sie in dieser Ungewissheit schmoren zu lassen – weiß er nun von mir und Lazi oder doch nicht? –, das war der prickelnde Aperitif vor dem Hauptgang.«

»Der wie und wann serviert wurde?« Barcas feuchte Augen straften ihre burschikose Ausdrucksweise Lügen. Mochte sie auch im Nachhinein von Lazi enttäuscht sein, der Agathe, das unterschätzte Heimchen am Herd, ihr, der mondänen Hotelierin, vorgezogen hatte, so verursachte ihr der Gedanke daran, seinen Tod gleich in allen Einzelheiten geschildert zu bekommen, doch ungleich größeres Unbehagen.

Aber Matthäus Bibernell ging nur zu Beginn seines Berichts in die befürchteten Details. »Ganz so, wie du dachtest, dass Valerie es angestellt haben könnte. Für mich als Zeugwart war es ein Leichtes, nach den beiden Krampustagen Lazis Schiachperchtenmontur aus dem Fundus zu entwenden und im Kofferraum meines Wagens bereitzuhalten. Ähnliches galt für den halb gerauchten Joint, den er am Nikolaustag auf unserer letzten Tour vor dem Stubnerhof weggeworfen hatte und den ich dann einsteckte. Am Abend von Mariä Empfängnis wartete ich am Parkplatz vor dem ›Winklhofer‹, bis Lazi herauskam, und bot ihm dann an, ihn nach Hause zu fahren.«

»Nein!«

»Doch. Anfangs sträubte er sich, lenkte dann aber ein, um eine Diskussion über die Gründe seiner Weigerung zu vermeiden. Genauso war es mit dem Flachmann: Zuerst lehnte er einen Schluck aus der Verschlusskappe ab. Erst als ich mir selbst vor seinen Augen einen Kurzen einschenkte, natürlich aus einem zweiten Flachmann, und runterkippte, schwanden seine Bedenken.«

»Armer Lazi«, entfuhr es Barca.

»Arm?«, wiederholte Bibernell ungläubig. »Der eingebildete Schnösel hat mich für einen naiven Trottel gehalten. An diesem Tag waren die Rollen aber anders verteilt. Er trank das zweite Stamperl aus der anderen Flasche, dessen Inhalt mit Liquid Ecstasy versetzt war, in einem Zug aus. Auf der Pyrker Straße war er schon weggetreten. Ich bin mit ihm auf den Faschingberg zur Lichtung raufgefahren, und was dann folgte, weißt du ja.«

»Nur dass Lazi eben nicht selbst aufs Katapult geklettert ist und sich auch nicht selbst in die Schlucht geschleudert hat.« Die Tränen liefen ihr mittlerweile in Rinnsalen über die Wangen.

»Tja, Romantiker leben gefährlich«, sagte der Mörder mit unbewegtem Gesicht. »Es hat ihm nicht genügt, Damen aus der Gesellschaft und solche, die sich dafür halten, zu beglücken, nein, er musste sich auch noch an eine Landpomeranze heranmachen, die mit ihrem Macho-Gatten, ach, so furchtbar geschlagen war.«

»Hat … hat Lazi noch etwas davon mitbekommen, was in der Gadaunerer Schlucht mit ihm geschah?«

Bibernell weidete sich an ihrem ahnungsvollen Entsetzen,

bevor er antwortete. »Du kennst doch die Aussage vom Essig-Hannes. Er hat die Percht schreien hören. Ich habe gewartet, bis Lazi wieder zu sich kam und sich zu bewegen begann. Dann erst hab ich den Hebel umgelegt, und ich sag dir: Es war wie ein Orgasmus.«

Barca Sertorius war über sich selbst überrascht. Die Tränen schienen die schmerzhafte Starre in ihrem Innern gelöst zu haben. Statt einen aussichtslosen Angriff auf den Mörder ihres Gatten und ihres Geliebten zu starten, hörte sie sich fragen: »Und wie hast du Agathe dazu gebracht zu schweigen? Hast du gedroht, auch ihr etwas anzutun?«

»Nun, sie wusste nicht mit letzter Gewissheit, wer Lazi in die Hölle geschickt hat, und bis heute habe ich es weder Valerie noch ihr gestanden. Wohl aber hatte ich damals von ihr und den Kindern das Alibi verlangt, woraus sie wahrscheinlich ihre Schlüsse gezogen hat. Mir war klar, dass eine nur gegen sie gerichtete Drohung sie nicht abgehalten hätte, zur Polizei zu gehen.«

Die Hotelierin, die selbst zweifache Mutter war, begriff, und das Grauen drohte ihr die Luft abzuschnüren. »Du … du hast ihr mit dem Tod eurer Kinder gedroht?«

»Ja«, gestand der Mörder gleichmütig. »Die Ansage, ich würde unsere ganze Familie ausrotten, allen voran die Kinder, hat sie bis vor ein paar Wochen eingeschüchtert, und auch zuletzt hat sie Iris gegenüber zwar schon von Mord gesprochen, aber keinen Namen genannt.«

Bei der Vorstellung, auch ihren Kindern könnte eine solche Gefahr drohen, bekam Barca weiche Knie, und ihr wurde kotzübel.

Bibernell merkte es und fühlte sich daraufhin zu weiteren Erläuterungen veranlasst. »Vorgestern Nachmittag kamen Agathe ähnliche Mordgedanken wie dir jetzt. Vermutlich ahnte sie, was ich beim Jour fixe vorhatte, weshalb sie nicht wie angegeben zum Seniorenheim fuhr, um ihre Großmutter zu besuchen, sondern zum Grußberg-Gut. Der Hias hat den Suzuki gesehen. Im Hohlweg auf der Hausstatt hat sie mir dann in einem Versteck aufgelauert. Während ich mit dem Skidoo auf der Forststraße fahre, schau ich ganz zufällig in ihre Richtung und sehe einen

Wimpernschlag lang mein eigenes SSG 3000 auf mich gerichtet.« Jetzt grinste er wieder. »Allerdings hat sie es nicht geschafft abzudrücken. Da wusste ich, dass ich gewonnen hatte und dass ich meinen Plan in der Rastötze würde durchführen können.«

»Aber Agathe war nicht die Einzige, die etwas geahnt hatte. Sicher, nach dem Mord an Lazi hast du Valerie dazu gebracht, ihren Verdacht für sich zu behalten, doch spätestens nach der Ankündigung von Iris, den Mörder zur Rechenschaft ziehen zu wollen, hätte sie logischerweise zur Polizei gehen müssen, um sich selbst den Rücken freizuhalten.«

»Wenn, dann hätte sie das gleich nach jenem 8. Dezember tun müssen. Mir hingegen konnte nichts Besseres passieren, als dass sie sich von Knapp hatte überreden lassen, bei der Polizei den falschen Termin der Grundstücksverhandlung anzugeben. So müsste sich heute jeder Ermittler fragen, wozu Knapp *ihr* ein Alibi geben musste.«

»Trotzdem könnte sie im Vertrauen auf die Justiz die Wahrheit sagen, zum Beispiel die genaue Uhrzeit, wann du bei ihr aufgekreuzt bist.«

»Barca, die coole Managerin. Aber auch du solltest wissen, dass niemand den Skandal so fürchtet wie der Parvenu, der es nach oben geschafft hat. Valeries diesbezügliche Ängste schützen mich noch viel wirksamer als ihre Geilheit. Denk doch nur an deinen eigenen Helden: Harry hat sich lieber jahrelang von Enzo erpressen lassen, als dass er Status und Nimbus in den Wind geschossen hätte.«

»Und obwohl er dir nicht gefährlich werden konnte, musstest du ihn dennoch erschießen.« Die Witwe schien sich dem verblichenen Gatten jetzt stärker verbunden zu fühlen als zu dessen Lebzeiten.

Bibernell richtete die nachlässig gehaltene Pistole wieder warnend auf ihre Körpermitte. »Bleib, wo du bist! Deine Solidarität mit Harry kommt etwas spät und macht ihn auch nicht mehr lebendig. Keiner von euch darf am Leben bleiben, wenn mein Plan aufgehen soll.«

Sie schüttelte den Kopf. »Was ich gestern und heute fotografiert und auf dem Handy notiert habe, wird automatisch auf meinem PC daheim gespeichert. Da nützt es auch nichts, wenn du das Smartphone zertrümmerst. Du kommst aus der Nummer nicht mehr raus, Matthi, begreif das doch. Gib einfach auf, und ich verspreche, dir den besten Anwalt und die besten Gutachter zu besorgen.«

»Das hättest du wohl gern, was?«, grunzte er verärgert. »Aber für mich macht es keinen Unterschied, ob ich in der Geschlossenen vermodere oder im Häfen. Beides wäre schlimmer als der Freitod, den ich jedoch noch lang nicht ins Auge fasse. Und dein Handy will ich erst recht nicht zerstören, es wird schließlich noch gebraucht. Der letzte Stand deiner Infos mich betreffend wäre wahrscheinlich sowieso, dass du mich für tot gehalten hast.«

Wie recht Bibernell damit hatte, bestätigte das Flattern von Barcas Lidern. »Gut, dann soll es eben so sein«, sagte sie, während sie die plötzlich wiederaufkommende Todesangst niederzukämpfen suchte. »Aber wie willst du meinen Suizid plausibel darstellen? Glaubst du im Ernst, ich lass mir meine eigene Pistole ohne Gegenwehr an die Schläfe setzen oder in den Mund stecken? Jede andere Schussverletzung würde deine Selbstmordtheorie ja ad absurdum führen.«

»Du unterschätzt mich schon wieder. Was glaubst du, warum ich jetzt die Glock von der Kotek in der Hand halte und nicht deine Sig Sauer?«

Als Barca begriff, verstärkte sich ihre Übelkeit, und das Atmen fiel ihr schwer. »Du … du willst mich erst mit …?«

Sein faunisches Grinsen wurde breiter. »Siehst du, wie dein Gehirn auf einmal wieder funktioniert? Exakt so hatte ich es geplant. Erst wirst du mit der Glock kampfunfähig geschossen, dann kriegt die Kotek ein paar Kugeln aus deiner Sig Sauer in die Brust.«

»Aber sie ist doch schon tot, das wird man merken.« Barca zitterte jetzt am ganzen Körper.

»Sie lebt noch, ist nur ins Koma gefallen, und später wird man eine Leiche mit Projektilen in der Brust kaum noch auf Tetrodotoxin untersuchen. Aber du hast natürlich recht: Es wird Zeit, die Geschichte zu Ende zu bringen. Schwer verwundet und daher unfähig, von hier zu verschwinden, entschließt du dich also, dir eine Kugel in den Kopf zu jagen. Allerdings nicht, ohne noch eine klärende Information auf deinem Smartphone zu hinterlassen.«

28

»DIE HÄTTE ICH WIRKLICH GERN GELESEN.« Oberleutnant Kotek setzte sich zwischen Sitzbank und weggerücktem Tisch auf. »Doch so weit wird es nicht mehr kommen. Lassen Sie die Glock fallen, Bibernell!«, befahl sie scharf. »Sie ist nicht durchgeladen, ich bin also in jedem Fall schneller als Sie.«

Nicht nur der Mörder starrte wie paralysiert auf die Waffe in ihren Händen. Es war der Revolver von Iris Freudenschuss, er musste hinter einem der Eckbankfüße gelegen haben.

»Tja, Sie haben uns angekreidet, wir hätten die Heuklappe nicht gesehen oder zumindest nicht beachtet«, erinnerte ihn Kotek. »Damit hatten Sie leider recht, aber heute Nacht ist Ihnen eine ähnliche Nachlässigkeit unterlaufen. Nachdem Sie Knapp umgebracht hatten, hätten Sie seine Kammer noch einmal überprüfen sollen, anstatt sich mit der Walther zufriedenzugeben, die er im WC bei sich trug.«

Barcas Mund stand noch immer offen, während Bibernell sich bereits wieder gefangen hatte. »Eine reife Leistung, die vorgetäuschte Vergiftung«, brach es aus ihm heraus. »Aber du glaubst doch nicht im Ernst, dass ich jetzt klein beigebe, du blöde Schnalle!«

Als er nach dem Schlitten der Glock greifen wollte, fielen zwei Schüsse. Der Schmerz in der rechten Schulter presste ihm einen lauten Schrei ab.

»Ich habe Sie gewarnt«, sagte die Schützin. »Lassen Sie wenigstens jetzt die Waffe fallen.«

Bibernell wankte, fiel aber nicht, und schon gar nicht machte er den Eindruck, als hätten ihn die Steckschüsse in der Schulter eines Besseren belehrt, im Gegenteil. Das gerötete Gesicht verzerrte sich zu einer Fratze, in den Augen spiegelte sich sein Irrsinn, und sein Wimmern war weniger Ausdruck des Schmerzes als der unerträglichen Wut. »Ich denke gar nicht daran«, gurgelte er kaum noch verständlich.

Als Kotek bemerkte, dass er trotz der schweren Verletzungen Anstalten machte, die Pistole in die linke Hand zu nehmen, deutete sie mit dem Kinn an ihm vorbei in Richtung Flur. »Ehe Ihr Realitätsverlust noch abstraktere Formen annimmt, sollte ich Ihnen vielleicht mitteilen, dass Major Redl dort hinten steht. Sobald sich der Sturm endgültig gelegt hat, sind die Hubschrauber da. *Game over*, Bibernell.«

Der angeschossene Mörder hielt den Blick starr geradeaus gerichtet, doch Barca Sertorius wandte sich in die angegebene Richtung. Major Redl stand hinter der Treppe zum Dachboden, hatte eine große Glock, vermutlich eine 34er, zwischen zwei Trittbrettern aufgelegt und zielte auf Bibernell. Also hatten die beiden Beamten gemeinsam dem Mörder eine Falle gestellt. Nie hatte Schenk alias Redl die Bezeichnung »Personenschützer« mit größerer Berechtigung getragen als in diesem Moment, fand Barca, und wieder stach ihr seine Ähnlichkeit mit Grankenbruch ins Auge. Hatte Lazi ihn ihr möglicherweise geschickt? Aus dem Jenseits? Als ihre Knie einzuknicken drohten, griff sie nach der Tischkante. »Gib auf, Matthi. Redl steht wirklich hinter dir und zielt auf dich. Gib doch endlich auf!« Barcas Stimme wurde immer schriller, dann überwältigte sie ein Weinkrampf. Die Apokalypse auf der Rastötzenalm hatte nun auch sie endgültig geschafft.

Den kleinen Zwischenfall glaubte der fünffache Mörder zu einem Überraschungsangriff nützen zu können. Ungeachtet der guten Schützin vor ihm schätzte er den Polizeioffizier in seinem Rücken als den gefährlicheren Gegner ein. Schon wirbelte er mit einem erstickten Schrei herum, brachte es sogar fertig, auf Redl anzulegen, da knallte ein einzelner Schuss, Bibernell fiel zu Boden, und oberhalb seiner Nasenwurzel klaffte ein fingernagelgroßes Loch.

29 MINUTEN VERGINGEN, bis Kotek das bleierne Schweigen beendete. »Leider war von ihm eine solche Reaktion zu erwarten«, sagte sie und betrachtete den Erschossenen nur mäßig betroffen. »Er hat es geschafft, uns für seinen Suizid zu missbrauchen, Lenz.«

Als Redl näher kam, war er blass, wirkte aber gefasst. Mit dem Griff nach vorn übergab er die Glock 34 seiner Kollegin. Kotek tütete sie und die von ihr benutzte Smith & Wesson ein und legte beide Pistolen auf die Anrichte zu den übrigen sichergestellten Asservaten. Ihre eigene Waffe ließ sie auf dem Fußboden liegen, wo sie dem erschossenen Bibernell aus der Hand gefallen war.

»Wer die Hobergoaß lästert, stirbt innerhalb von drei Tagen«, presste Barca noch immer schluchzend hervor.

Kotek schürzte vielsagend die Lippen. »Was ich echt nicht verstehe«, sagte sie schließlich an Redl gewandt, »ist der Schluss von Plan B, mit dem sich Bibernell aus der Affäre zu ziehen hoffte.«

Redl ahnte, warum sie ihn jetzt in ein Gespräch zu verwickeln suchte, obwohl es doch eigentlich Wichtigeres zu tun gab. Sie wollte ihn mit der Belastung, in Notwehr getötet zu haben, nicht sich selbst überlassen. Dankbar griff er den ihm zugeworfenen Ball auf. »Vermutlich wirklich nur ein Notfallplan. Hätte er uns bis heute Morgen alle erwischt gehabt, wäre er doch noch nach Plan A vorgegangen.«

»Du meinst, er wäre danach einfach ins Tal getourt und hätte sich von Valerie Neuhauser ein Alibi geben lassen?«

Redl nickte. »So war es bis heute früh gedacht. Da ich ihn beziehungsweise seine Leiche aber hier im Scherm gesehen hatte, wäre das nicht mehr möglich gewesen. Bibernell hätte nicht mehr behaupten können, schon gestern Vormittag die Alm wieder verlassen zu haben. Deshalb die Notlösung.«

»Welche Notlösung?«, fragte Barca Sertorius mit noch immer brüchiger Stimme.

»Er hätte vorgegeben, erst heute Vormittag oder Nachmittag wiederaufzuerstehen, wann auch immer Polizei und Notarzt-Team hier angerückt und ihn in seinem Schlafsack neben den anderen Leichen entdeckt hätten.«

»So, als wäre er dem Tod trotz des Giftes noch eben von der Schippe gesprungen, während Sie, Barca, die Mörderin, sich selbst gerichtet hätten«, veranschaulichte Kotek.

»Man muss sich nur einmal vor Augen halten, was die Rettungskräfte Bibernells Vorstellung nach vorgefunden hätten«, holte Redl aus. »Zunächst die Leichen von Ihnen, Frau Sertorius, und von dir, Melanie. Frau Sertorius umklammert noch im Tod ihre Sig Sauer, mit der sie allem Anschein nach erst dich und dann sich selbst erschossen hat, nachdem sie bereits von dir angeschossen worden war. Auf ihrem Handy, auf dem selbstverständlich ausschließlich ihre Fingerabdrücke zu finden gewesen wären, hätten die Kollegen dann ihr Geständnis entdeckt.«

»Musste Bibernell nicht immer noch damit rechnen, dass von einem der Handys nach dem Instandsetzen der sturmgeschädigten Relais nachträglich eine verräterische Info auf einem PC landete?«, gab Kotek zu bedenken.

Redl wiegte zweifelnd den Kopf. »Eher nicht, aber selbst wenn: Mit der Bemerkung, Frau Sertorius sei mit ihrem Wissen nicht auf dem letzten Stand gewesen, hat Bibernell ja recht gehabt. Allerdings ist ihm zum Verhängnis geworden, dass die Funkverbindung ins Tal seit kurz nach zweiundzwanzig Uhr wieder intakt ist.«

»Ich dachte, die sei immer noch gestört?«, sagte Barca überrascht.

»Ich habe den Störsender entdeckt, den der Mörder nur in der Nähe installiert haben konnte«, sagte Redl. »Den Leichnam Ihres Mannes hatte ich schnell gefunden, Frau Sertorius. Auf dem Weg zur Nachbarhütte bin ich quasi über ihn gestolpert. Der Störsender war im Planitzen-Scherm versteckt. Als ich ihn abgeschaltet hatte, war ich im nächsten Moment mit Jacobi verbunden und informierte ihn über das Geschehen – was wir übrigens auch jetzt gleich wieder tun sollten. Als er von der Mutmaßung erfuhr, dass TTX den Tod von Dr. Batjany und Bibernell verursacht haben könnte, machte irgendetwas in seinem Elefantengedächtnis klick.«

»Apropos TTX«, unterbrach ihn die Witwe von Harald Sertorius. »Warum hat das Gift bei Ihnen nicht gewirkt, Melanie?«

»Aus einem ganz einfachen Grund«, antwortete die Gefragte lächelnd. »Ich hab mir im Kaskeller Mineralwasser aus der eigenen Flasche ins Glas gegossen. Sie haben das nicht bewusst wahrgenommen, weil Ihr Unterbewusstsein keine Gefahr darin erkannte. Erst später alarmierte Sie der Umstand, dass ich Mineralwasser trank.«

»Im Kaskeller war ich übrigens auch. Nur wenige Zentimeter von Ihnen entfernt, Frau Sertorius«, warf Redl ein. »Als Sie beide sich Ihr Frühstück holten, hockte ich im Kaskessel.«

Kotek fasste die Touristikmanagerin sanft am Arm. »Bitte entschuldigen Sie, dass wir Sie nicht in unseren Plan eingeweiht haben, aber unwissend agierten Sie viel authentischer. Und da Bibernell noch immer glaubte, alles im Griff zu haben, plauderte er frisch von der Leber weg und ersparte uns einen Berg Ermittlungsarbeit im Nachhinein. Aber Lenz, wie kam Oskar eigentlich so rasch auf den einschlägigen Verdacht? Die Wirkungsweise des TTX allein kann ja nicht den Ausschlag gegeben haben.«

»Er war uns um die eine entscheidende Info voraus«, erklärte Redl. »Agathe Bibernell hat ihm schon gestern Abend gesagt, wen sie für den Mörder ihres Geliebten hält, und ihm nicht nur von Notizen ihres Mannes zu Selbstversuchen mit TTX berichtet, die sie in der Jagdhütte am Luadaoscht gefunden hatte, sondern sie hat ihn auch auf das Waffenlager unter der Jagdhütte am Luadaoscht aufmerksam gemacht. Bibernell hätte es also nicht nötig gehabt, sich eine Sig Sauer auf dem Schwarzmarkt zu besorgen, weil er ein solches Fabrikat mit passendem Schalldämpfer bereits besaß – neben all den anderen legalen und illegalen Schusswaffen.«

»Und seine Frau war davon überzeugt, dass er in der Rastötze ein Blutbad anrichten und abermals falsche Spuren legen wollte«, flocht Kotek ein.

»Stimmt.« Redl nickte. »Und um seine Pläne zu durchkreuzen und gleichzeitig ihre Familie zu schützen, hat sie ihm in ihrer Verzweiflung sogar auf dem Forstweg zur Grußberg-Hütte aufgelauert, es aber letztlich nicht fertiggebracht, den Vater ihrer Kinder zu erschießen.«

»Hätte sie es nur getan, dann wär uns viel erspart geblieben«, stieß Barca Sertorius plötzlich mit solcher Erbitterung hervor, dass Melanie Kotek sich veranlasst sah, ihr einen kleinen Dämpfer zu verpassen.

»Sie können Agathe Bibernell weder vorwerfen, dass Grankenbruch Ihnen den Laufpass gegeben hat, noch dass sie nicht über die Killerinstinkte ihres Gatten verfügt.«

»Aber sie hätte sich doch wenigstens an die Behörden wenden können.«

»Das sagt sich so leicht: Ehe Bibernell auch nur vorgeladen worden wäre, hätte er Agathe, die Kinder und sich selbst zehnmal umgebracht.«

»Oskar hat sich jedenfalls seinen Reim auf ihren Verdacht gemacht«, beendete Redl das Geplänkel. »Und als ich ihm mitteilte, dass Dr. Batjany und Bibernell möglicherweise mit Kugelfischgift ermordet worden seien und Bibernell deshalb als Täter nicht mehr in Frage käme, fand er seinen Anfangsverdacht bestätigt. Zu diesem Zeitpunkt verfügte er übrigens noch über eine weitere Information. Die Person, die sich in der öffentlichen Toilette des Salzburger Hauptbahnhofs eine illegale Sig Sauer mit Schalldämpfer besorgt hatte, war nämlich Dr. Batjany.«

»Nein«, staunte deren einstige Rivalin und Kontrahentin.

»Doch. Leider kann sie uns nicht mehr sagen, was sie mit der Waffe vorhatte, und wir können nur vermuten, warum ihre Wahl gerade auf eine Sig Sauer fiel. Möglicherweise wollte sie sich den Erpresser Knapp vom Hals schaffen und mit der Waffe eine falsche Spur legen, aber vielleicht hatte sie es auch auf die Frau abgesehen, die ihren Lebensentwurf permanent bedrohte.«

Barca Sertorius blickte ihn betroffen an.

»Natürlich kämen auch noch andere Gründe in Betracht«, schwächte Redl seine Vermutungen ab, »aber den echten werden wir nicht mehr erfahren. Sie, Barca, schieden damit jedenfalls als Täterin aus.«

»Adrian Manescu ebenfalls«, meldete sich da Kotek, »denn ein ausgebuffter ehemaliger Securitate-Offizier wie er würde sich nur in äußerster Notlage für einen solchen Perchtentanz der makabren Art anheuern lassen. Und Not leidet er nach allem, was wir über ihn wissen, nun wirklich nicht.«

»Allerdings«, pflichtete ihr Redl bei. »Er und der ausgeborgte Mehrachser sind übrigens inzwischen in einer Erzverhüttungsanlage im Piemont gesichtet worden, seine Fracht kennen wir aber immer noch nicht.«

»Vielleicht ja das Gold des Joannis Grankenbruch?«, mutmaßte Barca.

Redl verzichtete darauf, ihre Spekulation zu kommentieren. »Batjany selbst«, setzte er fort, »der dem Täterprofil sowieso nur bedingt entsprochen hat, schied schon gestern als Kandidat aus, nachdem ihm die Baustadträtin Paula Faber ein unanfechtbares Alibi gegeben hatte.«

Barca Sertorius blickte betreten zu Boden. »Ich habe Steff in diesem Leben wohl wirklich zu lang warten lassen.«

Kotek legte ihr tröstend den Arm um die Schultern. »Seien Sie froh, dass Sie noch leben, Barca, und Ihre Kinder keine Vollwaisen sind. Versuchen Sie, es von dieser Perspektive aus zu betrachten.«

»Es tut uns leid, dass wir den Tod Ihres Gatten nicht verhindern konnten«, sagte Redl mit echtem Bedauern in der Stimme. »Auch wenn Sie sich scheiden lassen wollten, so war er doch immerhin der Vater Ihrer Kinder.«

»Für Alice und Peter hat er sich trotz aller Umtriebigkeit immer mehr Zeit genommen als ich. Die nächsten Wochen werden unmenschlich hart für sie werden.«

»Wir hatten gestern noch nicht –«, begann Redl.

»Ich weiß«, fiel ihm Barca resigniert ins Wort, »gestern Abend verfügten Sie noch nicht über die Infos aus dem Tal.«

»Aber es ist jetzt wirklich an der Zeit, dass wir Oskar informieren«, drängte er, um Entspannung bemüht. »Ich glaube, du solltest das übernehmen, Melanie. Er wird ohnehin schon auf Nadeln sitzen. Und die Angehörigen der Toten müssen auch benachrichtigt werden. Das FuG habe ich vorhin auf den Tisch im Wirtschaftsraum gelegt.«

30 EINE STUNDE SPÄTER begann sich die geschlossene graue Wolkendecke über dem Tal aufzulösen, und die auseinanderdriftenden Fetzen gaben den Blick auf den blauen Himmel frei, den wiederzusehen Barca nicht mehr geglaubt hatte. Auch jetzt, da sie mit den beiden Kriminalbeamten vor der Grußberg-Hütte stand und die Sonnenstrahlen einen prächtigen Wintertag in der verschneiten Rastötze ankündigten, fiel es ihr noch schwer zu realisieren, dass sie drei die einzigen Überlebenden des Gemetzels waren, das Bibernell angerichtet hatte. Vor allem aber beschäftigte sie, wie sie ihren Kindern beibringen sollte, dass sie ihren Vater nie wiedersehen würden.

»Sie kommen«, sagte Redl, der das Rotorengeräusch eines Hubschraubers als Erster gehört hatte. Auch er und Kotek warteten mit gemischten Gefühlen auf den Eurocopter des Innenministeriums. Ein Einsatz mit Toten war nie sehr angenehm und die unerlässliche Untersuchung erst recht nicht.

Der Hubschrauber mit einer Transportkapazität von acht Personen sollte zuerst das EK Cobra bei ihnen absetzen und im zweiten Anflug dann Rotkreuz- und Spusi-Team und natürlich Jacobi nachliefern.

Auch Agathe Bibernell war inzwischen über das Schicksal ihres Gatten unterrichtet worden und hatte wie auch ihr Sohn im Internat in Elixhausen entsprechend zurückhaltend reagiert. Nur ihre Tochter trauerte ehrlich um den so plötzlich umgekommenen Vater. Magister Till Freudenschuss wurde eine Botschaft überbracht, deren traurigen Inhalt er bereits vorhergesehen hatte und mit der er nun auch seine Kinder vertraut machen musste. Für Lavinia Knapp brach ebenfalls eine Welt zusammen, als sie vom Tod ihres Gatten erfuhr. Sie schien den Filou trotz all seiner charakterlichen Defizite noch immer geliebt zu haben. Dagegen beschränkte sich Stefan Batjanys Reaktion auf den Tod seiner Gunde auf ein überschaubares Maß an Betroffenheit.

Feuersang und Bezirksinspektor Haberstroh, die Vernehmungsspezialisten, hatten Valerie Neuhauser um sieben Uhr morgens in einem Motel im Ennstal aufgespürt, wo sie noch am Vortag vor dem Blizzard Schutz gesucht hatte. Ihre kooperative Haltung erübrigte die Ochsentour, auf die sich die beiden Beamten bereits eingestellt hatten. Die Erotomanin gab zu, ihrem potenten Galan zwar die Gift-Phiolen auf die schon bekannte Weise besorgt und ihm bei den Selbstversuchen zur Seite gestanden zu haben, schien aber entgegen Bibernells Darstellung von seinen Mordabsichten nicht die geringste Ahnung gehabt zu haben. Auch nach Grankenbruchs Tod seinerzeit hatte sie keinen Verdacht geschöpft, schließlich hatte sie bis zu diesem Tag nichts von Lazis Liaison mit Agathe gewusst. Die falschen Alibis von Matthi und Enzo hatten ihrer Meinung nach nur einem Zweck gedient, nämlich die Polizei nicht unnötig auf dumme Gedanken kommen zu lassen. Nach Stand der Dinge erschöpften sich die strafbaren Handlungen von Valerie Neuhauser in den falschen Angaben zu den Alibis und der illegalen Beschaffung gefährlicher Substanzen für ebenso illegale medizinische Experimente an Menschen, also in der Beihilfe zur Körperverletzung. Ein Klacks für die Spitzenanwälte, die von ihr unmittelbar nach ihrer Befragung benachrichtigt worden waren und sich schon auf dem Weg zu ihr befanden.

Da der Eurocopter in dem abschüssigen zerklüfteten Gelände auch bei soliden Wetterbedingungen nicht hätte landen können, wurden sechs Mann des EK Cobra und zwei Beamte vom BIA, dem Büro für interne Angelegenheiten, abgeseilt, ehe der Hubschrauber zur zweiten Runde wieder abdrehte.

In der Habie stießen die Beamten auf ein gut sortiertes kleines Waffenlager. Das Arsenal umfasste ein Präzisionsgewehr, das sich für Bibernells Scharade freilich nicht geeignet hätte, eine S-Uzi-MP sowie eine Steyr-Mannlicher-Pistole und Knapps Walther PP.

BIA-Hauptmann Pixner wollte unmittelbar nach der Tatort- und Asservatensicherung in der Rauchkuchl mit der Einvernahme des Todesschützen Major Redl beginnen, der natürlich auch zu den Geschehnissen befragt werden musste. Dieser Plan kam bei Kotek allerdings gar nicht gut an.

»Wollen Sie nicht wenigstens warten, bis Oberst Jacobi eingetroffen ist, Herr Hauptmann?«, appellierte sie nachdrücklich an den ambitionierten Kollegen, den sie um Haupteslänge überragte.

Der zu kurz geratene Pixner tat überrascht. »Warum sollte ich? Haben Sie und Major Redl vielleicht etwas zu verbergen?«

Redl schüttelte verärgert den Kopf. »Natürlich nicht. Meinetwegen können wir das auch jetzt gleich erledigen. Wir haben es nicht nötig, etwas zu verschleiern oder schönzufärben.«

Doch Kotek wollte dem BIA-Offizier die saloppe Anmache nicht durchgehen lassen. »Ich lege hiermit ganz offiziell Widerspruch gegen eine Vernehmung von Major Redl zu diesem Zeitpunkt ein. Er steht unter Schock. Ehe unsere Psychologin Dr. Wächter nicht ihr Plazet gegeben hat, ist seine Einvernahme ohnehin unzulässig. Ich finde es befremdlich, Sie darauf erst hinweisen zu müssen.«

Pixner lief puterrot an, verkniff sich aber die Entgegnung, die ihm auf der Zunge lag, da er Oberleutnant Kotek im Recht wusste. Dem jungen Hauptmann war zudem bewusst, dass die BIA, die erst vor wenigen Jahren von einem sehr umstrittenen Innenminister gegründet worden war, bei fast allen Kadern entsprechend unbeliebt war.

»Vielleicht wollen Sie sich ja vorerst mit mir begnügen?«, meinte Kotek flapsig. »Auch ich habe ja in Notwehr auf Matthäus Bibernell geschossen und ihn an der Schulter getroffen. Aber ehe Sie Ihre Fragen stellen, möchte ich Ihnen noch etwas zeigen.« Sie kniete sich zwischen dem zur Seite gerückten Tisch und der Eckbank auf den Holzboden, griff hinter einen der inneren Eckfüße der Bank und hielt gleich darauf einen Gegenstand hoch, den man bei flüchtigem Hinsehen für eine Zigarettenpackung hätte halten können.

Redl kapierte als Erster. »Du hast alles aufgezeichnet?«

»Klar«, bestätigte Kotek selbstbewusst, nicht ohne den BIA-Offizier mit einem Blick zu bedenken, der mehr sagte als tausend Worte. »Ich habe den Rekorder neben der Smith & Wesson versteckt, weil ich fest damit rechnete, dass Bibernell nach meinem vorgetäuschten Abgang auf eines nicht verzichten könnte, ehe er Ernst machen würde: nämlich vor Frau Sertorius mit seinen Taten zu prahlen. Es erübrigt sich wohl zu betonen, dass die Aufnahme nicht nur sein Geständnis, sondern auch unsere korrekte Handlungsweise dokumentiert.«

»Und ich bin als Zeugin schließlich auch noch da«, mischte sich nun Barca Sertorius in den Disput ein und bedachte Pixner mit einem angewiderten Blick. »Major Redl und Oberleutnant

Kotek haben mich und sich selbst unter Einsatz ihres Lebens vor diesem Irren gerettet, indem sie ihm zuvorgekommen sind. Und da gehen Sie her und … Also wirklich!«

Kotek musste sich ein Grinsen verkneifen. »Damit Sie, meine Herren, die entscheidende Szene angemessen beurteilen können, wäre es sicher nicht falsch, Ihnen das vorangegangene Geschehen kurz zu skizzieren. Und bis wir damit fertig sind, werden bestimmt auch –«

»Einen Moment, Frau Oberleutnant«, wurde sie da vom anderen BIA-Beamten unterbrochen, der sich bisher im Hintergrund gehalten hatte. »Ich würde gern kurz mit dem Herrn Hauptmann unter vier Augen sprechen.« Damit zog er den Widerstrebenden sanft, aber nachdrücklich von den dreien fort.

»Was soll das, Ernst?« Pixner schüttelte die Hand seines Untergebenen unwillig ab, folgte ihm jedoch in den Vorraum, wobei die Tür hinter ihm einen Spaltbreit offen blieb.

»Giselher, wer hat gestern Abend unsere Dienststelle darüber informiert, dass mit derartigen Gewalttaten zu rechnen sei?«, hörte Kotek den Kontrollinspektor im Gang sagen.

»Na, Jacobi natürlich. Was soll die blöde Frage?«

»Richtig, Jacobi. Und? Hat uns der Oberst etwa angefordert, weil ihm unsere Behörde so sympathisch ist oder weil ihm daran liegt, dass an seinen Leuten nichts hängen bleibt?«

»Wohl eher Letzteres?«

»Bingo! Einige von unseren Großkopferten und auch einige selbst ernannte Moralwächter würden Jacobi nämlich liebend gern eins reinwürgen, sowie sich sein Referat eine Unkorrektheit leistet. Und so eine ungerechtfertigte Notwehr würde sich hervorragend für eine Intrige eignen.«

»Ich verstehe noch immer nicht: Willst du mir eine Vorlesung über den Preisbullen des LKA Salzburg halten, oder was?«

»Jacobi hat mächtige Freunde innerhalb und außerhalb des Apparats, und damit meine ich nicht nur gewisse Medien.«

»Also soll ich deiner Meinung nach vorsichtshalber eine Schleimspur hinter mir herziehen? Ich glaube, bei dir hakt's!«

»Er ist ein Duzfreund von Birnbaum.«

»Vom GÖS?«, entfuhr es Pixner, dessen Saturiertheit durch

die Erwähnung des höchsten österreichischen Exekutivbeamten merklich erschüttert schien.

»Nein, vom Portier des LKA. Natürlich vom GÖS! Und Birnbaum mag es nun mal nicht, wenn man seine Helden schikaniert.«

»Schikaniert? Nur weil ich versuche, meine zugegeben nicht sehr angesehene Arbeit korrekt zu machen? Wollte ich einen Inspektor in Hintergigritzpatschen zu einem Todesfall vernehmen, würdest du garantiert keinen solchen Aufstand machen.«

»Vielleicht, aber Jacobi ist nun mal kein Dorfpolizist und dazu auch noch der Liebling der ›K.u.K.‹.«

»Okay, ich hab verstanden. Können wir jetzt wieder reingehen?«

31 VIER MONATE SPÄTER saßen Kotek und Jacobi an einem frühlingshaften Mittwochvormittag auf dem Balkon des Cafés »Tomaselli« in der Salzburger Altstadt, während unter ihnen das geschäftige Wochentagstreiben auf dem Alten Markt vorbeiflutete.

Die Ermittlungen im Fall Bibernell galten als abgeschlossen, ebenso jene, die die beteiligten Beamten betrafen. Der Staatsanwalt hatte die Notwehrsituation, in der sich Kotek und Redl gesehen hatten, als gegeben bestätigt. Das im Spätsommer anberaumte Verfahren war nur noch Formsache.

Längst befasste sich das Referat 112 mit neuen Fällen, und Jacobi war gerade dabei, mit seiner Lebensgefährtin einen anonymen telefonischen Hinweis auf ein Kapitalverbrechen in einem Schloss bei St. Veit zu erörtern, als sein Blick zufällig auf eine elegant gekleidete Passantin fiel, die eilig über den Platz stöckelte.

»Das ist doch … das ist doch Agathe Bibernell«, entfuhr es ihm. »In dem modischen Fummel hätt ich sie fast nicht erkannt. Damals in Hofgastein hat sie noch ganz anders ausgesehen: blass, verhärmt, um nicht zu sagen unscheinbar.« Dass er von ihrer Stimme fasziniert gewesen war, hielt er nicht unbedingt für erwähnenswert.

Auch Kotek hatte die Frau im offenen brombeerfarbenen Mohair-Mantel und dem hellgrauen Dolce-&-Gabbana-Kostüm sofort entdeckt. »Tatsächlich, wirklich schick!« Doch als Frau, die selbst Wert auf ein gepflegtes Äußeres legte, war sie nicht ganz so verblüfft über die Verwandlung der Witwe wie ihr Lebenspartner. »Wenn ich an ihrer Stelle diesen alptraumhaften Teil meines Lebens hinter mir wüsste, würde ich mir auch endlich einmal etwas Gutes tun. Hatte sie dir damals nicht gesagt, dass sie vorhatte, in Gastein zu verkaufen und ins Umland von Salzburg zu ziehen?«

»Stimmt. Und von den Gasteiner Kollegen habe ich neulich erfahren, dass ein dänischer Unternehmer, der mit einem Gasheizungspatent Millionen verdient hat, ihre Liegenschaft kaufen und zu Wohnungen umbauen will. Ein Glücksfall für sie und ihre Kinder. Bei einem Verbleib in Gastein hätte die psychische Belastung, die Kinder eines Monsters zu sein, für Babs und Lukas vielleicht zum Problem werden können.«

»Das größere Problem für die beiden wäre allerdings gewesen, wenn es uns nicht gelungen wäre, ihren Vater zu stoppen«, entgegnete Kotek, während Agathe Bibernell schon wieder im Gewühl der Getreidegasse verschwunden war. »Sie hätten mit einer uneinschätzbaren Zeitbombe leben müssen, und ihre Mutter hätte den Tipp an Iris Freudenschuss sicher über kurz oder lang mit dem Leben bezahlt. Was hat die Bibernell übrigens jetzt von der Justiz zu erwarten?«

»Nichts, was die Familie weiter auseinanderreißen könnte, meint Alfons.« Staranwalt Dr. Alfons Zwicker war nicht nur ein anerkannter Strafverteidiger, sondern auch ein langjähriger Freund der Jacobi-Truppe, auf dessen fachmännisches Urteil man sich verlassen konnte. »Sie und ihre Kinder wurden von ihrem Mann tödlich bedroht. Klar, dass die Unversehrtheit der Kinder für sie Vorrang hatte. Kein Staatsanwalt der Welt kann ihr daraus einen Strick drehen. Schlimmstenfalls droht ihr eine bedingte Strafe wegen Falschaussage, Verdunkelung und Behinderung der Justiz. Wie gesagt: schlimmstenfalls. Aber so weit wird es vermutlich gar nicht kommen, denn für den todbringenden Eigensinn von Iris Freudenschuss kann Agathe Bibernell nicht verantwortlich gemacht werden. Zudem hat sie sich vom ersten Tag an als sehr kooperativ erwiesen.«

»Stimmt, sie hat dich ja nicht nur auf Motiv und Waffenarsenal ihres Gatten aufmerksam gemacht, sondern dir auch das Notizbuch ausgehändigt, in dem er seine Wilderei dokumentiert hat.«

»Allerdings. Anhand der Eintragungen konnte der Wildbret-Händler Panucci aus dem Unterinntal verhaftet werden, den die Tiroler Kollegen schon lange in Verdacht hatten, illegal geschossenes Wildbret aufzukaufen. Dass Knapp davon gewusst und ihren Mann erpresst haben soll, war dagegen eine reine Erfindung.«

»Weil dich die gute Agathe zu diesem Zeitpunkt noch von ihrer Familie fernhalten wollte, auch verständlich. Gibt es eigentlich was Neues über Barca Sertorius und den Rohypnol-Suizid ihres Großvaters?«

»Nein. Die Untersuchungen damals waren abgeschlossen, und seither haben sich keine neuen Erkenntnisse ergeben, jedenfalls nicht offiziell. Und unbewiesene Gerüchte reichen nicht aus, um mit neuen Ermittlungen zu beginnen.«

»Nein, das tun sie ja nie.«

Jacobi ignorierte die sarkastische Anmerkung wohlweislich. »Kein Gerücht ist übrigens, dass sich Stefan Batjany nach wie vor für die schöne Barca interessiert.«

»Oha?«

»Ja, das angebliche Techtelmechtel mit der Baustadträtin Faber war wohl nur eine Zweck-Liaison, um seine Firma zu retten, was ihm ja gelungen ist.«

»Und wie steht er jetzt zu seiner Enkelin, von der weder sein Sohn noch er etwas gewusst haben wollen?«, fragte Kotek, während sie den Ober heranwinkte.

»Der Sohn hat selbst Familie, seine Freude hält sich also in Grenzen. Und auch Stefan Batjany soll der Enkelin klargemacht haben, dass sie nur dann mit Unterstützung rechnen kann, wenn sie ihre anarchische Grundhaltung überdenkt«, zeigte sich Jacobi bestens informiert.

»Na ja, immerhin hat sie eine Wahl. Im Übrigen scheint es, als seien Barca Sertorius und Stefan Batjany weicher gefallen als alle anderen Beteiligten.«

Jacobi grinste. »Würdest du nicht so häufig meine Wortwahl rügen, könnte ich sagen: Der Teufel scheißt immer zum größeren Haufen.«

»Und das würde dann ja auch in gewisser Weise für Manescu gelten, den man seit Ende Jänner nicht mehr gesehen hat.«

Jacobi bezahlte erst die Cappuccini, bevor er fortfuhr. »Du bist nicht auf dem Laufenden: Die letzte Einvernahme von Manescu erfolgte an seinem Heimatort im Tessin. Aber ein Profi wie er gibt natürlich nur das zu, was man ihm gegebenenfalls nachweisen kann, zum Beispiel, dass er das Geschiebe am Fuß des Höhkar-Wasserfalls hat ausbaggern, verladen und abtransportieren lassen.«

»Ins Piemont.«

»Das wissen wir nur inoffiziell. Offiziell war er im Auftrag einer kanadischen Bergbaugesellschaft zum Technischen Büro für Metallurgie in Klagenfurt unterwegs, um Bodenproben prüfen zu lassen. Als er auf einer Raststation vor Villach austreten musste, hat man ihm angeblich den Dreiachser geklaut. Überraschenderweise haben die italienischen Behörden den Truck drei Wochen später in Rivoli entdeckt und zurück nach Österreich überstellt.«

»Das heißt, die Spur der Ladung verliert sich im Piemont?«

»Genau. Aber das ist nicht mehr unser Bier, Katze. Dieses Gold, oder besser gesagt, der Wunsch, es zu besitzen, hat vermutlich bisher nicht nur Sertorius und Knapp kein Glück gebracht. Um Manescu sollen sich andere kümmern.« Der Schatten auf ihrem geliebten Gesicht war Jacobi nicht entgangen. »Jetzt mach dir doch keinen Kopf mehr wegen der Undercover-Nummer, Katze. Ich hatte ja keine Ahnung, wie sehr du dir meine Mäkelei zu Herzen nimmst. Natürlich lag die letzte Verantwortung bei mir, auch wenn Lenz sich für dich starkgemacht hat. Und ganz im Ernst: Ich hätte euch nicht ziehen lassen, hätte ich mir von der verdeckten Ermittlung nicht bessere Erfolge als von der offiziellen erhofft. Du und Lenz, ihr beide habt alles getan, was ihr konntet, das wurde uns mit Brief und Siegel bestätigt. Hätten wir Dienst nach Vorschrift gemacht und erst zu ermitteln begonnen, als das Kind schon in den Brunnen gefallen war, wäre Bibernell vielleicht noch heute auf freiem Fuß, und man hätte Barca Sertorius als Massenmörderin bestattet.« Als Koteks Miene sich zusehends aufhellte, konnte er nicht anders, als noch eins draufzusetzen. »So weit kommt's noch, dass wir uns dafür rechtfertigen müssen, einen Mörder nicht effizient genug vom Morden abgehalten zu haben. Und die BIA soll gefälligst ihren Mund halten und das tun, wofür sie von ihrem glorreichen Minister installiert wurde: nämlich gegen die Korruption in unserm Staat vorgehen und nicht gegen Kollegen, die im Dienst ihr Leben riskieren.«

Da erhob sich Kotek aus ihrem Sessel, beugte sich über den kleinen Tisch und küsste Jacobi auf den Mund, was von den Kaffeehausgästen an den Nachbartischen schmunzelnd goutiert wurde. »Du bist so naiv, aber nicht zuletzt deshalb liebe ich dich, Katzenbär.«

Glossar

Abo – österr. Kurzform für: Abonnement
ad usum proprium – für den eigenen Gebrauch (eines Arztes)
aflig – (mdal.) übel, eitrig, brandig (vgl. im Engl.: *evil*)
Akja – Wannenschlitten; Rettungs- oder Transportschlitten
blau sein – Sportlerausdruck: fertig sein, nicht mehr können (nicht gleichzusetzen mit Folgen unmäßigen Alkoholgenusses!)
BORG – Bundesoberstufenrealgymnasium
BOS-Funk – nicht öffentl. Landfunkdienst für Behörden und Organisationen mit Sicherheitsaufgaben
Bratenrein – (bayr.-österr.) Bratpfanne
Burenhäutl – (Wiener Dialekt) Burenwurst
conditio sine qua non – unabdingbare Bedingung, Voraussetzung
De mortuis nil nisi bene! – Über die Toten nur Gutes!
EKIS – zentrale Datenerfassung der österr. Exekutive
Erinnyen – griech. Rachegöttinnen
faschen – (bayr.-österr.) mit Mullbinde umwickeln
Feinspitz – (österr.) Leckermaul, Feinschmecker
Geschiebe – alles feste an der Sohle eines Wasserlaufs transportierte Material, Sand, Geröll etc.
GÖS – Generaldirektor für öffentliche Sicherheit
Gspusi – (österr.) Liebesaffäre; Geliebte, Bettgenossin
G'stopfte – (ugs.) begüterte Klientel
Haberer – (ugs.) Freund, Kumpan
Habie – (westösterr. mdal.) Speicher, urspr.: Heuboden, Heubühne
Häfen – (ugs.) Gefängnis, Haftanstalt
Hietzing – Nobelbezirk in Wien
Hobergoaß (Habergeiß) – »Bockgeiß«; Perchtenfigur
Kapazunder – (österr. scherzhaft) herausragender Fachmann
Kaskeller – (mdal.) Käsekeller, kühler Vorratsraum
Kiberer (Kiwerer) – (ugs.) Kriminalbeamter, Ermittler
koscher – (urspr. jidd., ugs.) erlaubt, einwandfrei, unbedenklich

Kufern – (westösterr. mdal.) Truhe, in denen Senner/-innen Geräte oder Habseligkeiten aufzubewahren pflegten (vgl.: Koffer)

Lanten – Halteholme am Akja

LKA Salzburg – Landeskriminalamt Salzburg

Luadaoscht – (mdal.) Luderort, schwer zugängliches alpines Gelände, hier: Eigenname

Macheloikes – (österr.-jidd.) Machenschaften, die gern vertuscht werden

PMR-Funkgerät – *Private Mobile Radio:* ein Funkgerät für den privaten Gebrauch

Powidl – böhm. Pflaumenmus; als Adjektiv, ugs.: belanglos

»Quo-usque tandem abutere, Catilina, patientia nostra?« – »Wie lange noch, Catilina, wirst du unsere Langmut missbrauchen?« (Marcus T. Cicero, Rede gg. Catilina)

Scherm – (von lat. *scirpus* = Schirm) Unterstand für Almvieh

Schüsseltrieb – (Jägersprache) der letzte Trieb = der Umtrunk nach der Jagd

SSG 3000 – ein Sig-Sauer-Präzisionsgewehr

STAPO – Staatspolizei

tartareisch – (von lat. *tartareus*) der Schattenwelt, dem Tartarus angehörig

Vifzack – (ugs.) Mensch mit rascher Auffassungsgabe oder ironisch: das Gegenteil davon

Wappler – (ugs.) in seinem Metier gescheiterter, unfähiger Zeitgenosse, sozialer Absteiger

Weisel – Bienenkönigin; *jmd. den Weisel geben* – (ugs.) eine Beziehung beenden

Zappi- oder Sappl-G'spitzter – (ugs., von französ. *sapin*) Spitzhacke, mit der man aber nichts zuspitzen kann. Das Paradoxon bezeichnet einen Zeitgenossen ohne Bildung und Manieren und ist der Arbeitswelt der Forstarbeiter entlehnt.

Georg Gracher
HAHNBALZ
Broschur, 272 Seiten
ISBN 978-3-89705-667-1

»Die Geschichte ist spannend konzipiert, mit viel Lokalkolorit gewürzt und geizt auch nicht mit einer nötigen Portion Humor.«
Alpenadria

»Ein Wespennest aus Leidenschaft, Korruption, Verrat und Rache.«
Gasteiner Kulturkreis

www.emons-verlag.de

Georg Gracher
HERBSTFROST
Broschur, 320 Seiten
ISBN 978-3-89705-903-0

»Die Geschichte führt durch ganz Salzburg, der Showdown findet in Rauris statt.« Salzburger Volkszeitung

»Pointiert und skurril.« Klagenfurter Zeitung

www.emons-verlag.de

Georg Gracher
DOHLENFLUG
Broschur, 272 Seiten
ISBN 978-3-95451-036-8

»Geschickt konstruiert Gracher eine Reihe von Verdächtigen in der nur scheinbar heilen Gebirgsidylle und lässt auch noch die Legende vom geraubten Nazigold einfließen. Ein dichter Krimi, den man in einem durchliest.« Salzburger Volkszeitung

www.emons-verlag.de

Georg Gracher
KUCKUCKSKÜKEN
Broschur, 272 Seiten
ISBN 978-3-95451-146-4

»Gebirgskrimi mit Österreich-Flair, interessanten Charakteren und charmanten Sprach-Einsprengseln.« ekz

www.emons-verlag.de